玩偶空间
篡命者

王迪菲 —— 著

北京理工大学出版社
BEIJING INSTITUTE OF TECHNOLOGY PRESS

版权专有　侵权必究

图书在版编目（CIP）数据

篡命者 / 王迪菲著 . — 北京：北京理工大学出版社，2023.5
　（玩偶空间）
　ISBN 978-7-5763-2241-5

Ⅰ．①篡⋯ Ⅱ．①王⋯ Ⅲ．①幻想小说－中国－当代 Ⅳ．① I247.5

中国国家版本馆 CIP 数据核字（2023）第 058549 号

出版发行 /	北京理工大学出版社有限责任公司
社　　址 /	北京市海淀区中关村南大街 5 号
邮　　编 /	100081
电　　话 /	（010）68914775（总编室）
	（010）82562903（教材售后服务热线）
	（010）68944723（其他图书服务热线）
网　　址 /	http://www.bitpress.com.cn
经　　销 /	全国各地新华书店
印　　刷 /	三河市华骏印务包装有限公司
开　　本 /	880 毫米 ×1230 毫米　1/32
印　　张 /	10.75
字　　数 /	200 千字
版　　次 /	2023 年 5 月第 1 版　2023 年 5 月第 1 次印刷
定　　价 /	46.00 元

责任编辑 / 高　坤
文案编辑 / 高　坤
责任校对 / 刘亚男
责任印制 / 施胜娟

图书出现印装质量问题，请拨打售后服务热线，本社负责调换

献　给

我的妻子 廖春华

特别感谢

丁丁虫老师 江波老师

代 序

丁丁虫

《篡命者》是王迪菲创作的系列科幻小说"玩偶空间"的第二部。两年前,本书的前作《最终身份》出版的时候,承蒙作者和责编的信任,给我寄了一本样书。读完后的第一印象是,作为科幻界的新人,这样一部内容丰富、情节紧凑的处女作,展现了作者王迪菲的不俗潜力。

不过也正由于作者还是刚刚涉足科幻小说创作的新人,因而小说中难免存在某些略显青涩的地方,所以当时我也写了一些自己阅读过程中的想法,发在豆瓣上。其实发出去的时候,我心里还有些忐忑不安,因为有些时候出版方的赠书活动会带有某种潜规则,不希望出现批评性的意见。毕竟出版方赠书是为了推广图书,而像我这样接受赠书的人,不管影响力多么低微,说不定也会因为某种机缘巧合而对销量产生影响,所以这样的态度自然也可以理解。

但让我没想到的是在发出那篇带有批评性的文字之后,作者王迪菲第一个给我留言，对我的意见表达了感谢。这是很让我吃惊的。说实话，我写过不少评分不高的书评，有些时候也会和作者产生互动，但几乎没遇到过作者留言表示感谢的情况。后来我又看了《最终身份》书籍页面上其他书评，在赞美和鼓励性的文字之外，也有一些直面不足的点评，而在这些点评下面，作者也都一一做了认真的回复，字里行间都透出虚心求教的态度。

这样的态度倒是让我感到很不好意思。因为和创作一部小说相比，点评小说是不必花费什么气力的。作为一个局外人，对小说指手画脚、挑三拣四自然很容易，付出的心力远远比不了作者呕心沥血的创作过程。或许也可能正因为知道创作小说的痛苦与艰难，才选择评论这样一条相对轻松的道路。作为作者来说，其实完全可以把这些评价当做过眼云烟不予理会。

所以这一次《篡命者》出版之际，王迪菲找到我代为写一篇序言，让我不安之余又有几分赧颜。虽然不至于说"不计前嫌"，但能邀请一个对前作提出过批评意见的人来给新作品写序言，没有谦虚自省的器量是不可能的。

《篡命者》的进步，也从侧面印证了作者的态度。

如果将《篡命者》当做一部独立的小说来看，也许还会感觉到其中依然存在不够完美的地方。但如果将它和第一部连起来看，就会发现不管是情节设计还是人物塑造，王迪菲的技巧都显得更为成熟。

在第一部中，我们看到的是一位略显青涩的作者，急于把自己心中的设想完全倾倒出来，导致故事节奏显得过于急迫；但在第二部中，我们看到作者有了更多的自信，对于情节的取舍、设想的表达，都有了更为明确的想法。如果说在创作第一部时，作者还显得不知如何去把握读者的喜好；那么在第二部中，作者对于读者的兴趣有了更深一层的认识，因而显得更加游刃有余。这样的进步，当然与作者的谦虚态度不可分割。

所以非常建议将第一部和第二部连起来阅读。而且从故事本身来说，两部作品的关联也比较紧密，第二部中的几个主要人物，都是从第一部中延续下来的，如果不了解这些人物在第一部中的故事，那么对于理解第二部可能也会存在实际的困难。

近些年来，科幻产业炙手可热，但究竟有多少繁荣能够落在文学创作上，委实不太好说。科幻图书的出版数量确实在逐年攀升，但论到销量，排在前几位的永远都是那几个耳熟能详的名字。不少读者虽然说喜欢科幻，但对科幻的了解也仅限于《三体》等寥寥几部作品。前些时候参加《流浪地球2》的访谈节目，尽管所有到场观众都看过电影，但读过原著小说的只有两位。

这些现象，说明科幻产业确实很繁荣，但这繁荣不是科幻小说的繁荣。这可能并不仅仅是科幻类型的问题，而是反映了"小说"这种载体在当前时代背景下的衰退。不是科幻不流行，而是小说不再流行。人们的兴趣点已经从文字转向了影视，转向了短视频，愿意沉下心来读书的人越来越少，愿意沉下心来创作小说的人当然也更少了。

在这样的时代背景下,唯有真正热爱科幻的作者,才会继续坚持创作科幻小说。也唯有这些作者,才是科幻繁荣的真正希望。无论科幻产业如何花团锦簇,终究都要归结到优秀的作品上。正如没有刘慈欣就不会有《流浪地球》一样,没有优秀的原创作品,所谓的科幻产业也只能是空中楼阁。中国科幻的未来,终究还是要依靠甘于边缘化、能够耐住寂寞坚持写作的原创作者。从这一点上说,王迪菲这位上海交大的医学博士,能在繁忙的科研和工作期间坚持写作,并且既有深厚的专业功底,又有精巧的故事构思能力,还有谦虚向学的器量,假以时日,必定会成为原创科幻群星中又一颗闪亮的新星。

扑朔迷离的身份之谜

江 波

王迪菲的这篇《篡命者》节奏紧张，情节曲折，动人心魄，是极为优秀的悬疑科幻小说。他（她）是谁，最终成为谁，在最后的答案揭晓之前，对读者都是一个巨大的问号。

在该系列小说的第一部——《最终身份》中，来自虚拟世界的一对电脑人仇敌成功地进入人类的躯体，占据本不属于自己的躯壳，过上了别人的生活。可以说，这是一种灵与肉的分离。在文学作品中，经常会看到类似的主题：鬼上身、通灵、利用法术和别人交换身体……诡秘的巫术在其中大行其道。到了科幻的领域，则有不同的路径，以更为合理的解释来推行这种分离。新瓶装旧酒，科幻的想象中包裹着人类古老的迷梦。

爱一个人，是爱她的肉体，还是爱她肉体中寄居的灵魂？可以不顾俊俏还是丑陋，不顾年轻还是年老，不顾贫穷还是富有，不顾健康还是疾病，但可以不顾是男是女，不顾是人是狗吗？恐怕对灵魂的爱意总要和特定的躯体绑在一起，不能偏离太多。

当一个男人的灵魂被交换到一个女人的躯体上,他的自我认定和躯体的自然属性发生了矛盾,会是一种怎样的情形?

人的意识可以完全虚拟化,成为类似电脑人的存在吗?进入一个永不会退出的游戏,意味着获得了永生的特权,还是成为刑期无限的奴隶?

灵与肉的分离无时无刻不在产生矛盾,这样的矛盾又和真实世界中财富和权力的争夺结合在一起,让矛盾变得丰满而立体。每个人都有自己独特的利益,彼此不同,又彼此关联。从虚拟世界中走出的人物企图摆脱宿命,企图创造一个想要的未来,不知不觉中也就在思考生命存在的基本意义。对哲学问题深入的思考,和人物的根本命运结合在一起,这是优秀的科幻小说的特点,王迪菲的这篇小说,无疑做到了这一点。

充足的悬疑感是这篇小说的另一特色。悬念是一篇好小说必备的要素。悬疑和悬念的差别,大概在于悬疑具有更丰富的内涵,它有一个核心的疑难,整个故事围绕着对疑难的理解和解决展开。这篇小说中,主要人物都在试图解决自己的疑难,都在不断地寻求真相。每个人的命运单独拿出来就是一个悬疑故事,是一条悬疑线索,多个悬疑线索交织在一起,形成一张悬疑之网。故事里到处都是问号,也到处都是出乎意料的答案。

从科学的角度来说,把记忆和人格完整地从一个人身上剥离下来,放入另一具躯体,可能性极低。人类的大脑记忆机制和电脑迥异,并不存在特定的部分对应特定的记忆。记忆和结构相关，存储在大脑的整体之中，篡改记忆意味着对大脑结构的彻底改变。这或许仍旧有某种数学意义上的可能，但在物理的世界里，具有极高的难度，甚至可能因为过于复杂而根本无法实现。然而这一直是科幻小说创作的一个热门题材，科幻并非全然依从科学，它从科学和技术的发展中汲取丰厚的养分，拓展想象力的边疆。对于有志于创作核心科幻小说的作者来说，从真实的物理世界跃入想象空间，是惊险的一跃。跃得不好，就会偏向玄奇，而失却科幻本真的味道。在想象空间中维持科幻的特色，要依靠扎实的细节、缜密的逻辑，来构造一种并不存在的事物。这篇小说对科技的发展有着完整的构建，未必是现实的，却能形成逻辑的闭环，在细节和逻辑上做得很到位。

我把《篡命者》的前作《最终身份》归入技术惊悚的类别，《篡命者》比它的前作更为复杂，展示了作者更为娴熟的叙事技巧，也比它的前作更好看。我想，大约王迪菲已经走出了一条属于他自己的科幻之路，在脑力激荡中，把鲜活的未来场景推送到读者面前。

我很喜欢这个故事，期望读者也能喜欢这个故事。

一

亨德森这辈子除了自己不相信其他任何人,所以当他弄明白手上这张头颅核磁共振报告单上所要表达的意思后,没有和任何人说。

"叮——"

黑暗中发出了清脆的声响,一束蓝红相间的火苗蹿出。亨德森把报告单的一角放在打火机的火苗上,瞬间写满字的纸燃烧起来,映出了上面的字迹。

该来的终归还是来了。

亨德森注视着火焰渐渐吞噬那些宿命般的字迹,碧蓝的眼睛里闪耀着黄色的光。命运非常的滑稽,滑稽得让他觉得有些恐怖,可笑的是,他是在上个星期才意识到的。

"爸爸,上次我们去迪士尼乐园玩了好几次的那艘大船叫什么呀?"

"我知道!叫……叫……啊呀,我也想不起来了。爸爸,叫什么呀?"

那天亨德森窝在两个女儿的房间里,一个温馨的夜晚。

"叫什么呢?让我想想。"

亨德森头枕着胳膊斜躺在了白色天鹅绒的地毯上,假装在回忆。

"爸爸,你想出来了没有?"

"爸爸是不是也忘了?嘻嘻嘻。"

他皱紧眉头,假装自己不知道,其实他早就胸有成竹了。

"爸爸,你以前不是说自己记忆力特别好吗?怎么说不上了?"

"哈哈,爸爸也有失手的时候哦!"

亨德森愁眉松解,接着慢慢露出笑意。

"我想起来了!"

"叫什么?"

"快告诉我们。"

"叫……"

亨德森刚想把"海盗船"这三个字说出来,忽然脑子里变成了一片空白。

"叫……"

"叫什么啊?"

两个女儿歪着头看着自己,他看到了两个穿着天使翅膀衣服的小天使,除此之外他脑海里空空如也。

"爸爸?"

亨德森使劲地在脑子里面回忆,抓取着任何能够从记忆宫殿里冒出来的词汇。

可惜一个单词都没有。

"好了，两位小祖宗，该睡觉了……啊，亨德森先生，不好意思，我没注意到您。"

卧室的门打开了，穿着围兜的女仆人端着盘子从门外准备走进来。

"没关系，南，南……"

"是南希丝，亨德森先生。"

南希丝端着盘子毕恭毕敬地走进房间，盘子上是两杯牛奶。

"对，对，南希丝。"

亨德森的眼睛始终没离开南希丝，仿佛只要南希丝离开自己的视线，那么"南希丝"这三个字就会永远地从自己的记忆里消失。

"来，两位小天使，睡觉前把这两杯牛奶喝了。"

南希丝的腰围挺大，她费劲地弯腰蹲下来，把盘子放在了地上。

"不要！我们不要睡觉！爸爸还没把那艘大船的名字告诉我们呢！"

"对！南希丝，我们不想睡觉。"

两个小天使叽叽喳喳地不愿意就这么轻易地被南希丝制服，她们拱起身子爬到了亨德森身边，两对天使翅膀一抖一抖的。

南希丝有些不知所措地坐在地上。她平时见到亨德森的机会不多，只知道他是个非常有权势的人，此外还是个威严而又不苟言笑的人。自己从一进门到坐在地上，亨德森一直盯着自己看，而现在他又抱着女儿们沉浸在天伦之乐里，南希丝实在搞不懂亨德森心里面到底在想什么。

南希丝是不可能明白亨德森心里到底在想什么的。他的内心正在恐惧、镇定、疑惑以及一些说不清道不明的不安感觉间来回切换。笑靥如花的女儿像走马灯般在面前旋转，她俩不停地对自己说着什么，他耳朵听到了，可是他的大脑却理解不了。他疯狂地在脑海里寻找着那三个字，但是那三个字不知道躲到哪里去了，最终还是南希丝忍不住把答案说了出来。

"亨德森先生，是不是海盗船？"

海盗船，海盗船……

亨德森嘴里一直默念着，害怕这三个字再一次不翼而飞。

火焰就快要烧到手了，他松开报告单，一团火光垂直掉落在了地上，片刻后熄灭了。房间又重归黑暗。亨德森闭上眼睛，一张年老男人的面孔模模糊糊地浮现在了他的意识里。一张苍老的脸，一张熟悉的脸，一张在记忆里尘封已久就快腐烂的脸，没想到这个梦魇还是跟了过来。

说起来，亨德森对自己的父亲并没有那么多恨，其实连怨都没有，只不过身处两个不同的时代让他和父亲产生了无法消弭的隔阂，就像亨德森和他的儿子。最终，在父亲弥留之际亨德森和他还是和解了。不过，和解虽然能够解决两人精神世界上的矛盾，但是亨德森家族基因里的不可调和性却无法得到和解。

那是上天对自己家族的诅咒吗？

亨德森以前不相信什么宿命论，就像自己从不相信其他任何人一样。刚刚燃烧成灰的那张报告单上的诊断结果却仿佛是在他设计好的未来之路上横亘了一道悬崖，悬崖的下面深不见底，悬崖的对面遥遥无期。

亨德森从上衣口袋里面取出了一根尚未剪开的雪茄，将雪茄的一头轻轻含在了嘴里。现在知道这件事情的只有他一个人，他可以和自己的私人医生沟通，试试看那个目前最流行的CAR-T疗法（嵌合抗原受体T细胞免疫疗法）是否有用。或许会像那个得了脑癌的前总统一样，肿瘤细胞彻底消失。有多大可能性治愈呢？那个印刻在亨德森家族基因里的诅咒会不会卷土重来呢？此外更让亨德森担心的是，他认为他的私人医生说不定并不那么值得信任。

对亨德森来说，这是一件不可以向任何人透露的秘密。

"叮——"

火光又出现了，他稍稍将嘴往前伸，就在火焰的外围即将触碰到雪茄的边缘时，放在身旁的手机响了。

亨德森没有心情接任何电话，他关上打火机后静静地等待铃声的停止。铃声像早晨的闹钟不知疲倦地工作着，终于引起了亨德森的好奇。

他接起了电话。

"喂,罗宾,什么事?"

"《美国陷落》出了点问题。"

"我现在没空,你等会儿再打给我。"

"有两个电脑人逃出来了。"

亨德森不知道应该称呼那两个人为乔治和凯瑟琳,还是祁龙和铃木透夫。

那天晚上他戴着墨镜坐在沿街停靠的黑色轿车里看着一男一女走进了一幢公寓楼,那个高大英俊的男人应该就是祁龙,那个拥有着啦啦队队长身材的女人应该就是铃木透夫。

一切都在他的掌控之中,他精挑细选的手下在停车场里的SUV里随时待命,铃木或者准确地说是凯瑟琳房间里的监控早已经全部布控完成,就等时机成熟将这两人一举拿下。

抓捕计划是亨德森亲自策划和部署的。从罗宾那里得知消息后,他用了最短的时间把乔治和凯瑟琳的人生轨迹和社会关系摸查清楚,同时仔细思考了祁龙和铃木透夫在现实世界里可能发生的行为和各自动机,他认为越快下手越好。

时间很紧迫,亨德森按照增殖公式算了算,离自己失去语言能力至多还有一年的时间,但脑子里面随便哪一根不听话的血管爆炸也许就在下一秒,所以从现在起每一分每一秒都是倒计时上的跳针。

那两个人进了电梯,金发女子开始主动勾住金发男子亲热起来。亨德森像欣赏电影一样看着墨镜镜片里面传来的画面,就如同他当初设计《美国陷落》这个游戏剧本中人物背景时那样,在电脑前面像上帝般观察着剧情的走向,只不过这一次游戏里的人物来到了现实世界里。

罗宾刚开始与自己讲祁龙和铃木透夫从游戏里面逃出来的时候,亨德森还不大相信。他没想到这个刚刚升级过的游戏用VR脑机交互仪竟然还能进行意识互换。这个脑机交互仪平时只是用来窃取游戏用户大脑里面的一些信息的。罗宾认为发生了这个意外首先得封锁消息,亨德森很同意;其次,罗宾认为应该尽快将逃出来的两个电脑人抓捕起来,否则会引起不可预见的混乱,亨德森也很同意。罗宾最后认为应该把被困在游戏里面的两个无辜的玩家置换出来,这一点亨德森完全不同意,但是他没有流露出来。

祁龙和铃木出了电梯后进了凯瑟琳的公寓门,当亨德森看到这两人很自然地交流,并且像情侣一样各自称呼对方为"乔治"和"凯瑟琳"时,他差点以为根本就没有什么意识互换的事情,这一对男女依然是乔治和凯瑟琳,因为到现在为止他根本看不出丝毫破绽。

这种忐忑不安的心情始终悬停在亨德森的内心,直到他从耳机里听到了"乔治"嘴里轻飘飘地说出的四个字——铃木透夫。

接下来的发生的事情有些出乎自己的意料,但是还在可以控制的范围内。亨德森静静地倾听着两个人的对话,对话慢慢演绎为一方对另一方的威胁，一场激烈的搏斗蓄势待发。安装在凯瑟琳卧室里的针孔摄像头冷酷地记录了一切。铃木很明显对祁龙的身份还一无所知，他在拼死抵抗，同时也是无力地抵抗。铃木那张狰狞而又绝望的漂亮脸蛋，对着命运苦苦挣扎，而祁龙像个胜利者一般捉弄着自己的猎物，他们两个都不知道一根看不见的命运之绳在牵着他们两个。

亨德森面无表情地靠在柔软的车内沙发上，回想起了很久很久以前在自己儿子面前讲述祁龙和铃木透夫故事时的情景。那个时候儿子还很听话，亨德森绘声绘色地把自己正在制作的游戏剧本讲给儿子听，那是他儿子最喜欢的故事。

铃木透夫终于忍受不了了，亨德森的注意力也被拉扯了回来。为了以防万一，他用对讲机提示自己的手下做好准备。

战斗很快就结束了，铃木因为头磕在了床脚上而昏了过去。祁龙的行为则有点奇怪，他像变了一个人似的一会儿看看镜子一会儿看看铃木，后来还摇了摇铃木的头。亨德森猜测祁龙很有可能是害怕铃木发生什么意外，所以变得有些不知所措。

亨德森像台机器一样冷漠地观察着，此时一个原始而混沌的想法在慢慢汇聚。原先他的目标是祁龙，所有的准备工作都做好了，场地、病人、材料、试剂等，就缺祁龙这块最后的拼图。但是，刚才形成的那个全新的想法吓了自己一跳。亨德森也不知道自己是怎么想到的，不过那个想法就像雨后的蘑菇那样冷不丁地冒了出来，然后越长越大，越长越可怕。亨德森在心里面掂量着自己能不能驾驭这个想法，他尽量不从道德层面思考，甚至有些后悔自己怎么没早一点想到这一点。这个办法更加可靠，也更加简单。而且，这个办法不仅仅是为了自己，亨德森在心里重复了一遍，这个办法不仅仅是为了自己。

监控里的祁龙已经站了起来，然后垂头丧气地走出了凯瑟琳的家，连门也没关。亨德森让手下继续跟踪祁龙。过了一会儿，原本停在停车场的SUV悄悄经过了自己，然后朝着祁龙离开的方向驶去。

铃木依然躺在地板上，从他身体下意识的抽动上来看还活着，同时也表明他可能就要醒了。亨德森弹开车内沙发下面的暗箱，接着从里面拿出一副皮质手套和一根铁质的指虎。他套上手套然后又把指虎套在右手指关节上，随即打开了车门。

街上静悄悄的，没有一个人，亨德森轻轻关上车门，迈开大步走向公寓。夜风在悄悄地呼唤，一个个疯狂而宏大的念头在他脑海中排列组合。

只要决定的事，亨德森就从来都没有犹豫过。

但此时，他捏紧拳头站在公寓楼的大门口前足足停顿了10秒钟之久。

亨德森犹豫了。

这注定是亨德森漫长一生中最令他举棋不定的10秒钟。眼前这扇双开玻璃门里自己的镜像面无表情，仿佛一尊沉重的雕像阻挡着，不让自己进入。

亨德森闭上了眼睛。

他后来无数次幻想着假如时光可以重来，他一定会选择放弃，然后选择一种体面的方式死去，而不用背负着无法赎回的罪愆。但是，在这个世上唯有时间是他无法掌控的，一旦选择了就没有办法改变。

他推开了公寓的大门，走了进去。

指虎磕在门玻璃上发出"哗啦"的声音，同时在亨德森的心里面悄悄留下了一道永远无法修复的伤痕。

二

虽然现在称呼他为小亨德森的人越来越少了，但是派克内心依然残留着挥之不去的阴影，那就是他感觉很多人仍旧认为他目前取得的成就都是仰仗于他的父亲亨德森，这也导致了派克平时非常不愿意与自己父亲见面。上一次和父亲见面是什么时候派克几乎都已经回忆不起来了，不过只要一见面他们两个必然要吵架。

接到亨德森的电话是在昨天的傍晚时分，当时派克正在加州南部海岸线以西的某片海域观看海上平台的火箭发射。巨型火箭的梭状尾焰划破了傍晚柔和的夜空，搭载的飞船里面除了装满流放到月球的加州邦联重型罪犯外，还有泛美遗传技术公司的大型设备。派克略带满意地抬头望着窗外——自己的火箭即将初次登陆月球，过了很久才注意到自己的秘书已经站在身旁等候多时。

"老板，你的电话。"

"谁？"

女秘书欲说还休地把手机直接递给了派克，这种情况以前几乎没有发生过，派克疑惑地接过了手机。

"喂？"

女秘书识趣地走开了。派克一个人靠着船舷的栏杆，背后是经过落日染色后的天空。

"明天上午？"

派克转了个身，眼睛看向海和天空交接的尽头。

"到底什么事情？我明天还有安排。"

派克一会儿仰着头一会儿低着头，刚才火箭发射成功的喜悦早已一扫而光，取而代之的是复杂而纠结的心情。

"我知道了。"

火箭尾焰形成的白色轨迹隐秘在深墨色的宇宙之中，木星的光芒早已显露。原本今天是个完美的日子，等会儿吃完晚饭还可以和女秘书好好"交流"一番，可是他现在连食欲都没有了。

派克挂了电话，把手机攒在手里。手机磨砂外壳划过自己右手手指内侧关节，那里有很多凹凸不平的赘生物。派克努力不让那次右手指负伤的场景在脑中重现，他不想再回忆起那场战争，那场直接导致联邦政府解散的战争，也就是亨德森口中的那场"愚蠢"的战争。

派克曾经是个热血青年，现在依然是。派克认为这种感觉亨德森是不会理解的。那场战争的失败有很多原因，但绝不是亨德森轻蔑武断地所判断的那样。他反倒觉得正是那些像他父亲创立的游戏公司毁了一代代的青少年，让他们沉溺在虚拟世界里享受虚拟的快乐而忘记了自己对国家应该担负起的责任，最终导致了国家的分崩离析。

每次思考这个问题，派克总是忽略一件事实：正是他的父亲在战争中救了他，他才能够健康地站在这里思考，这也是他对于亨德森爱恨交织的许许多多原因中的一个。说到底，他还是亨德森的儿子，这是派克永远绕不开的死结。

旋翼机在绵延的森林上方飞行着，下方高大的北美红杉群几乎就要触摸到旋翼机的机腹。派克无心欣赏这片瑰丽的自然景观，他只想尽快地结束和父亲的会面。

本来今天的日程早就安排得满满当当，被父亲这么一折腾，只好都取消了。说起来也并不是什么特别重要的安排，就是会见一些人，参加一项开幕仪式，还有就是每两周例行的与美国各个邦联托拉斯垄断企业老板们和金融大腕们的视频会议。派克作为其中的积极参与者从未缺席，而且他又是过去的战争英雄，常常充当会议里摇旗呐喊的先锋。可是时代已经变了，不管资本家们怎么摇唇鼓舌，老百姓早已厌倦了一切政治活动，继续维持分裂还是重新合并成联邦，继续式微还是复兴都提不起人们任何兴趣，大家都只想好好生活下去。

旋翼机开始减速，一大片绿荫环绕的椭圆形空地在前方显露出来，空地边缘是和森林无缝衔接的一排豪华别墅。旋翼机悬停在了空地上方，然后慢慢下降到地面。派克闭着眼睛，身体埋进舱室的坐垫里，一直等到旋翼机的机翼完全停止旋转才有了起身的意愿。

过去那么多年，这座森林别墅还是老样子，和派克记忆中上一次见到的画面别无二致。上一次到现在有多久呢？派克想了很久也没想起来，好像那是上古时代发生的事情。派克歪着头从旋翼机尾部放下的斜面梯架上走了下来，一股古老森林的气息扑面而来。旋翼机不久又起飞了，留下派克独自一人站在森林和别墅环绕的中央。

厚实的青草被踩在脚底的感觉慢慢地触发了派克的回忆，这是自己上高中之后经常在假期放松度假的地方。也正是从那个时候起亨德森的事业开始腾飞，所以在这片原始森林里打造了一个巨大的别墅群，派克短暂的青春时光就是在这里度过的。就在派克低头看着青青草地回忆时，一个白色的东西在视野的边缘一闪而过。他下意识地抬起头，目不转睛地凝视着森林前方那片开阔的绿茵地，身子一动不动。

一只纯白的独角兽孤独地逡巡在这片茂盛的草地上，兽蹄被无数不知名的花草所淹没，螺旋状的尖角完美地镶嵌在头顶上，脊背两侧一对巨大的翅膀扑动起来，刮起一阵充满泥土气息的风。

派克的头发被这股自然之风吹散了，远古的回忆瞬间传送到了现在，他倏然想起小时候的某次生日派上他对自己许下的愿望——拥有一只长着翅膀的独角兽。

他不由自主地朝独角兽走去,独角兽并没有躲避,它安静地低着头嗅着地上的植被。派克慢慢靠近了,独角兽纯白的毛发诱惑着来人。他伸出手轻轻地摩挲着独角兽的鬃毛,丝滑的感觉从手心贯满全身。派克几乎忘记了今天来这里的目的,他的目光顺着独角兽的脖颈来到了头顶的尖角,他仔仔细细地从独角的根部开始欣赏这个艺术品,但是才过几秒一股怒火直灌心头。

在独角的中央,派克看到了泛美遗传技术公司的徽标。

一种被欺骗和被操纵的羞耻感让他怒火中烧,他转身就朝着别墅的方向走去。别墅大门两侧的爱奥尼式柱子下,几只长着青蛙脸的刺猬被派克气势汹汹的架势给吓跑了。他连想都不用想,这些奇怪的生物肯定也出自自己公司。

派克推开了原本半掩着的双开大门,一头钻了进去。

"我说过多少遍了?你没有权利私自使用我公司的试验品!"派克一进大门就大声嚷嚷道,"外面那个独角兽到底是怎么回事?"

派克气喘吁吁地在一楼门厅站定,找了半天才发现自己的父亲正远远地坐在燃烧的壁炉旁,手里面似乎还挂着一根拐杖。壁炉里木头在燃烧。火把亨德森所在的小角落映成橘黄色,在这个幽暗的一楼空间里显得分外独特。

亨德森打破了沉默,"你终于来了。"

大门外的自然光把派克的影子拉长,他的怒火在和沉默的对手做着对抗。

"外面那个独角兽到底是怎么回事？"

派克依旧不依不饶。

"那是你 10 岁时候的生日礼物。"

声音从亨德森嘴里发出，但是语调对于派克却是陌生的，更准确地说是睽违已久的。派克一时间不知道该怎么回答，内心高昂的怒火变得有点不知所措。

"外面那个独角兽哪里来的？你是不是又偷偷派人去了我公司的生物研发部？"

"派克，"亨德森的声音似乎有些虚弱，"你母亲还好吗？"

一股暖风从门外吹了进来，大门的枢轴"吱呀"作响。

"你问这个干什么？"

"我……想和你聊聊。"

亨德森双手撑起了拐杖，然后有点颤巍巍地站了起来。火散发的光照亮了亨德森稀疏的头发，脸上皱纹的阴影像深黑的沟壑。亨德森一拐一拐地朝派克挪动着，他脸部的肌肉松弛，眼神也没有了过往的锐利，略显臃肿的睡衣下摆有节奏地微微摆动。

派克想问他怎么了，但说不出口。"你还没有回答我的问题，那个独角兽你到底——"他又重复了一遍这个问题，只是音调柔和了很多。

一只厚实的手像云朵般轻柔地落在派克的肩膀上，手心的热量传到了派克的锁骨上。

"派克，我那时候只是不希望自己的儿子死在战场上。"

亨德森的手从派克的肩膀上移开，然后从睡裤的口袋里拿出一个东西放在了派克的手心。

"那天你走之后，我一直保留着。"

派克低头看着手心里面那个有些掉了色的金属徽章，徽章上是一只翼龙围绕着一柄带着火焰条纹的宝剑，宝剑上面刻了一些像是汉字的字符，但是太小看不清楚。

"派克，我能体会你那时的心情。"

徽章上泛射着黄色的光，派克仿佛回到了自己19岁那年的夏天。

"我很清楚我们必然会输掉那场战争，我们也会牺牲无数年轻人。"

派克记得志愿加入海军陆战队那天自己和父亲大吵了一架，离家之前还把徽章狠狠地扔到了壁炉里。

"你是我唯一的儿子，你是唯一能够佩戴上亨德森家族徽章的继承人。"

那天亨德森也说了类似的话，但是派克把这些话当成了耳边风，任何一个在他那个年纪的热血青年肯定都会这么做。

"我不想你被当成一个棋子白白死在那个寒冷的地方。"亨德森哆哆嗦嗦地把徽章别在了派克的胸前，"所以我把你安排在了——"

"一个最怕死的连队里，管后勤。"

派克撇着嘴，不耐烦地看着父亲把别针别好。亨德森并没有像往常那样很生气,而是抚摸了下派克胸口的金属徽章。

"可你还是受伤了。"亨德森看着派克的手指关节。

派克不知道,如果不是那年冬季攻势的前一天晚上亨德森得到军队内部消息,然后找了个借口把当时右手负轻伤的派克从河谷前线调到了后方,现在的他早就被炸成原子状态了。

"亨德森,你今天到底怎么了?先是不经过我同意把我公司的试验品私自带到这里,现在又和我聊这些东西。"

"儿子,我要死了。"

派克的脑子"嗡"了下,他看着眼前这个满目衰老的男人,一下子有点陌生。

"你说什么?"

"还剩下不到半年。"

派克不知道自己该怎么回应,只是舔了下嘴唇。

"也许下个月我就认不出你了。"亨德森苦笑着回应了下,"派克,你能扶我回壁炉旁的沙发上吗?"

亨德森稍稍伸出了胳膊,派克很惊讶自己的手怎么就自动伸出扶住了父亲。

"什么病?"

"脑癌。"

"我公司医学部最近开发了一款新的 CAR-T/NK 疗法,是用 T 细胞和 NK 细胞联合治疗的。"

亨德森在派克的搀扶下摇了摇头。

"是胶质母细胞瘤。"

派克听到这里没有再说话,他明白死神已经在自己父亲身上打好了标记,因为胶质母细胞瘤是所有脑部肿瘤里面最凶险的,目前没有任何有效的治疗药物。

亨德森坐回了壁炉旁的沙发里,他的脸色又重新被火染成橘黄。派克回身把敞开的双开大门关上,然后也就近在亨德森旁边坐下。

"时间过得真快,自从上一次你离开这里已经过去整整13年了。"

"你倒记得挺牢的。"

"我还记得有一年夏天在这里,那时你还在上高中,有一天晚上我想进你房间,你把门反锁了,过了好久你才出来开门,还慌慌张张的。"

"好了,好了,我们聊点其他的吧!"派克的耳根有点红,但是幸好火光本来就把他的耳朵照成了红色。

"好吧,聊点别的。"亨德森笑了笑,把拐杖横放在了大腿上,"说实话,你高中快毕业的时候想要学医这件事我还是很开心的。"

"哼,要不是我小时候你不让我玩电子游戏,我说不定现在是软件公司的老板。"

"我不是不让你玩,只是害怕你玩物丧志。"

"你自己现在不是就整天在搞电子游戏吗?搞得全美国的孩

子都玩物丧志了。"

派克本来还想继续说下去，但是他抑制住了自己的冲动，否则又是没完没了的争吵。

"你这里有什么喝的吗？"派克环视房间四周。

"那边有个冰柜。"

派克起身朝着大厅另一头走去，回来的时候他拿了一杯朗姆酒和一杯他父亲喜欢的加冰块水，然后略感惊讶地看到亨德森点燃了一支雪茄。

"你……"派克从作为医生的角度觉得有点离谱，但是转念一想父亲的时日不多了，雪茄已经不重要了。

"我听说了，昨天火箭发射得很成功。"

"你消息倒是挺灵通的。"

"毕竟我是亲眼看着泛美遗传技术公司成长的。"

"说的好像公司是你创立的。"

说完派克喝了一口酒来掩饰自己的一点心虚，他怕亨德森把实话说出来。

"至少我有一半的功劳。"亨德森说得没错，泛美遗传技术公司初创的风投资金大部分都是他改头换面注资的。"火箭里面都装了什么？"

"一些实验设备。"

"还有呢？"

亨德森呼了一口雪茄，烟雾在他的嘴边缭绕。

"没了。"

"真的没了?"

"爸,我真的受不了你了,你就不能别一直监视我吗?"

派克说完话自己先吓了一跳,他看了看亨德森的眼睛,那双碧蓝的眼睛似乎在告诉自己:你终于愿意叫我一声"爸"了。

"我也剩下不了多少时间了,你就当作这是我们父子之间的闲聊。"

"我只是不想活在你的阴影里。"

"我明白。"亨德森微微点着头,"只是有时候我也控制不了自己,心里害怕你会走弯路。"

"爸,我说过我一个人可以的,十多年前我就说过了。"派克前倾着身体,"我知道要不是你,我打仗的那阵子肯定凶多吉少,但是我回来后不是靠着自己的本事考上了医学院,然后又把公司从无到有给创立起来了吗?"

"我知道,我知道。"亨德森叹了口气,"你母亲还好吧?"

"妈一个人待在纽约,要不要我带个话给她?要不我现在就给她打电话吧!"

派克准备掏出手机。

"不要告诉她。"

"为什么?你们俩离婚的事她早就释怀了。"

"不是因为这个。"

"妈不是那种幸灾乐祸的人,就算当初……"

"派克。"亨德森死死地看着派克,"这个世界上只有你和我知道这件事。"

"只有你我!?"派克差点叫了出来,"你的医生呢?否则你怎么知道你得了这种病?"

"这不是重点,我今天叫你过来是为了另一件事情。"

派克激动地站了起来。

"你知道诊断一个疾病的流程吗?你至少得有影像学的检查和病理活检才能下结论,我估计你连蛛网膜下腔出血的头颅CT影像都认不出来。你得重新检查。"

"派克,你坐下。"

派克低头看了看父亲的眼睛,嘴里絮絮叨叨地坐下来。

"说不定就是一个普通的纤维瘤。"

"在我死之前。"亨德森停顿了下,"我不想让除了你和我以外的人知道这件事。"

"你怕别人知道?"

亨德森点了点头。

"你是我唯一信任的人。"

派克的膝盖被亨德森的拐杖轻轻点了两下。

"派克,我们先去楼上露台吃点早中饭。"

"等等,你刚才说叫我过来是为了另一件事?"

"走吧!"

亨德森艰难地从沙发坐垫上撑了起来。

"到底什么事情？"

"商量一件重要的事情。"

派克又开始搀扶起亨德森了。

"你这说了等于没说。"

"到楼上你就知道了，我们边吃边谈。"

亨德森别扭地挪动着身体朝前走，派克慢慢跟在旁边。

"你可真够烦的。对了，刚才独角兽的事情我还没找你算账呢？我记得我没有让研发部制造独角兽啊。"

"你想知道原因吗？到了露台我就告诉你前因后果。"

"你就别卖关子了，我以前就怀疑研发部的主任早就被你收买了，这次看来是确凿无疑了，是不是那个瘦子干的？"

亨德森轻轻笑出了声，脚步忽然变得轻盈了起来，甚至都忘了自己手上还拄着拐杖，他赶忙把脚步重新变得迟钝，派克倒是一点都没有察觉到，边走边和亨德森继续交流。

他们两个相谈甚欢，从太阳高挂一直聊到了太阳落山，亨德森还破天荒地为派克做了鸡蛋培根晚餐。

派克临死前一定会记得这一幕场景。

三

祁龙发现自己正身处一间晃眼的病房里，房间墙壁是白色的，地板是白色的，天花板也是白色的。在病房的正中有一个白色的病床，病床上有件白色的床单，床单很明显凸出了一个人形。

祁龙有点害怕，他不知道自己是怎么进入这间房间的，一点记忆都没有。他低头看了看自己的脚，脚上穿着白色的鞋，腿上穿着白色的裤子。张开双手，手上戴着白色的手套，并且没办法脱掉。他尝试着发出点声音，但是失败了。

目前唯一能转移自己注意力的恐惧就是病床上那个凸出的人形了。祁龙尽量摆脱自己内心的不安，他准备抬脚朝前走，惊喜地发现自己竟然可以走动。他小心翼翼地来到病床前，一张脸从被单里露了出来。

严格地说，那不应该叫作"脸"，没有眼睛，没有鼻子，没有眉毛，只有一张嘴横在正中，嘴的四周遍布着皱纹。祁龙对这张"脸"有种似曾相识的感觉。在记忆深处，他曾经见到过这张

"脸",而且还非常熟悉。可是这张"脸"到底是谁,祁龙却怎么也想不起来。

那张嘴开始嚅动了,嘴里面似乎正发着声音。祁龙听不清楚,只好凑近一点。

"……来了,他们来了……"

祁龙捕捉到了微弱的声音里所表达的意思。

"谁?他们是谁?"

脚步声由远及近,还有对话声,全是从身后传来的。祁龙猛地一回头,房间的一角出现了两张熟悉的面孔。

"你是谁,你怎么和我长得一样?"

其中一个人指着自己。

"乔治,他怎么和你长得一样?"

另一个人警惕地看着自己。

祁龙看到两个全副武装只露出了自己脑袋的士兵,左边那个是乔治,右边那个是凯瑟琳。

"喂,你是谁?"

"把手举起来!"

乔治和凯瑟琳双双端起手中的枪对准了自己,祁龙刚想躲,两管枪口几乎同时喷出了火舌。子弹像暴雨倾泻在了自己的身体上,但没有丝毫的痛觉,只有一种被热水喷淋的潮湿感。

"原来是你?"

枪声停止了,乔治放下了枪,惊讶地看着祁龙。

"原来是你，祁龙。你这个卑鄙的小偷，快把我的身体还给我！"

乔治怒气冲冲地朝自己冲了过来。

"乔治，你听我说，你听——"

乔治高大的身躯突然怔住，原本怒火中烧的眼睛没有了任何生气，一根鲜血淋淋的铁矛从乔治的心口戳了出来。

"祁龙，若要人不知，除非己莫为。"

凯瑟琳把铁矛从乔治的胸口拔了出来，然后将铁矛拄在地上。红色的液体从铁矛的棱片上滑落，染红了白色的地板。

"凯瑟琳，我会救你出来的，你放心，我会帮你抓到铃木这个混蛋的。"

"铃木？谁是铃木？"

凯瑟琳的眼睛变成一片血红。

"你忘了吗？铃木透夫啊，那个把你困在游戏世界里的瘸子。"

"瘸子？我看你才是瘸子！"

祁龙右腿忽然使不上力气随即顺势跌到了地上，他摸了摸自己的右腿，只摸到了一根细长的骨头。凯瑟琳撑着铁矛一步步地逼近，祁龙手脚并用连连后退。凯瑟琳把他逼到了角落里，她双手举起铁矛，使出全力朝祁龙的脸上刺去，祁龙已经彻底放弃了抵抗。

"互相残杀并不是你们两个最好的归宿。"

病床上的那个人忽然坐了起来，伸出的手挡住了铁矛锋利的矛尖。

"祁龙，铃木，你们两个今后要成为最好的情侣。"

亨德森的脸代替了刚才那张唯有嘴巴的"脸"，他顶住矛尖的食指指腹将铁矛融化成了液体然后将其完全吸收了。

"就像乔治和凯瑟琳一样。"

祁龙的头开始疼痛，痛感越来越强，他双手抓着头，汗珠从脸颊处滚滚而下，撕裂感和膨胀感从意识深处扩散。他闭着眼睛跪在地上，头死命地抵着地板，躯体在疯狂地扭动，尖锐的金属摩擦声有节奏地在耳朵里摩擦。就在脑袋即将爆炸的一瞬间，他睁开了眼睛。

6：00：23

6：00：24

……

床边柜上的液晶显示仪上的秒数在规律地变化，电子鸣音提醒着祁龙该起床了。他叹了一口气，视线从液晶显示仪上挪开。

近一个月来，祁龙已经习惯了每天早晨六点准时起床。再过15分钟，亨德森指派的车就会在楼下出现。

祁龙把被子掀开，被汗水湿透的身体凉爽了很多。膝盖还有点隐隐作痛，重新接上的交叉韧带和人造半月板以及髌骨还没完全磨合，祁龙一想到这，脑中就出现了铃木透夫曾经丑陋的脸。他用脚把盖在腿上的被角一脚踢开，接着背靠在铁质的冰凉护栏上，眼睛无神地注视着房间里某个不存在的点。

晨曦已经从轻轻摇摆的窗帘里透了进来，地板上是横七竖八的衣服以及薄薄的被子。从游戏世界里出来后，祁龙几乎每天晚上都会做梦，千奇百怪的梦，荒诞离奇的梦，而且至少有十次以上都会梦到乔治。祁龙不确定乔治的意识是不是还在游戏里，他和凯瑟琳两人像梦魇一样总是阴魂不散。《美国陷落》游戏比赛落幕之后祁龙就失去了与这款游戏相关的信息，想要接近游戏背后的平台服务器更是难于登天。

……

6：05：45

6：05：46

……

只剩下 10 分钟的自由时间，祁龙还是一动不动地坐着，房间里面变得比刚才稍微亮了些。

乔治和凯瑟琳随时可能浮出自己的意识层，这是无法避免的，也是作为事实必须接受的，谁叫自己不但用了乔治的身体并且还复制了一套乔治的记忆呢？潜意识作为一种难以控制的怪物，当它不受控制时你只能尽量与之妥协。只是梦里面有一样东西让祁龙百思不得其解——那张只有嘴的"脸"。

虽然刚才的梦里那张"脸"变成了亨德森，但是祁龙坚信那张"脸"绝对不是他。他也说不清楚为什么，每天晚上都能梦见那张"脸"，而且每次梦见那张"脸"出现的地点必然是在一个白色的病房里。祁龙使劲回忆着，那张"脸"朦朦胧胧地在脑海深处若隐若现,每次浮出意识的平面总能激起自己内心情感的波动,一种混合着苦涩和心酸的感觉。

嘎吱嘎吱……

车轮压过落叶的清脆声从楼下传来,祁龙身上的汗已经蒸发完了,还剩下 5 分钟的自由时间,他从床上起来,默默地走向卫生间。

从自己所在的公寓到实验场地大约要半个小时,其中 3 分钟在地面上,剩下的 27 分钟是在地下管道里完成。祁龙洗漱完毕,立刻下楼,很自觉地进入汽车的后排,门随即自动关上,两秒钟后车子无声地启动了。3 分钟后,汽车开进旧金山海边的某个集装箱仓库,仓库内部的地面是个活动平台,汽车就位后随着平台一起下降,然后出现了一个圆形的隧道。一个月前第一次看到这个场景时,祁龙脑中立刻浮现出了在游戏里自己公司的超高时速管道胶囊列车,那个时候自己还是万人之上的高科技巨擘,如今则沦为了"阶下囚"。

车子启动了,加速很快,隧道里的黄色灯光瞬间形成了一个个连续密集排布的点朝后飞驰。朝着左边看去,隧道的边缘离自己也就几十厘米的距离,在这个狭小的空间里,压抑感扑面而来。现在的自己已经是个彻底失去自由的人,每时每刻都被亨德森安排得严丝合缝,就连和铃木透夫约会的时间都像列车时刻表一样毫厘不差。祁龙现在是一个"演员",在一本没有字的剧本里扮演着自己的戏份,每一个表情、每一个动作都得逼真,不能被别人看出破绽，尤其是不能被自己的那些朋友们看出来。事实上，朋友们已经有些感觉奇怪了。祁龙现在大概只有周末的某一天和他们玩耍，其余的时间都泡在亨德森为他精心准备的地下实验室里。还好现在自己是个不到20岁的精力充沛的男青年，否则亨德森要求的这种超负荷工作压力不是普通人能够承受的。

今天是和亨德森会面的日子，他大概会在中午的时候出现，边吃饭边和自己讨论实验的进展情况。以前都是别人向自己汇报公司的情况，现在轮到自己向亨德森汇报，区区一个月时间祁龙肯定无法适应，但又无可奈何。一旦亨德森出现在自己面前，那么只要自己有攻击亨德森的想法，脑袋会立即痛不欲生，这种情况也同时适用于面对铃木。祁龙有时心里面还宁愿待在游戏世界里，至少在游戏世界里被当成提线木偶也比现在当这个实打实的"傀儡"要好很多。

很多问题他根本无暇考虑，自己到底是谁或者自己的身体到底是属于谁的已经无关紧要了，好好地活下来才是最重要的。而好好地活下来的目的并不是苟且偷生，祁龙在寻找着一切可能的机会，而在时机到来之前他得隐藏好。他目前能够想到的，就是在亨德森的动物实验中心里找找机会，除此之外也别无他法。

车子开始减速，目的地到了。车门自动打开，祁龙跨了出去，有个凹形区域出现在他面前。

"请在红色圆圈中心站立。"

祁龙站在了凹形区域中心的圆圈里，面前是一道电梯门。他伸出手掌按在电梯门旁边的一个感应方块内。

"身份确认。"

电梯门打开,祁龙走了进去。汽车还在原来的轨道上,驾驶座位空空如也,恐怕除了亨德森以外没有人知道这里。

电梯里的感应控制面板上有好多按钮,祁龙触碰最多的是代表人体试验区的"H"按钮,这主要是为了服从亨德森的要求。上个星期的人体试验全部失败了,亨德森知道后一言不发,然后立即给祁龙送来了新的试验品。那些源源不断的健康人或者是病人就像是生产线上的产品一样很快塞满了试验区的储备仓。

"正确的科学方法应该是循序渐进的,从细胞实验开始,然后是动物实验,最后是人体试验。" 祁龙向亨德森抱怨过他的急功近利。

"你在游戏世界里进行了那么多人体试验,没必要非得现在当圣人。"亨德森说。

祁龙很想说游戏里的自己根本没有自我意识,只是亨德森按照自己的意愿设计出的工具人。但他觉得说这么两句的意义也不大。一番较量,以祁龙的惨败而结束,他只得乖乖试验。

在感应区的偏下方有个代表动物试验区的"A"按钮,祁龙每天都会抽空去那里转一圈。他在按钮"H"和按钮"A"那里犹豫了一会儿,最后选择了代表动物实验区的按钮"A"。

电梯到了"A"层打开后便是动物实验区的入口。由于动物实验区不能携带对动物干扰大的病原体,所以想要进入动物实验区还是得经过几道程序。祁龙在紧挨着入口区的更衣室内脱下外套和鞋子,只留下穿在里层的 T 恤,然后赤脚进入第一道拉门。里面是一间狭小的小室,一边通向更衣室的大门,另一边通向更里层的拉门。小室里摆放着塑料袋包裹的不同尺寸的隔离衣,还有口罩、橡胶手套。祁龙挑选了适合自己身材的隔离衣和手套,进入了第二道拉门。

进门后又是一间狭小的房间,祁龙穿隔离衣的动作很快,一分钟后他就变成了一个在科幻电影里经常出现的身穿生化服的科研人员。除了眼睛,其他的部位都被严严实实地遮盖住。

还有最后一道程序没有走完,那就是风淋。

风淋室的拉门就在第二间小室的另一侧,进入风淋室后随着拉门"咔哒"一声关上,上下一共 9 个喷嘴同时朝着祁龙的隔离衣开始吹风,强劲的风将隔离衣表面的吸附颗粒清除干净。30 秒后,电子鸣声响起,吹风喷嘴停止吹风,祁龙推开另一侧的门,进入了动物实验区。

宽敞的动物实验区的大部分被一排排等距离间隔的网络状架子所占据,而存放实验动物的笼盒就安插在架子上一个个的长方体网络空隙里。每天在动物实验区的时间祁龙控制得很严格,以免逗留时间太长引起亨德森的疑心,毕竟这里遍布着监控。

祁龙快步朝着目标走去,双腿内侧的隔离衣因为摩擦而发出"沙沙"的声音。他在实验区深处的某个架子边停下,目光锁定了一个安插在卡槽内的动物笼盒,这里面有他"寄予厚望"的实验动物。他熟练地把笼盒从卡槽里取出来,然后抱着笼盒来到房间另一侧的实验设备区域。

走到庞大的生物安全柜前,祁龙打开开关启动通风按钮,"嗡嗡嗡"的风扇声渐渐响起。他拉起生物安全柜的防护玻璃,把笼盒放入生物安全柜中的无菌区域。揭开笼盒盖子,笼盒里面有5只被吵醒的小鼠。祁龙轻柔地捏着小鼠的尾巴把它们提起来,然后将其塞到了圆柱形的固定器中,只露出小鼠尾巴。小鼠细长的尾巴上有两根深蓝色的静脉,前天祁龙将构建在腺相关病毒载体上的混合纳米质粒注射入了静脉中,今天还能看到小鼠尾巴上的微小针孔。

操作区附近有一把手术剪,祁龙拉直小鼠尾巴后从五分之一处剪断。殷红的鲜血很快从尾巴的切断面溢出,但是仅仅几秒之后血便凝固了,接着横断面的中心重新长出了鼠尾骨和韧带,接着是包绕着韧带的筋膜、血管,最后是最外层的皮肤。祁龙剪了另一只小鼠的尾巴,也看到了相同的现象。他把两只老鼠连同剪下的尾巴放回了笼盒,接着再把笼盒插回架子的卡槽里。从拿出笼盒到放回笼盒总共用时不超过 10 分钟,祁龙心满意足地用戴着手套的手摸了摸自己的下巴,然后往细胞培养箱所在区域走去。

经历了前两个星期的失败,一个稳定的叶绿体和固氮体体系已经成功地在老鼠体内构建完成,现在只要存在空气,那么一般的外伤伤口只需要十几秒钟就能修复完成,而且不会形成修复赘生物。祁龙把游戏世界里成熟的技术应用到了现实世界,没想到很快就得到了预期的结果。他边走边在脑子里酝酿接下来的计划，小鼠和人类基因序列有高度同源性，在人体上重复出相同的实验应该用时不会太久，现在需要考虑的是如何在亨德森眼皮子底下把人体试验完成了。

想要逃过亨德森的视线可不是那么容易，祁龙断定自己的大脑应该被亨德森动过手脚，说不定脑子里被装了定位。在这个有限的活动范围内，祁龙能够想到的逃脱办法不多，现在只能寄希望于人体试验能够成功。但如果亨德森盯得太紧的话，万不得已只能直接在自己身体上试验了。祁龙很不想当这个小白鼠，但似乎也别无选择，他能想到的最好结果就是试验成功，然后找机会逃离旧金山。可预知的危险不少，不可预知危险更多，比如或许自己脑子里早就被亨德森装了微型炸药，还没跨出大门一步就呜呼哀哉了。也可能情况并不如想象中的那么糟糕，一般的刀伤或者枪伤都能够在极短的时间内修复，只要耐心规划一条逃生的路线没准就能摆脱亨德森的魔爪。按照现在的形势，南边的墨西哥是个最保险的选择。

不知不觉中，祁龙已经来到了细胞培养箱边。他打开培养箱的门，里面的金属隔架上平放着许多扁平的培养皿。他慢悠悠地取出一个，拿到附近的倒置显微镜的载物台上。培养皿底部是果冻样的琼脂，上面扭扭曲曲地爬行着一只秀丽隐杆线虫。

时间是早晨8点04分，离亨德森的到来还有大把的时间，祁龙的脑子里开始酝酿起下一步的计划。

四

祁龙一直等到晚上8点才终于见到亨德森。

之前亨德森从来没有迟到过,每次都是准时在位于"M"层的宽敞会议室里出现,表情严肃并且正襟危坐在椭圆形会议桌的正中。

"亨德森,你怎么这么晚才来?"

"你应该称呼我'老板'才对。"

亨德森跷起二郎腿慢悠悠地把雪茄点燃,庞大的身躯陷在了棕色单人皮质沙发里,表情看上去不像过去那样凝重。

"今天怎么抽烟了?"祁龙停顿了下,"老板。"

亨德森闭着眼睛享受了一会儿尼古丁的快感。

"祁龙,你最近到动物实验区去得有点频繁。"

"因为我在秀丽隐杆线虫里面发现了一些有趣的现象。"

祁龙边走向会议桌边说,而亨德森不耐烦地挥了挥雪茄烟。

"和你说了多少次了?先把那批脑癌的人体试验搞好。"

"老板,世界上有这么多种癌症,你干吗偏偏要治脑癌呢?而且还是最难治的胶质母细胞瘤。"

"你想知道原因吗?"

亨德森笑着斜眼看向祁龙。

"当然。"

"等你把脑癌的人体试验搞定我就告诉你。"

"我可不相信你。"祁龙靠着木质桌子的边缘。

亨德森摸着右手大拇指上的银色戒指:"讲讲最近实验的进展情况。"

会议室的灯逐渐暗了下来,祁龙心里默默地咒骂了一句。

"从上个星期最新的一批实验结果来看,"正对着祁龙和亨德森的墙体上出现了一块投影,"目前对于胶质母细胞瘤的生长达到了临床上的精确控制。从投影的结果可以看到,肿瘤细胞在一周内全部处于静息状态。"

投影里面是一个长满肿瘤细胞的视野,位于右下角的滚动计时器提示着时间的流逝,但是肿瘤细胞并没有像常规的那样分裂增殖。

"我不要看这些实验,直接给我结果。"

投影切换成到了另一个场景,一个平躺的被试验人的颅骨在活细胞监测平台上被打开,一台激光共聚焦显微镜的镜头对准了脑内的肿瘤组织。

"活体监测平台里的视频显示,标记为荧光绿色的肿瘤细胞在 96 小时内保持静息状态，并且被试验者脑电图保持正常人水平。"

亨德森皱着眉头看着投影里面缓慢蠕动着的各种形状的细胞。

"那些红色的是什么？看上去和肿瘤细胞很像。"

投影里处于多数的红色细胞包围着绿色细胞。

"绿色的是肿瘤干细胞，红色的是肿瘤干细胞分化出来的肿瘤细胞。"

"有什么区别？"

"你可以把肿瘤干细胞看成蚁后，肿瘤细胞看成蚁后的子子孙孙。只要控制住了少量的肿瘤干细胞，就能从根本上控制肿瘤生长，同时还能减少感染病毒的用量从而减少副作用，这一次我专门针对肿瘤干细胞设计了一批……"

亨德森食指和中指夹着雪茄漫不经心地听着祁龙滔滔不绝的天书。

"结果怎么样啊？"

"什么？"

祁龙还没从自己忘我的讲解里回过神来。

"结果怎么样？"

亨德森微微低着头，眼睛朝上看着祁龙。

"效果不错，这次的脑癌患者在注射了纳米级脂质体载体后，没有人发生全身炎症反应综合征。"

"这次没有副作用？"

"是的，因为这次专门针对了肿瘤干细胞，所以注射剂量减少了，急性免疫应激反应就没有了。"

亨德森抿着嘴吸了一口烟，张嘴时还发出"啵"的声音。

"看起来这一周你还挺有成效的。"

"目前算是解决了一个难题。"

"你把投影关了吧！"

亨德森朝着祁龙挥了挥雪茄。

"亨——，老板，后面还有东西没讲呢！"

亨德森放下夹着雪茄的手，手指在旁边的茶柜上有节奏地敲打着。

"告诉我，你每天在动物实验区偷偷摸摸地在干什么？"

"并没有偷偷摸摸。"

"你不好好完成我交给你的任务，每天鼓捣这些动物有什么用？"

"老板，恰恰相反，我在动物实验区做的正是你交给我的任务。"

"我交给你的任务是把脑癌病人给治好。"

祁龙耸了耸肩。

"老板，一个月前我从《美国陷落》里出来后，你不是给我和铃木描绘过未来的美好世界吗？一个没有疾病，充满希望的未来。"祁龙停顿了下，等待亨德森的回应。

"你继续说。"

亨德森把雪茄靠在了玻璃烟灰缸上。

"一个没有死亡的未来。"祁龙清了清喉咙,"我在秀丽隐杆线虫上做到了。"

祁龙微微一笑。

"做到了什么?"

"做到了让秀丽隐杆线虫存活超过一周。"

"听上去并不怎么让人兴奋。"

"当然,因为你不知道秀丽隐杆线虫最长寿命只有3天,也就是说我把秀丽隐杆线虫的寿命延长了两倍还要多,而且它还存活着。"

亨德森眨了一下眼睛。

"所以你把那个什么'永生化'的技术从游戏里面用到动物身上了?"

"是的,'肿瘤永生化'技术。如果这项技术在动物身上成熟了的话,我想可以接着就用到人体上。"

祁龙一直在等待着这个机会,他很确信亨德森需要什么,但是他不能像个予取予求的傻子,他得隐瞒点东西,然后用其他成果来吊吊亨德森的胃口,这样才能给自己争取时间逃离这个牢笼。

"老板,关于长生不老问题,我觉得完全可以在现有的技术条件下实现。"

"那也得等很多很多年才能看出效果。"

亨德森又重新拿起雪茄抽了起来。

"秀丽隐杆线虫的实验证明我的理论是正确的。"

"小小的虫子能说明什么问题？"

"老板，你大错特错了。"祁龙把自己的音量提高了好几倍，"假设乘电梯从一楼到二楼，到底是电梯推动着你上升，还是并非电梯的推力推动着你向上，而是你为了适应环境的变化而主动往上移动？"

"你说的这段话我怎么似曾相识？"

"那是我还在《美国陷落》这款游戏里的时候，在国际癌症大会上的发言。"

亨德森想了想，然后点了点头。

"你觉得呢，祁龙？"

"这两种解释都不对。"

"都不对？"

祁龙发现亨德森似乎提起了一些兴趣。

"到底是恶劣的环境导致了恶性肿瘤还是人体的正常细胞为了适应环境的变化而变为肿瘤细胞呢？这其实是进化论里的两种相悖的观点，一种是达尔文的自然选择说，一种是拉马克的用进废退说。"

"继续说下去。"

"这段时间我一直在思考这个问题。"祁龙开始用手摩挲起自己的下巴，"无论是达尔文还是拉马克，他们都承认有一股力量在推动着生物的进化，只是差别在于这股力量到底是环境还是物种本身。这让我想起了牛顿的万有引力假说。"

亨德森目不转睛地看着祁龙。

"行星围绕着太阳，苹果掉落在地面，牛顿用万有引力来解释物质的运动，但是爱因斯坦说根本没有什么万有引力，一切都是因为时空弯曲从而导致我们误以为是万有引力引起了物体的运动。事实上根本就没有什么万有引力的存在，也就是说根本没有什么原因，也就不存在什么结果，一切都是顺理成章的，生命的进化也是同样的道理。环境造成肿瘤抑或为了适应环境肿瘤才产生，这些都有争议。"

亨德森微微抖动着二郎腿。

"所以，我们目前正站在生命进化线的某个点上，无论我们做什么改变，生命的进化都不会以我们的意志为转移。而这条进化线的尽头就是永生，而达成永生的形式就是全身癌化。"

祁龙身体前倾，握紧的双拳抵在了会议桌上。

"老板，你知不知道，人体早期胚胎细胞和癌细胞的基因表达极其相似，也就是说生命的起源依赖的正是杀死人类的癌基因，是不是很荒诞？"

"照你这么说，永生是进化的方向？"

"可能是最终目的。"

"这就是你的理论？"

亨德森笑着用牙齿咬着雪茄。

"可能有些难以理解，但是秀丽隐杆线虫的寿命延长了一倍是最好的证明。所以，我想如果能够在人体上重复出这个实验的话，那么老板你就会获得永生。"

"哈哈哈哈。"亨德森兴奋得鼓起掌来，"祁龙，你真是我肚子里的蛔虫。"

"给我一年时间，我想我能够在人体上重复出来。"

"好，我给你一年时间，不过我有一个条件。"

"什么条件？"

"你告诉我，今天早上你把小鼠的尾巴剪掉是为了什么？"

祁龙愣了一下。

"老板，我没有理解你的意思。"

"我是说。"亨德森笑起来有点瘆人，"那两只老鼠尾巴被你剪断了之后，怎么立刻就复原了。"

祁龙仅仅用了千分之一秒的时间就把早已准备好的说辞从脑子里调了出来。

"噢，老板，你说的那两只老鼠啊？"

"你想起来了？"

"伤口快速修复技术，叶绿体和固氮酶，我今天正准备和你讲解这个技术。老板，你还记得《美国陷落》里的那些飞行怪物吗？翅膀断了还能再长起来，出血了马上就能止住。剪了两只老鼠的尾巴就是为了这个实验。我想顺利的话再给我三个月时间我可以在人体上实现。"

祁龙边讲脑子里边思索着亨德森到底在哪个地方偷偷装了监控。

"再给你3个月？"

"两个半月就行。"

祁龙猜测生物安全柜里肯定有一个摄像头。

"祁龙啊,"亨德森慢慢地从沙发上站了起来,"你是个不可多得的人才。脑子灵活,善于了解别人的需求,而且长得也很帅,不管是之前还是现在。"

亨德森右手插进口袋一步步地走过来,让祁龙感到莫名的恐惧。

"虽然刚才你说的那些理论,乍一听还挺荒谬……"

"这些我能理解,因为我还是第一次对别人提起。"

"你一声不响地鼓捣着虫子啊老鼠啊,是想给我一个惊喜?"

"是为了实现老板你给出的那个愿景。"

祁龙的喉咙有点干燥,急需水来润润喉咙。他用眼睛在会议室里寻找着矿泉水瓶时,一种奇怪的感觉从大脑深处袭来。起初是一种眩晕感,慢慢地眩晕变成了隐隐的不适。亨德森还是保持着右手插在口袋里的姿势,脸上洋溢着满意的笑容。

"老板——"

突然钻心的疼痛像地底深处喷涌的岩浆炸裂而出,祁龙抱着自己的脑袋靠在会议桌边缘。

"看着我,祁龙,看着我。"

祁龙感觉疼痛比刚才减弱了很多,他睁开眼睛,亨德森还是保持着原来的动作。

"老板,我——啊——"

这次祁龙直接跪到了地上。

"睁开眼睛,祁龙,慢慢睁开眼睛。"

祁龙不停地喘气,他感觉自己的口水已经滴到了地板上。

"亨,亨德,森,你,"祁龙趴在地上,眼前是亨德森的皮鞋,"你对我,做了什么?"

亨德森蹲了下来,他手上拿了一个奇怪的物体,这个奇怪的物体闪烁了一下,祁龙直接倒在了地上。

"祁龙,你以为我是傻子吗?想要用什么鬼理论来糊弄我?"

亨德森一把扯住祁龙的领口。

"那批脑癌病人是不是都死了?!啊?!"

祁龙的脸上全是亨德森的唾沫。

"急性免疫排斥反应我解决了,但是,我没想到一周以后出现了慢性免疫排斥反应。"

"祁龙,你别跟我耍什么花招。想要拖延时间?我每周给你一批病人,不是为了让你探索科学的奥秘!下周你要是还不把脑癌病人治好,我一定给你好看,听见没有?!"

亨德森重新站了起来,低头对着祁龙,好像一座即将倾倒的危楼。

"当然咯,我不会打扰你和女朋友周末约会的时间。"

祁龙疼得紧闭着眼睛,黑暗中仿佛看到了那个闪烁的奇怪物体。

五

"老板,你是我见过的学得最快的人。"

铃木透夫直起身子把自己金色的长发撩到耳后,然后用套在手腕上的橡皮筋将头发给扎了起来。

"铃木,我现在不想听什么奉承的话。"

亨德森聚精会神地坐在电脑前双手操作着,光秃秃的脑袋反射着实验室天花板上的灯光,炫得铃木的眼睛有点刺痛。

"老板,我可是实事求是地说。"

铃木透夫刚才说的话并不是在恭维亨德森。相反,他还从来没遇到一个外行在一个月之内就把脑神经科学的精髓掌握到如此程度的人,他也从来没有遇见过像亨德森这样勤奋又如饥似渴的学习者。

"老板,你这里有个小错误。"

"哪里?"

铃木指了指电脑显示屏内右侧的一个类似贝壳状的复杂结构。

"你把小脑和前庭器官相连接的神经元轴突里的微管蛋白给漏了。"

"什么前庭器官？"

"前庭器官就是耳朵，耳朵里的耳蜗和半规管以及小脑是维持躯体共济平衡的关键。"

"你说了那么多，不就是维持人体运动吗？"亨德森开始把显示屏左侧的一行代码重新扩充，"对于意识交换，我看没什么用处。"

"用处可大了，每个人轴突里的微管蛋白的磷酸化和乙酰化位点都不一样，所以每个人的运动协调能力千差万别。虽然小脑和大脑在维持肌肉张力和协调上也有联系，但是如果只关注大脑和小脑的联系而把小脑和前庭器官的联系这部分忽略的话，对于意识交换后的动作行为会有不可逆的影响，有可能交换者会忘记自己原本是怎么走路的。"

亨德森抬头看了看铃木。

"好吧，铃木教授，你说什么就是什么。"

铃木透夫听完之后竟然产生了一点点成就感。

"老板，我当然是听你的。"

严格地说来，祁龙只是一个卑劣的剽窃者，而亨德森才是铃木第一个真正意义上的"学生"。想要掌握意识交换的技术，脑神经科学、电生理以及计算机高级语言这三个关键领域缺一不可，亨德森无论是从理解能力还是实践操作能力上来说都是少见的天赋型学习者。他的计算机能力自不必说，对于陌生的领域他不但吸收得快，而且能举一反三。最难能可贵的是亨德森的好学程度。自从铃木透夫成为亨德森的"俘虏"之后，亨德森几乎每天都和铃木泡在一起。亨德森从神经科学最简单的解剖学姿势学起，接着从动作电位、神经元受体、记忆的神经基础知识一直到脑机交互应用，亨德森恨不得用一天就全部学完。铃木一方面对亨德森不知疲倦的求知欲感到惊讶，另一方面也感到疑惑，到底为什么亨德森要这么疯狂地学习意识互换技术。

"铃木，这样行了吗？"

铃木对着电脑屏幕点了点头。

"老板，我已经没有什么能够教你的了。"

亨德森斜眼瞟着铃木。

"一天到晚只知道说些恭维的屁话。"

亨德森从座位上站了起来。

"老板，要不今天就到这里吧，我等会儿还得去和祁……乔治他们去海边。"

"现在才下午一点。"

"老板，我还得回去化个妆。"

"化妆？"亨德森冷笑了一声，"祁龙要求你化妆？"

铃木耳朵根有点热。

"老板，我怕别人看出破绽来。"

亨德森走到了实验室另一侧，那里有好几个带拉手的铁柜子，平时都是锁住的。他握住其中一个的把手，然后朝外一拉。

"铃木，把台子上的交互仪拿过来。"

铃木略带疑惑地去取位于中央实验台上的交互设备，眼睛一直盯着被拉开的透明铁柜子，一个女人裸体正躺在泛着金属光泽的柜子底部，不知道是死了还是活着。

"老板，你这是要做什么？"

"你刚才不是说该教的东西都教会我了吗？"亨德森用手势示意铃木走过来，"现在让我实际操作一次。"

铃木手里面抱着交互仪，似乎明白了些什么。

"老板，你现在就要，意识互换？"

"耽误你去海边玩了？"

"我不是这个意思，老板，你才学了一个月不到，是不是进度有点太快了？"

"铃木，有时候在学会走路之前你就得开始跑。"亨德森的拳头敲着铁柜子，发出"铛铛铛"的声响，"速度快一点，把头套给她带上去。"

铃木赶紧走上前去熟练地把头套套在了眼前这个陌生女子的头上。

"老板，她是谁？"

"一个不存在的人。"

"要和谁互换意识？"

亨德森的眼神忽而深邃，忽而缥缈，让铃木内心忐忑不安。

"你。"

恐惧感像蜈蚣数不尽的脚让铃木的四肢瞬间发凉。

"我?"

"你的一个好朋友。"

"老板,你可吓死我了。"铃木心里松了一口气,"是我的哪一个好朋友?"

亨德森走回到电脑前,铃木紧跟其后。

"铃木,我知道你一直有一个疑惑。"亨德森双手在键盘上如同野蜂般飞舞,"你还记得每周接送你的墨西哥司机吗?"

心酸的记忆像周六早晨的闹钟无故袭来。

"我当然记得那个畜生,老板,你准备把他的意识换出来?"

铃木的肾上腺素开始分泌。

"那个墨西哥司机只是狐假虎威罢了,况且他死得也挺惨的,也算是报应。"

只要不死在我的手上那就是便宜了他,铃木心里默默地想。

"你想知道到底谁是幕后主使吗?"

铃木愣了半晌。

"怎么,铃木,你不想知道吗?"

那种被人支配的感觉又回来了。

"是不是美由纪?"

"你倒猜得挺准的。"

铃木目视平躺着一动不动的那个戴着头套的裸体陌生女子,

一股莫名的怨恨像打开潘多拉魔盒一样被释放了出来。

"铃木，你来鉴定鉴定她到底是不是美由纪，看看这次意识互换是不是成功了。"

亨德森话音刚落，原本平躺着的女子忽然蹦跶了起来。

"爸爸！爸爸！爸爸！！"

女子睁开眼睛东张西望，眼睛瞪得和铜铃一般。

"老板，她怎么了？"

铃木半信半疑地站在亨德森的旁边。

"你们两个人是谁？！这是什么地方？"

"伊春美由纪。"

铃木朝着疯癫了的女子轻声说道，女子用奇怪的眼神回应着铃木。

"伊春美由纪，是你吗？"

这次铃木提高了音量。

"你们是谁？"女子惊恐万分。

"美由纪，你不认识我了？"

女子警惕地看着铃木。

"老板，没搞错吧？"

铃木悄悄地问亨德森。

"铃木，她当然不认识你，你现在是一个女人。"

没错，没错，我现在是一个女人。铃木透夫抿了抿自己的嘴唇，上面涂了一层口红。

"你是谁？还有你。"

裸体女子大声问道。

"美由纪，你挺勇敢的，为父亲舍命挡子弹。"

现在亨德森开始说话了。

"我没有死？"

"没错，你没有死。"

女人稍稍放松了下来，但她仍然无法平静。

"我的身体……"

"是她把你救了下来。"

亨德森用大拇指指了指铃木。

"老板，你在胡说些什么呢？"

亨德森露出了坏笑。

"她是谁？"

"你的老朋友。"

"我不认识她。"

"她是你丈夫祁龙的老朋友。"

裸体女子又开始紧张起来了。

"你们两个到底是谁？"

铃木透夫终于体会到了亨德森刚才坏笑里面的韵味了，他回想起当初在地下宫殿里被黑暗里的声音支配的恐惧，以及那种提心吊胆的感觉。

"美由纪，你认识铃木透夫吗？"

铃木透夫好久没有体会到支配别人的感觉了。

"凯瑟琳怎么还没来？"

威廉嚼着口香糖坐在保时捷 SUV 副驾驶的位置上，右臂慵懒地搭在侧门上。

"威廉，你怎么老惦记着凯瑟琳？你自己数数现在一共到了几个人？"

"是啊，乔治没到，汉克也没到。"

路易斯左手叼着烟坐在驾驶座上，太平洋上空的太阳把他左脸染得金黄。杰克背靠在车外面，嘴里也叼着一根烟。

"你们这段时间有没有觉得乔治有点奇怪？"

杰克说话的时候烟一抖一抖的。

"奇怪？有什么奇怪的？"

"我也觉得，自从《美国陷落》结束以后，这家伙每天都一副心事重重的样子。"

路易斯点头表示赞同，目光的尽头是位于海边的摩天轮。

"没错，每次找他出来玩都磨磨唧唧的，这个那个的一堆破理由。"

"等你们都有了女朋友自然就懂了。"

威廉的话把路易斯和杰克的注意力都吸引了过来。

"搞得好像你有女朋友似的！"

"怎么？别这么酸不拉唧地看着我，我上个星期刚找了个漂亮妞，整天缠着我。今天好不容易才有空出来。"

路易斯和杰克同时想起了上个星期威廉用游戏奖金买的跑车,然后相视会意。

"威廉,今天怎么不把新女朋友带过来?"

威廉没说话,把口香糖一口吐了出去。

路易斯做了个鬼脸表情,杰克则接话道。

"都快4点了,他们到底还来不来啊?"

"再等15分钟,再不来我们不等了。"

"连汉克这个从不迟到的家伙都迟到。哎哟,差点忘了,汉克今天不是要开自己的新车来吗?威廉,你四处瞅瞅是不是有靓车在街上。"

"我早就看过了,这条街除了我们这辆,其他都是破车。"

说话间,好几辆轿车从他们的SUV旁经过,但都是朴素的样子。

"依我看,汉克这小子才是真有问题。"

威廉忽然提了一句。

"汉克?他怎么了?"

"他不一直都是那副闷骚的样子吗?"

"不知道,说不清楚,我只是感觉有问题。"

路易斯和杰克不以为然地摇了摇头,威廉撕开一根新口香糖的包装,将口香糖塞进了自己的嘴里。

"我总感觉汉克这小子有点不对劲,很不对劲。"

"威廉,真是服了你了。"

"汉克没问题,我敢保证。"

路易斯和杰克不约而同地回答道。

恐怕连威廉都没料到自己这次说对了。汉克的确很不对劲,从一个月前就开始不对劲了。

整个下午汉克都坐在用奖金新买的车里,眼睛始终没有离开凯瑟琳所住的公寓楼大门。他脑子里面幻想了无数次凯瑟琳是怎么从大门口出来,然后自己又是怎么潇洒自如地打开车门、戴上墨镜,若无其事地走到凯瑟琳的面前,然后很自然地牵起她的手……汉克很清楚自己离这一步还有十万八千里,但是光是遐想就能够让自己陶醉很久。一个月前的汉克绝对想不到现在的自己竟然有勇气直接等在凯瑟琳的家门口,这个勇气可不单单是自己争取来的,其中有一半还得感谢乔治。

对凯瑟琳那种略带自卑的心态促成了汉克敏感的内心世界,同时也让他能够敏锐地捕捉一些奇怪的细节,这些细微的变化起初让汉克开始怀疑乔治和凯瑟琳的关系。他发现凯瑟琳在有意无意地躲避着乔治,而乔治也在悄然无息地躲避着凯瑟琳。手指和手指的躲避,亲昵时的轻微皱眉,不再分享同一杯饮料,这些微乎其微的细枝末节都被汉克看在了眼里。汉克用他敏锐的第六感得到百分之七十的把握——乔治和凯瑟琳的感情出现了裂痕。当然,光是凭这些近乎捕风捉影的臆测还不能百分百地确定,最终让汉克下定决心要开始追求凯瑟琳的是他发现上周凯瑟琳没有搭乘乔治的车。

不知从什么时候开始，乔治变得和过去有点不一样了，好像就是从《美国陷落》游戏结束以后开始的。汉克还记得在游戏里面不是那么美好的经历，但是过了两三天也就恢复了。乔治则变得奇怪了很多，话少了，出来玩的次数少了，问他去干吗了他也支支吾吾搪塞，好像有什么心事。汉克并不关心乔治内心到底起了什么变化，他只知道自己现在有机会了。

时间过去了快三个小时，凯瑟琳还没从公寓楼里出来，汉克焦躁地看着紧闭的大门。前一次打开大门的是一个颤颤巍巍的老妇人，再上一个是中年男子，再再上一个是一个年轻的母亲带着自己的小孩，汉克甚至能够想起第一个打开门的那个小伙子。一个下午的人流量可能都超过了整栋公寓楼的最大居住人数，可是凯瑟琳还是没有出现。

汉克看了看时间，又过去了五分钟，他感觉这五分钟里的每一秒都慢过了之前的每一小时，他开始怀疑凯瑟琳是不是根本就不在公寓里。

汉克用牙齿咬着嘴唇，手指焦躁地敲击着自己新车昂贵的手工真皮方向盘。他抬头看着公寓外墙的某个阳台，阳台里面的梳妆间里仿佛有个美艳动人的女子正对着梳妆镜抹着脂粉。

汉克抿了抿半干的嘴唇，深吸一口气，他心里不住地颤抖，也不住地给自己打气。他看着公寓的大门，内心默默开始倒计时。今天是自己认识凯瑟琳以来最最勇敢的一天——能够在凯瑟琳的楼底下等她已经超过了自己勇气能够到达的极限。汉克低头捏着鼻子，闭上眼睛。

5秒——4秒——3秒——

在默念到最后一秒时，汉克下定决心要亲自去敲开凯瑟琳的门。

他睁开眼睛，抬起头，左手摸到车门把手，就在开车门的一刹那，忽然凯瑟琳从前面的街角闪现，正匆匆忙忙地快步走向公寓。虽然她还戴着墨镜，长发扎成了马尾，但是汉克还是一眼就认出了她。

汉克一时有点不知所措，刚才积聚起来的勇气漏了一大半。凯瑟琳摆动着自己修长的腿一步步地朝公寓门靠近，汉克的信心也随之开始动摇。她潇洒自如地拉开公寓的大门，接着停顿了下，转头扫视了一遍四周，汉克的目光和她相遇了之后他还下意识躲避了一下，不过凯瑟琳明显没有看到汉克。

等到汉克再朝着大门偷偷望去时，凯瑟琳已经消失在了大门里面，只留下晃晃悠悠即将合上的玻璃门。

铃木透夫一只手把着门拉手，转头环视了一圈公寓外沿街停靠的车子，其中有一辆崭新的跑车稍微引起了他的注意，但也就是稍纵即逝罢了。

没有一辆是祁龙的车，真是令人心情舒畅。铃木甩头走进了公寓里，留下"吱呀"作响的弹簧公寓大门在来回摆动。电梯上升，铃木透夫回味着刚才报复"美由纪"的过程。要不是时间有限,铃木透夫可以想出一百种方式来出气。

电梯门打开,铃木并不像刚才那么急急忙忙地,而是慢悠悠地来到自家门前掏出钥匙。上周末因为亨德森学习热情高涨不让自己走所以就没搭祁龙的车,没想到今天祁龙索性就不来了,而且祁龙甚至都没有提前通知自己,鬼知道他在干什么。除了周末的某天会和祁龙在一起,铃木并不知道祁龙平时具体都在干什么,说实话铃木也根本不想知道。铃木现在过得很好,准确地说是有生以来最好的时候。首先自己有了安全感,这一个月除了头几天的波折外,他不用再为自己的性命担忧了。其次,成了四肢健康的人,摆脱了过去行动不便的巨大困扰,而且还年轻了十多岁,即便是转换了性别,久而久之他也就适应了。同时自己也变漂亮了,走在路上能得到很多行人为之侧目的机会,这种感觉是过去的铃木无法奢求的。最重要的是,他自由了。铃木对自由的定义和普通人不一样——呼吸着新鲜的空气,摆动着健康的双腿,就是自由。也许心里面有时候会冒出一个声音:那亨德森呢?亨德森难道不是自由的敌人?铃木总是很淡定地回应:亨德森恰恰帮助自己达到了自由的最高境界——自我价值的实现。

现在,唯一让铃木透夫耿耿于怀的,就是祁龙这个人的存在。

铃木透夫清晰地记得那个夜晚,他被祁龙欺骗的夜晚。祁龙躲在乔治的面具后面嘲笑着自己、戏弄自己,最后威胁自己,而铃木还蒙在鼓里。要不是亨德森告诉了自己真相,要不是亨德森把祁龙这个混蛋给揭穿,他不敢想象未来将是一种怎样可怕的处境。

门在钥匙发出旋转的声响后打开，铃木把运动鞋脱了，然后穿着袜子走到位于客厅一角的梳妆台前坐下。梳妆镜里反射的卧室门紧闭着，好像一只从未打开的盒子，里面藏着不可告人的秘密。一个月了，铃木都没怎么打开过卧室的门，只要一打开，那个噩梦般的记忆就会牢牢地拴住他。祁龙威胁了他，然后他像条狗一样磕头求饶，祁龙继续不依不饶，继续敲诈，继续……等醒来的时候，铃木已经感到浑身上下都是伤痛。

铃木摘下墨镜，碧蓝的大眼睛在这张椭圆形镜子里如同一块宝石，在宝石的边上还是能够看到一道伤痕划过。他用手轻抚着，细微的凸起和不平整的边缘滑过指腹。他拿起梳妆台上的粉底，尽量把痕迹掩盖。他又把衬衫脱了，露出胸罩和遍布划痕的古铜色光滑肌肤，这原本是一具完美的躯体。

铃木找不出一丝理由来为祁龙开脱，站在任何一个旁观者的角度，祁龙都没有理由这么对待自己。铃木是靠着自己过硬的专业知识和一点点的运气从游戏里置换出来的，这和祁龙没有一丁点的关系，可是祁龙竟然也神不知鬼不觉地出来了，而且还要用这种肮脏龌龊的方法来折磨自己。明明是毫不相关的两件事，祁龙偏偏心生嫉妒接着恼羞成怒，他简直就是一个畜生，一个从地狱来的恶魔，更可恨的是，为了不让周围人看出破绽，铃木还得和祁龙继续扮演情侣，世界上最荒谬的事莫过于此吧？

每次周末和大家一起出去玩，铃木都得强颜欢笑，默默忍受着无聊的玩乐时光。祁龙猥琐而又贪婪的笑容让他感到恶心,铃木尽量躲避和祁龙的每一次亲密接触。有时候铃木会控制不住自己,他会享受起祁龙身上发出的男人特殊气味,只要一出现这种情况,铃木就会告诫自己这是凯瑟琳身体渴求异性的欲望在作祟,并不是自己的错。

铃木想着想着恼羞成怒,咬着牙捏住拳头"砰"的一声砸翻了梳妆台,各式各样的化妆品七零八落地散在地上,房间里面安静得简直能够听见五公里外的鸟鸣声。铃木凝视着镜子里面自己那张漂亮的扭曲的脸,过了好一会儿才意识到有敲门声。

起初铃木还以为是楼上有人在用榔头轻轻敲打,敲击声的频率很好识别,每三次敲击后就会有一次停顿,然后是下一轮敲击。铃木坐在座椅上,想象着门外面那个随时准备展现职业假笑的推销员迫不及待地想把"烫手"的产品卖出去。

他闭上眼睛组织好接下来自己准备"问候"这位勤奋的推销员的话语,然后不慌不忙地起身走到门口,打开大门。

"该死的,你给我……"

铃木透夫一下子就认出了眼前这个比自己矮小的男子。

"汉克?"

"凯瑟琳,我……"

汉克的脸刷的红了。

差不多有将近10秒的时间铃木和汉克都没有说话。汉克耳根处的某根血管在微微搏动,他的呼吸起伏有一点快,浅绿色眼睛像暴雨中泛着光泽的竹林。

"凯瑟琳，我，我等了一下午了。哦，不，我正巧经过你家，所以，所以，我想看看你在不在。我刚买了车，就在楼下。"

铃木的手还握在门把上，一时间不知道该怎么回答他。

"凯瑟琳，你是在等，等乔治吗？那我先走了，先走了，哎，我不该上来的，我今天准是……对不起，凯瑟琳，我先走了。"

汉克低下头没有再看铃木，他垂头丧气地转身，金黄色头发下的脖颈上闪着汗珠。汉克越走越远，身体好像缩成了一团。

"汉克。"铃木把汉克叫住，"你等我几分钟，我化个妆。"

话音刚落，汉克立刻停住了脚步，身体也好像变大了好几倍。

"是的，我和乔治分手了。"

汉克新买的跑车隔音效果非常好，车里面一点声音都没有。铃木坐在副驾驶上斜眼瞟了汉克的侧脸，虽然汉克稍微矮了点，但是仔细看着还挺有男人的味道，尤其是坚毅的下颌骨。

前面有个红灯，汉克的目光一动不动地盯着，等到绿灯亮起才回应。

"凯，你，你想听点音乐吗？"

车子的启动稍稍有点猛。

"随便，听什么都行。"

汉克腾出右手按了按车载控制面板上的某个触摸键，萨克斯优美、慵懒的声音从车体四周飘了出来。

"乔治今天还来吗？"

"汉克，别和我提他，我不想再看到他。"

铃木故意嗔怒道。

"对不起，凯。"

"这不是你的错。"

前方道路的尽头露出了一座摩天轮。

"汉克，你是从什么时候喜欢上我的？"

汉克深吸了好几口气。

"从我第一次见到你。"

铃木透夫像个躲在摄像头背后的监视员，幸灾乐祸地开始听着汉克笨拙的表白。汉克的说话方式很奇怪，逻辑颠三倒四的，语无伦次。铃木用凯瑟琳的记忆回忆了下，印象里汉克平时就没和自己说过几次话，甚至和其他人也没说过几句话。现在的汉克仿佛人生第一次开始大段大段地叙述一件事，所以显得很不熟练。

"凯，乔治是不是打你了？"

"什么？"

汉克转头紧盯着铃木的眼睛。

"汉克，你小心前面的路。"

汉克回过神来把注意力重新聚焦在前方的路上。

"凯，他打你的脸了？"

铃木想起了自己眼睛边上的划痕。

"是的。"

铃木感觉车子一下子加速了，背后传来舒服的推背感。

"汉克，你开得慢一点。"

汉克马上把汽车的速度减慢了下来，远处的摩天轮和之前比高大了很多。

"果然是个……"

汉克的嘴里面开始不停地念叨着含混不清的短语，铃木从汉克的嘴形上可以猜出都是一些骂人的脏字。

金色的阳光穿过侧窗玻璃洒在了车控面板上，汉克肌肉绷起的手臂上的汗毛也被阳光同化为金色，这一刻竟然让铃木感到分外的美好。

六

"这不可能,我绝对是在做梦。"

路易斯说完擦了擦自己的眼睛,杰克也如法炮制,威廉的脸红通通的,他手里握着玻璃饮料瓶子,瓶子里是喝了一半的冰可乐。

"我早就和你们说了,汉克这小子有问题,原来在干这种缺德事。"

"喔唷,你们看!他们两个都快要贴在一起了。"

路易斯、杰克和威廉站在沙滩上,同时看着离他们大约30米远的浅水区域。汉克半身浸没在海水里,双手正扶着准备站到冲浪板上的凯瑟琳,落日把两人亲密的剪影刻在了太平洋上。

"乔治难道不知道吗?"

"就算他不知道,但现在我们都已经知道了,就等于乔治知道了。"

"搞什么莫名其妙的事,我真是服了。"威廉猛吸了一口可乐,"她怎么会看上这个小矮子呢?"

"要说也得是我才对。"

路易斯情不自禁地接了一句。

"不,我的身高和凯瑟琳最配了。"杰克马上也接上,"你看看凯瑟琳站在他旁边就像一个巨人。"

"真是鲜花插在牛……哼,连牛粪都够不上。"

这三个光着上身穿着沙滩裤的青年男子好像在自言自语一般互相应和着,他们都恨不得立马代替汉克然后亲手扶住凯瑟琳的腰,但是没人迈出半步,三个人就这么眼巴巴地望着站立在海面上的身材玲珑有致的凯瑟琳。

"是这样吗,汉克?"

铃木摇摇晃晃地站在冲浪板上,低头等待着汉克接下来的指导,但是汉克迟迟不回应,眼睛盯着自己的腿不放。

"汉克?"

铃木又问了一次,汉克保持原来的姿势不回应。铃木也看了看自己的腿有什么问题,他起初还以为汉克被自己的美腿给迷住了呢,但是马上意识到了问题所在。

"这些是不是也是乔治那混蛋干的?"

为了防止身体上的伤痕被别人看到,铃木特意带了件连体的游泳衣,可没想到裸露在外的小腿还是不小心暴露了。

"汉克,我们还是别聊这些伤心的事情了。"

"等下个星期我和在美容中心工作的姐姐说下,她有办法把这些疤痕给去掉。"汉克随着海浪推着冲浪板,"我这里还有不少游戏奖金,应该足够了。"

"汉克,你太好了,真不知道该怎么感谢你。"

汉克不好意思地抬头看了铃木一眼,铃木发现汉克的耳朵和脖子稍稍泛红。

"那边浪不错。"

汉克继续推动着冲浪板,隆起的肩部和手臂肌肉在斜射的阳光下给铃木一种安全感。

"凯瑟琳。"

"怎么了,汉克?"

"今天乔治还来吗?"

"汉克,我不是和你说别提他了吗?"

汉克没有回应,他还在推着冲浪板沿着海岸线走,天上忽然多了些云团,把天边的太阳遮掩住了。

"汉克在干吗?怎么越划越远了?"威廉伸长了脖子。

"那当然咯,谁希望泡妞的时候身边多些碍事的电灯泡呢?"

"我看汉克的新车和我那辆差不多,怎么就把凯瑟琳给泡上了呢?"

杰克无奈地摇了摇头。

"别看这小子平时沉默寡言的,说不定暗地里早就开始行动了。"

"他能干吗？平时连一句完整的话都说不清楚。"

"我猜啊，这小子肯定下了血本。"

"下什么血本？"

"花钱啊！"

路易斯像忽然想起了什么，他皱起了眉头问："你们现在手头上还有多少钱？威廉？"

"我没算过。"

"杰克你呢？"

"大概——还剩——三分之一吧！"

"还剩三分之一？你的钱都用到哪里去了？"

"让我想想，车子，游戏机，衣服……"

杰克开始掰起手指头。

"你们管这么多干吗？钱没了再去赚嘛！"威廉一屁股坐在了沙滩上，"还有一周比赛就要开始了，等赢了比赛我们就又有钱了。"

"你觉得下周的比赛我们还能赢？"

"肯定能赢。"

威廉一脸自信地望着远方遮住太阳的乌云。

"喂，你们连下周比赛的游戏规则都不知道呢！"路易斯眉头皱得更加紧了，"真不知道这次游戏主办方在磨蹭些什么，这么贵的报名费到现在连个游戏名字都没公布。"

"路易斯,我有小道消息,听说这次还是团队比赛。"

杰克面露得意之情。

"你听谁说的?"

"我去买游戏机的商店里面的员工和我说的,他还认出我来了。"

"那种小道消息不靠谱。"

"是千真万确。"

"游戏内容呢?"

"这他就不知道了,不过团体比赛是肯定的。"

"如果是团体就好了,这样我们……"

"对了。"威廉突然想了起来,"乔治这个家伙不是认识罗宾先生吗?让他问问不就行了?"

路易斯的眼睛滴溜溜地转了转。"这个主意倒是不错。"路易斯微微点着头,"但是乔治现在在哪里呢?"

"乔治这家伙不会今天不来了吧?"

"我去给他打个电话。"

威廉刚想转身去拿手机,突然定住不动了,路易斯和杰克也呆若木鸡地站着,三个人都被不远处沙滩上一个快速移动的物体吸引住了。

那个物体朝着自己的目标飞速前进,像一头饿了几天的猎豹。

"那不是?"

路易斯睁大了蓝眼睛。

"那是?"

杰克张开了嘴。

"没错!没错!没错!没错!"

威廉的嘴无法停下来。

紧接着,一阵尖叫声从海边传来。

祁龙赶紧闭上眼睛,头抵在方向盘上,忍耐着一阵大脑深处的剧痛。等到这阵过去后,他又抬起了头,想顺便吞一口口水缓和下,但是刚才交感神经的剧烈兴奋让他口干舌燥,只好让喉咙干吞了几下。

海上的云渐渐把太阳遮盖住了,远处的画面变得比刚才还要清晰,祁龙把注意力锁定在了另一个人身上,于是刚才伴随的剧痛没有了,随即另一股可怕的力量从大脑深处崩裂而出,嫉妒和仇恨终于找到了一个发泄口。

他拉动车门把手,接着一脚踹开了车门。

没有什么比朝向大海冲刺更加无拘无束了,脚底下是细腻而柔软的沙滩,迎面而来的是太平洋温润的风,还有一个正沉浸在短暂的快乐里的白痴距离自己越来越近。祁龙把力量全部汇聚到了腿上。

海浪有规律地冲上海滩又褪去,留下了深色的印记,祁龙随着最后一波海浪后退,等到离他们仅有几米远的地方,祁龙对准汉克一跃而起。

飞在半空中的祁龙看到了铃木惊恐的表情,然后汉克也在同一时间回过头来。

"汉克,小心!"

铃木的尖叫声划破了刚才的宁静,祁龙的身体越过最高点开始下坠,同时那股杀人的气势也在下坠。汉克的反应实在太快了,祁龙一头扎进了海水里。

"我正要找你这个混蛋呢,没想到你竟然自投罗网!"

祁龙刚从海水里站起来,一个拳头已经砸在了他脸上。

"凯瑟琳身上的伤是不是你干的?!"

紧接着肩膀上承受了更多的重击,祁龙想起来了,汉克曾经练过各种搏击。

"汉克,你再敢碰凯瑟琳一下我就宰了你!"

祁龙搞不清楚这句话到底是自己说的还是脑子里的那个乔治说的,也许是乔治的嫉妒心在作祟。他用尽全力抓着汉克的脚让他使不上力,嘴里吃进了好多海水。

"汉克,我来帮你!这个畜生!"

祁龙抬头发现铃木正想过来帮忙,然后铃木突然倒下。

"啊哟!我的脑袋!"

"凯瑟琳,你怎么了?"

"汉克,我的头好痛!"

汉克用力将祁龙一脚踢开,祁龙心里冷笑着看着汉克扑向铃木。他重新从海水里站起来,这次的目标依然是汉克,但是祁龙的内心已经把汉克当成了亨德森。他捏紧拳头，下颌骨咬得"咔咔"作响。在地下实验室里祁龙连续好几天不休不眠的超负荷工作，每天都提心吊胆，而这两个人却在这里冲浪，尤其是铃木透夫这个混蛋。祁龙需要一个释放压力的出口，汉克是目前唯一能够选择的对象了。

千怨万恨汇聚到捏紧的双拳上，他看准了汉克的后脑勺——有着一头金发的后脑勺。他将其想象成亨德森那颗光溜溜的脑袋，如果将来有机会他一定会让亨德森好好地感受一下。

祁龙的胳膊肘朝后拉伸，蓄满了朝前的力量，凉爽的海浪淹没了自己的脚踝，好像无数天生会缠绕的植物。

突然之间有好几股相反的力量将自己包裹住。

"乔治，你在干吗？"

"你疯了啊？"

是路易斯和杰克的声音。

"一下午都没见着你，好家伙，原来是捉奸来了。"

威廉那张臭烘烘的嘴也在耳边出现了。

越来越多的乌云从天上压了下来，落日早就不见了。不远处，一对情侣和几个冲浪者投来了好奇的目光！

"乔治，刚才我们还在谈论你来着。"

"你这家伙是怎么搞的？一个下午都见不到人影。"

"好了好了，大家都冷静点。"

祁龙一感觉到身体上的束缚变小了之后，马上又把刚才储存的力量给释放了出来。可惜，汉克又一次灵巧地躲了过去，然后祁龙再次栽进了海里。咸湿的海水灌进鼻腔里，然后祁龙的头发被人抓了起来，接着再次被按进了海水里。

"汉克，差不多得了。"

祁龙听到了杰克的声音，还有路易斯和威廉含混不清的声音，可是抓住自己头发的力量依旧不依不饶。

"汉克，继续，不要停……阿哟，我的头！"

头发被松开了，祁龙终于可以喘口气，他从海水里爬起来，湿漉漉的头发粘在了额头上。

"乔治，你又弄不过他。"

威廉阴阳怪气地来了一句，祁龙没有理睬，只是用手背擦了擦嘴巴。

"凯瑟琳，你还好吗？"

汉克低头扶着半没在海水里的铃木。威廉、路易斯、杰克也都聚集在了铃木的身边，关切地轻声细语。

隆隆的雷声穿透了低矮的云层，深蓝色的海水反射着遥远处的金色闪电。祁龙孤零零地一个人弯着腰，双手扶着双膝，嘴里喘着气，喉咙里是海水的咸湿味道，浑身各处火辣辣地疼。

没有人在意他，大家都忘了他，好像他根本不存在。

此时，天空开始落下雨滴。

泪水在祁龙紧闭的眼眶里酝酿着，等待着爆发。

祁龙的头使劲抵着方向盘，喇叭声开始鸣叫起来，然后他开始用头不断撞击着方向盘，间断的鸣叫声像防盗报警声一样。

"喂，你有病啊？"

"吵什么吵，你是不是活腻了啊？"

"喂，我和你说话呢，听见没有？"

"聋子吗？赶紧从我们街区滚出去！"

"赶紧给我滚！"

人群喧嚣，祁龙却充耳不闻。他把脸埋在双手里，开始了无声的啜泣。

他觉得一切都毫无意义，他不知道自己到底是谁，他不知道自己从何而来，他更不知道自己的出路在哪里。他好像一艘在风暴中颠簸的小船，海浪要他朝上他就朝上，海浪要他转弯他就转弯。他一会儿要去扮演乔治，一会儿要扮演假装迎合亨德森的祁龙。他喜欢凯瑟琳可他又讨厌铃木，他憎恨亨德森但是又必须说服自己要消灭对亨德森的负面情绪。

眼泪像躲在阴云背后的星辰迟迟没有出现，祁龙紧闭着眼睛，他希望绝望和痛苦能够被泪水带走，他希望过去发生的一切都是一场梦，他希望自己再次睁开眼睛的时候他还是那个无所不能、众望所归的祁龙。

耳边的犬吠声没有停止的迹象，仿佛是看着自己出丑的观众发出的。

黑暗里，模模糊糊地出现了那张只有"嘴"的脸。

"你是谁?"

没有回应。

"你在说些什么?"

那张嘴一直在无声地蠕动。

祁龙使劲地解读着嘴的唇语,它好像是在不停地呼喊着自己的名字。

"你到底是什么东西?!"

嘴忽然变成了嵌满钢钉的血盆大口,猛地朝祁龙扑来。

"快下来!"

车身陡然震了震,祁龙睁开眼睛,一只大型犬趴在汽车前的引擎盖上,张着黑洞洞的嘴巴在咆哮。

"悠悠!下来!"一个小女孩拿着伞站在车旁,朝着狗喊道,用力扯着狗绳。

祁龙起动车子,猛踩油门。

车子"轰"的一声起动了,狗越过前挡风玻璃向后甩去,小女孩的尖叫声渐行渐远。祁龙把车窗摇了下来,风混着雨吹打在脸上。他将脑袋慢慢清空,将灵魂静静地剥离自己的躯体。他飘在车外,看着一个没有灵魂的躯体驾驶着一辆陌生的汽车,祁龙不认识这个人,就像他不认识自己一样。

我到底是谁?

祁龙陷入了深深的沉思。

此刻,星星点点的雨滴开始密集地打在车前的挡风玻璃上。

倾盆大雨像一道永不枯竭的瀑布从天而降，几道闪电划破了夜晚的天空，照亮了道路旁的小药房，还有不远处的一辆跑车，跑车里面隐约可见两个人。

"凯瑟琳，我不会让那个混蛋再碰你一下了。"

汉克的手关节上贴着铃木买来的创可贴，上面还留有雨水的水渍。

铃木坐在副驾驶座位上，四周的车窗紧闭，密闭的空间只有雨水打在车体上的声音，一种似曾相识的安全感包绕在了铃木的周围，那是很久很久以前铃木曾经体会过的。

"谢谢你，汉克。"

汉克抓紧方向盘的双手放松了下来，手背上的青筋还是鼓鼓的。

"你的头还痛吗？"

汉克的手从方向盘上拿了下来，随后有些不知道该安放在哪里比较合适。

"没事，只要我看不见乔治就不会有事。"

汉克摇了摇头。

"真的没想到，他原来是这种人，我们还在一起玩了这么久。"

汉克没继续说，一阵长时间的沉默笼罩在了狭小的空间里。铃木透夫从没料想到今天下午汉克会突然敲开自己的大门，这个不起眼的小个子的出现正好给了他一个摆脱祁龙的绝佳机会。仅仅用了一下午逢场作戏的时间，铃木就把祁龙给顺理成章地打发走了。可是现在出现了新的问题，看样子汉克应该是当真了。虽然有那么几个瞬间汉克让他体会到了久违的安全感，但铃木可真没做好和一个男人谈恋爱的准备。

骤雨在窗户上化成了流动的水幕，气氛越发微妙了起来。。

"送我回家吧，汉克。"

汉克深呼了一口气，胸膛像绵延的远山那样起伏着。

"的确太晚了。"

汉克起动了跑车，左手打开刮雨刷，右手熟练地挂上离合器。

"凯瑟琳，下周的比赛你参加吗？"

"什么比赛？"

"你不知道吗？我们都报名了，当然不包括乔治。"

铃木赶紧回忆了下，但是记忆里根本没有什么比赛。

"这次的比赛也真是怪，下周就开赛了，但是主办方连游戏的名字都没确定，更别提游戏规则了。凯瑟琳，你知道罗宾吗？唉，你们女孩子可能不大关心。上次我们打赢了的《美国陷落》就是他设计的。这次的比赛也是他设计的。估计今天应该会宣布了吧！我猜他是想吊吊我们的胃口罢了。凯瑟琳，你报名了没？现在还可以报名，这样我们说不定就能……"

汉克的嘴忽然像个溃堤的水坝一样停不下来，铃木根本没在听，他一直在思考接下来应该怎么处理他和汉克的关系。

七

"罗宾先生,你能透露一点游戏的具体内容吗?"

"罗宾先生,还有一个星期大赛就要开始了,很多参赛选手都在抱怨。"

"罗宾先生,整个北美都在等待,你能给一个发布比赛规则的确切时间吗?"

"罗宾先生……"

罗宾站在公司大厦门口的台阶最高一层,放眼望去全是话筒、闪光灯以及一个个急不可耐的记者。在这些记者的后面还有一批人,他们各个奇装异服,但是手上拿着的各种横幅和牌子的内容倒是挺类似的,上面写着"游戏在祸害整个美国""必须将罗宾绳之以法""《美国陷落》造成青年一代的堕落"……

"罗宾先生,我也是参赛玩家之一,可我们到现在连这次大赛的名称都不知道。"

一个年轻女记者带着怨气举着的话筒差点贴到了罗宾的脸

上，还好身边的保镖一把将话筒挡开。

"到了适合的时候我会在网上发布通知的。"

这话让记者们又炸开了锅，罗宾眼神示意保镖，很快身体前方组建了一条由人墙构成的临时通道，通道尽头是一辆黑头轿车，车体反射着西海岸特有的阳光。

"第十五街和日落大道交叉口。"

罗宾上了后座简单说了一句就把眼睛闭上了。

双层隔音玻璃很结实地把外面的噪声阻断，可是那些记者们叽叽喳喳的提问总是挥之不去。罗宾很想大声地告诉那些记者们，其实他也不知道，他不知道下个星期的大赛到底比什么，怎么比。他还想告诉记者们，现在这个虚拟游戏平台的实际掌控人早就不是他了，他只是一个代言人罢了。

车子里面的熏香味静悄悄地占据了罗宾的身体，除此之外还有一股轻微而熟悉的雪茄味，罗宾作为一个禁烟主义者讨厌这股味道，就像他最近有点讨厌亨德森。

这么多年过去了，罗宾总觉得自己还是没有彻底了解亨德森。随着他和亨德森年纪慢慢增长，两个人的分歧和隔阂在慢慢变大，只是罗宾心里总是不承认，或者在逃避。

三十年前的时候两个人是多开心啊，每天就睡在游戏公司的地板上，想要洗澡就去公司旁边基督教青年会的澡堂，吃的是打折的面包和牛奶，虽然穷但是很快乐。有时候亨德森的女朋友会来，他们两人写代码的时候，亨德森女朋友就一本接一本地看小说。

后来他俩都各自结婚了,他们的事业也开始蒸蒸日上,成立了公司。再后来整个世界发生了翻天覆地的变化,亨德森也离婚了。公司把原美国联邦政府的很多大型项目用很低廉的价格收购了。原国防部的巨型服务器以及内置虚拟地球软件几乎是以白菜价格给买了下来,当时有很多竞争者,亨德森用了一些见不得人的手段让其他竞争者乖乖退出,有没有出什么人命罗宾不清楚,但是从种种迹象上来看,亨德森肯定是雇了一大批有犯罪前科的人在操作这件事。还有《置换空间》游戏平台上使用的脑机交互头盔也是原国防部资助的某个秘密项目里的产品,同样是以极低的价格全部打包,然后亨德森在郊区搞了一条地下生产线批量生产,一个月前举行的《美国陷落》大赛里使用的就是这批产品。

罗宾是一个很单纯的人,他喜欢电子游戏所以入了这一行。罗宾也是一个非常幸运的人,他进入游戏圈的时机很好,遇到了志同道合的同事,踩准了游戏行业的发展趋势,通过和亨德森合作的一系列卖座的游戏,很快就变成了财务自由的富翁以及在游戏界赫赫有名的游戏架构师。

也因为罗宾是个单纯的人,这几年他越来越看不懂亨德森了。一个月前《美国陷落》里发生的事故是罗宾第一个发现的,他用最快的速度把这次事故的影响降到了最低,除了他和亨德森,也就是那两个叫作祁龙和铃木透夫的电脑人知道了。这是一次很有可能造成严重后果的行业事故,此前绝无仅有,也没人会想到。

罗宾在第一时间就把风险控制住了，亨德森的反应也极其迅速，在48小时内就将两人拿下。原本抓到那两个人之后就能解决这次危机，可是亨德森接下来的一系列举动让罗宾很困惑。

车子无声地停了，有人敲了敲外侧的窗玻璃，罗宾睁开眼睛。

"罗宾先生，到了。"

车门安静地打开，一个穿戴整齐的侍者抬手给罗宾挡住车门上缘。罗宾跨脚站在车外然后低头起身，车子外面是泛美遗传技术公司大厦的高级VIP地下停车库。

罗宾在侍者的指引下来到了不远处的金色边框电梯，电梯门已经开着等候多时，他面无表情地走了进去，等着电梯门静静地合上。

这段时间罗宾耳朵边已经听到很多传闻了，他都没有当回事。有人说亨德森去找了他儿子，有人说是亨德森的儿子主动找的亨德森，有人猜测亨德森父子两个要和解，有人说他俩吵了一架，还有人说他俩打了一架，因为亨德森的前妻曾经被亨德森家暴过，更为离谱的是有人信誓旦旦肯定亨德森的儿子其实不是他的，所以亨德森才离了婚。罗宾被这些无稽之谈弄得哭笑不得，他没有多加理会。

电梯门打开，一个穿着女仆制服的女侍出现了，她长得很漂亮，和眼前这个铺着地毯、拥有18世纪欧洲宫廷风格的大厅相得益彰，他跟着女侍者朝前面某个走廊口走去，眼睛时不时被女侍者完美的腰臀比所吸引。

亨德森到底要干什么？他为什么要来他儿子的公司？他为什么也邀请我过来呢？

罗宾一路走一路想着，他感到自己几十年来所认识的亨德森和真实的亨德森根本不是同一个人。真实的亨德森到底是怎么样的一个人，罗宾自己也不清楚。

走廊尽头的双开大门原本紧闭着，等到女侍者快要走近时门缓缓打开，一个高大英俊的男子端着两杯盛满葡萄酒的酒杯站在门的中央。

"罗宾叔叔，你总是那么准时。"

一直到现在罗宾都很奇怪，为什么派克·亨德森的瞳孔是黑色的，明明亨德森和派克母亲的瞳孔一个是绿色，一个是深蓝色。怪不得有人怀疑派克·亨德森根本不是亨德森的亲生儿子。

"派克，你长大了。"

"是啊，罗宾叔叔，好多年没见了。"

是十几年了吧，罗宾粗略地估算了一下。差不多从派克加入海军陆战队参加那场"荒谬"的战争后，罗宾就只在电视或者网络媒体上见到过他。

"来吧，罗宾叔叔。"

派克很热情地把酒杯递给罗宾，罗宾也不好意思拒绝，他接过高脚杯的杯体，蓦然想起三十年前派克出生后不久有一次他拿着奶瓶逗派克喝奶。

罗宾眼睛越过派克高大的肩膀向前看去，巨大的环形落地窗把整个都市的面貌尽收眼底。刚才落日的金光已经没有了，天空阴暗了下来。这是一个开阔的圆形空间，地板是青灰色的水泥砖，吊顶也是青灰色的，房间里面几乎空无一物，让人忘记了刚才雍容华贵的装修风格。

一个熟悉的身影坐在靠窗的餐桌边，光秃秃的脑袋上有一盏餐桌吊灯。那个脑袋朝着罗宾转过来，然后微微做了一点示意。

"亨德森，"罗宾拿着酒杯快步走上前去，"你再不告诉我下周游戏比赛的内容我就得和记者摊牌了，我受够了天天被这些媒体轰炸。"

亨德森转过身体，双手撑着手杖，看不出任何情感起伏。

"罗宾，我找你来是为了一件重要的事情。"

罗宾看了看亨德森又看了看派克，接着把视线转回到亨德森，他差点就想问"为什么要到派克的地盘上来谈事情"。

"亨德森，还有一周大赛就要开始了。"

"罗宾，"亨德森把握着权柄的手展开，"我会和你说的。"

罗宾听完心里面就有了点火。"我会和你说的"不知道从什么时候起变成了亨德森的口头禅了，不对，是亨德森专对自己的口头禅。事实上，很多次亨德森都没有兑现：祁龙和铃木透夫到底该怎么处理就是最近一次"亨德森会和自己说的"承诺。

"老兄，我实在搞不懂干嘛连我都不能知道？"

罗宾把酒杯搁在了餐桌上，猩红色的酒滴洒了出来，和深咖啡色核桃木桌面融为一体。

"何止你,连我他都不肯透露。"派克拿着酒杯不慌不忙地走了过来,"大赛还有一个星期就要开始了,这还是我第一次要玩这种类型的游戏。"

罗宾看着派克慢悠悠地来到餐桌边上,都没注意到落地窗外已经出现了雨丝。

"这到底是怎么一回事?"

亨德森看了一眼自己的儿子,没说话。

门又一次打开了,一个男侍者推着移动餐车来到餐桌旁。在侍者把丰盛的晚餐摆放到三个人面前的时间段里没有人吭声。侍者的动作很轻柔,他带着白手套向三人展示了一瓶葡萄酒,派克点了点头之后男侍者就开始用开瓶器把软木塞钻开,然后优雅地把葡萄酒依次倒在了三人面前新的空酒杯里。

远方传来了隆隆声,黑云伴随着夜色一起降临。罗宾一直在看着亨德森,他发现亨德森的表情有一点儿木讷,眼神有一点儿空洞,嘴唇有一点儿干燥,但就是不知道他脑子里在想什么,一点儿都不知道。

男侍者推着移动餐车走了,门又合上,雨珠在窗外的玻璃上开始打出了声响。

"只有最后存活的玩家才是胜利者。"

亨德森说完不知从哪里掏出了一根雪茄,夹在手指上。

"就一个胜利者?我看新闻上说参赛的人都快从洛杉矶排到

旧金山了。"派克边把餐巾塞在自己的领口边说,"老爸,只有一个人是胜利者那谁愿意参加啊?大家都等着排队退赛了吧?"

罗宾现在一点食欲都没有,他还在消化着派克刚刚那段话里的含义。派克接着说:

"对了,老爸,你不是也要和我一起玩吗?我们两个一起玩但是最后只有一个胜利者,难道我们俩要在游戏里成为敌人?"

亨德森用雪茄打火枪把雪茄的前端点燃,罗宾看着青烟幽幽地升起,眉头不由自主地皱了起来。

"亨德森,到底是什么游戏?"

亨德森吸了一口雪茄。

"罗宾,还记得当年我俩卖掉的那个'大逃杀'游戏吗?"

"哪一个'大逃杀'游戏?"罗宾眉头皱得更紧了。

"你忘了吗?那段时间还火过一阵子,一群玩家空降到一个陌生的地方,最后活下来的……"

"噢,对对对,我想起来了。"还没等亨德森说完罗宾就抢过了话,眉头也舒展了开来,好像想起了过去美好的时光。"最后一个活下来的是胜利者,还有一个会逐渐缩小的圈,留在圈外面的人会被系统杀死。"

"那不就是《绝地大逃杀》吗?这都是多少年前的事情了。"

"你也玩过?"

派克用叉子翻动着色拉,把蛋黄酱均匀地涂在生菜上。

"差不多我还在上小学的时候吧,我还记得有一次我玩得太晚被他骂了一顿。"

派克用叉子指了指亨德森。

"这么算起来，都是二十多年前的游戏了。"

罗宾比刚才放松了很多，肚子感觉到有点饿了。

"罗宾，我和你好久没有这么一起吃饭了。"

亨德森举起了葡萄酒杯，派克也把酒杯给举了起来，罗宾最后一个举起。派克喝了一大口，罗宾和亨德森对视了下然后小酌了一口，酒非常醇厚。

"亨德森，你真的打算让我对外宣布这是一个'大逃杀'类型的游戏吗？"罗宾手上的调羹搅动着罗宋汤，"派克刚才说的没错，如果只有一个胜利者的话可能会有很多选手退赛，收益会减少很多。"

"那……派克，你和罗宾一起商量商量，把游戏的规则稍微改改。"亨德森拿着雪茄的手同时摩挲着酒杯的玻璃表面。

"游戏这方面我可不大懂。"

"大胆说就可以！"

"第二名也应该算是胜利者，但是奖励应该比第一名少。"

"还有呢？"

"也许应该加一个奖励机制，比如杀死一个对手奖励多少奖金。"

"有进步。"

罗宾听着两人莫名其妙的对话，但总觉得有什么地方不对劲，却又说不上来。雨水在落地窗外形成了一道水幕，遥远的地方有闪电。

"亨德森，你叫我来就是为了讨论怎么制定游戏规则的？"

罗宾笑着把一颗小番茄送进嘴里。

"不是。"

有几道闪电在两公里外的天空同时出现，把天幕划分成了好几个部分，几秒后雷声如期而至。

"到底什么事情？搞得神神秘秘的。"

罗宾端起酒杯又喝了一口，派克在专心致志地对付着眼前的牛排，亨德森的手指仍旧来回挪动着酒杯。

"罗宾，你看看外面，刚才还晴空万里，现在忽然雷电交加。"

"嗯，快到夏天了，天气总是变幻莫测。"

派克嘴里咀嚼着食物附和道。

"是啊，夏天快到了，接着就是秋天，然后是冬天，有些动物挖个洞准备冬眠了，而有些动物死了。"

隆隆的雷声此起彼伏，一道道闪电的光打在亨德森的脸上，每一道闪电的光都不同，各式各样脸孔的亨德森闪现在罗宾的面前，唯有那两颗绿色的眼睛没有变。

"有的动物死了什么都没有留下，有些动物把冬眠需要的食物都准备好了，没想到冻死了。"

"老爸，你在讲什么呢？"

"亨德森，你到底想要说什么呢？"

罗宾的心好像在自由落体，他的手抓着叉子，叉子上的汁液随着地心引力缓缓朝下流动。

"还有些动物活了下来，你知道为什么吗？"

"为什么？"

"因为它们为冬天做好了准备。"

"那冻死的呢？"

"因为它们准备得不充分，它们给鸡蛋准备的篮子太少了。"

亨德森把拿着雪茄的手从酒杯上拿开，然后身体稍稍朝后面靠了靠。

"罗宾，等这次大赛结束，"亨德森的眼睛直视着罗宾，闪电密密麻麻地从四面八方照来，"我会把公司全部交给派克，希望你以后好好辅佐派克……"

话音未落，罗宾手上的叉子掉在了陶瓷餐盘上，几乎同一时间，一道雷电闪着强光从上方袭来，足够震裂耳膜的炸裂声在落地窗外以每秒340米的速度把落地窗内的所有声音全部吞噬，也包括叉子掉在陶瓷上清脆的声音。

"吓死人了，我看还是去地下餐厅吧，再这么吃下去我心脏病都要犯了。"

派克把脖子上的餐巾扯下扔在餐盘上。

"是的，吓得我餐叉都掉了。"罗宾苦笑着收拾起自己脸上的表情。

亨德森皱着眉头看着眼前丰盛的晚餐,又一轮闪电把他的侧脸投影在了餐桌上,在罗宾眼里那些投影好像一个个会吞噬人的黑洞。

回家的路上罗宾几乎处于真空状态。刚才的晚餐把他这辈子能够演的戏都演完了,现在他的能量几乎耗尽,只剩下一点点微弱的力气帮助他把先前发生的事情重新回忆一遍。

罗宾现在算是彻底认清亨德森是什么样的人了,同时他也明白了在亨德森心中自己到底是个什么样的人。

"你是我最信任的人。"

上个星期亨德森还对自己说过这句话,那一次正好是和亨德森讲了最近监控祁龙和铃木透夫的情况。罗宾原本积累的怨气被这句话冲淡了一大半,他当时还天真地认为监控这件事只有交给自己才是最保险的,虽然他自己对这种低级间谍才做的偷鸡摸狗的事很不屑。

在整个游戏业界乃至主流社会,罗宾早已是家喻户晓的人物。他是无数游戏玩家心里面教父级别的大师,是现代虚拟现实游戏技术平台的建立者,接受过十几个邦联国的嘉奖。罗宾想起了自己第一次和亨德森相遇,第一次把合作的游戏卖了出去,第一次搬进新装修的公司办公室,一幕幕画面像幻灯片,就像书上写的人临死之前会把一生的经历都回放一遍那样。那些生动而难忘的画面原来是彩色的,现在全部变成了黑白色。罗宾的脑子里面燃起了一阵火焰,火焰把这些黑白画面烧得一干二净。

真应该感谢那一道"及时"的闪电和雷声,罗宾连想都不用想当他听到亨德森说要把公司交给派克的时候自己的脸是多么的难看,如果当时有一面镜子,那一定会把自己吓到。罗宾无暇处理自己内心像火山般喷涌而出的愤怒。那种愤怒总有一天会让亨德森偿还的,但不是现在。

现在罗宾首要关心的是刚才自己的演技是不是天衣无缝。他仔细回忆了那道闪电降临的瞬间发生的细节,其中最最关键的是到底是雷声先到来还是自己手上的餐叉先掉到餐盘上。罗宾一遍遍地回忆,他用力回想亨德森当时的表情,大概有九成的把握那一刻亨德森的注意力也被闪电和雷声吸引过去了。

不过就算亨德森暗中观察到了自己当时失态的真实缘由那又怎么样呢?任何人处于他当时的处境都会无法控制自己的情绪,亨德森肯定也能够预判到,关键在于自己最后有没有接受这个"残酷"的事实。从自己后来的表现上来看,罗宾"完美"地接受了这个"残酷"的事实,他像封建时代的仆人管家那样很自然地看着原来的主人亨德森把爵位传给了派克。一切都很顺理成章。在地下餐厅里三个人重新推杯换盏,聊得很开心,从游戏大赛的规则制定一直到如今的国际国内形势。他们还谈到了未来。未来派克会把游戏公司继续交给罗宾来管理,罗宾依然是家喻户晓的游戏教父,派克很客气地说自己对游戏行业一窍不通,所以得交给懂行的罗宾叔叔。

罗宾在某一刻忽然明白了亨德森到底要干什么了,他想通了亨德森为什么要自己继续监控祁龙和铃木透夫,而不是把这两个电脑人重新送回游戏世界。

当派克兴致勃勃地说自己的生物公司将要在月球上建立实验基地的时候,当亨德森踌躇满志地谈论神经科学最新进展的时候(明明亨德森一点不懂),当派克义愤填膺地对四分五裂的美国现状表达不满的时候,罗宾意识到了亨德森和派克想要干什么,这一对父子已经变成一对疯子了,他们把很多人都骗了。

一切都是亨德森很早之前就设计好的,祁龙和铃木透夫,乔治和凯瑟琳,这些都是亨德森精挑细选的。这个所谓的《美国陷落》比赛也是亨德森精心准备的,他在没有人知道的角落悄悄地操纵着比赛。祁龙和铃木透夫从游戏世界里出来,很可能是亨德森密谋已久的计划中的一环,而一周以后举行的游戏大赛极有可能是这两个疯子下一个计划中的一环。

奇怪的是,亨德森和他儿子的这些阴谋诡计自始至终都没有让罗宾的情感产生波动,一丝一毫都没有,就算他们两个疯子想要毁灭地球罗宾都不在乎。真正让罗宾处于崩溃和耗竭边缘的是亨德森的那句轻飘飘的话:

"我会把公司全部交给派克,希望你以后好好辅佐派克。"

三十年前罗宾抱着派克在公司里面逗耍的画面还历历在目,派克乌黑的大眼睛扑闪扑闪的,眼神里面除了单纯对世界的好奇没有任何杂念。

罗宾怎么也想不到,三十年后的自己竟然要给一个小毛孩打下手。原来自己辛辛苦苦打造的游戏帝国是为他人做嫁衣,在亨德森心中自己不过就是一个高级管家。

在回家的路上,困意渐渐吞噬了罗宾,他现在需要足够的休息来恢复刚才精力的耗竭。当明天清晨太阳再一次升起时,另一个全新的罗宾也将要苏醒,带着他复仇的决心。

"派克,你觉得怎么样?"
"不好说。"
亨德森和派克重新回到了泛美遗传技术公司大厦的旋转餐厅,站在落地窗前,眺望着风雨中的都市灯火。
"你觉得呢?"
亨德森单手拄着拐杖,凝视着窗玻璃上的雨珠。
"罗宾跟了我那么多年,我很了解他。"
"可我长大后就没有见过他了。"
"你放心,罗宾是个小富即安的人,他没有多大的野心。"
亨德森用手拍了拍派克的肩膀。

"派克,公司交接的事情在比赛之后完成。"

"好的,爸爸。"

派克看着亨德森略显忧郁的脸,心里有点伤感。

"最近这段时间你还行吗?"

亨德森摇了摇头,从裤子口袋里掏出了一小瓶药。

"记忆力越来越差了,有时候前几天发生的事情都想不起来,现在一直靠你给的这些药维持。"

派克也拍了拍亨德森的肩膀。

"还有一个星期。"

"是的,还有一个星期。"

"派克。"

"怎么了,爸爸?"

亨德森转过头看着派克,眼神里面有细微的抽动,转瞬即逝。

"还有一个星期。"

这句话是亨德森讲给自己听的。

八

  铃木透夫蹲在客厅地面把最后一个瓦楞纸箱用胶带封好之后，心满意足地站了起来。所有的东西都已经打包整齐，明天早上汉克会开着一辆搬家用的皮卡停在公寓楼下，再过不到12个小时就能离开这个鬼地方了。

  他拍了拍手掸落沾在手上的灰尘，发现手指上还有一根金色的短头发，他仔细辨别后断定，这根头发应该是汉克的，但肯定不是昨晚在家里留下的。

  昨天雨夜里什么事都没有发生，汉克开车送他到楼下公寓门口，然后两个人道别。铃木一直到走进了自己的客厅打开灯后才听到楼下汽车开走的声音。第二天上午，汉克打电话告诉铃木他打听到了一个不错的住所，想问铃木愿不愿意搬去那里。铃木听到这个消息时还以为汉克是在和自己开玩笑，毕竟昨天晚上他只是随口提了一嘴自己对现在的公寓住所不是很满意。

  铃木答应了，心里有些高兴，又有一点后悔，他怕自己和汉克走得太近。他对与汉克之间有更近一步的关系毫无兴趣,但是他实在不想待在现在这个住处,尤其不想看见房间里的卧室。卧室门始终紧闭着,门里面仿佛隐藏着不可告人的秘密。

背对着卧室门,铃木走到睡了一个月觉的沙发边坐了下来,身体陷在靠垫里,双手插在胸前静静地凝望着窗外。他尽量让大脑排空,不去触碰不好的回忆。

汽车轮胎压过潮湿地面的声音从窗外滑过,昨晚一夜的暴雨到了今天早上才渐入尾声,空气里面满是被闪电净化之后的清新气味。透明的白色窗纱被风吹起,白纱仿佛是在欢迎窗外的来客一般不断地飞舞,铃木的眼睛不敢眨动,生怕失去了眼前的画面。

记忆里那天好像也是雨过天晴,走廊里非常吵闹,又好像十分安静,他啃着铅笔看着被窗外的微风吹起的窗纱,窗纱也是白色的,有一个人隐隐约约在窗纱后面时不时浮现,那一刻非常的美,就像昨天下午坐在汉克新车里面的时候。

铃木知道不可能回去了,而且那些都是虚幻的。他从沙发上起身,慢慢地走到窗前,把打开的窗稍微合上,然后将窗纱聚拢好。窗纱后面什么都没有,只有点缀着零星亮光的黑暗。他略有些伤感,也有些惊讶。那些虚无缥缈的记忆已经藏匿了很久很久,久得仿佛是前世留下的记忆残影。铃木以为自己早已经遗忘了,可是回忆一旦被激活,那些沉睡已久的画面就呼之欲出。

铃木即将沉浸入记忆深处的思绪被敲门声打断了。

是熟悉的三下敲门方式,铃木不明白为什么这么晚汉克会来,离明天早晨约定的时间还早。他站起身走到门边，稍稍整理了下面部表情后把门打开，接着他吓了一跳。

门外的那个人一开始没有说话，而是侧头看了看铃木房间里面的情况，然后又打量了下铃木，欲言又止，过了一会儿才说话。

"铃木透夫，你准备搬走了？"

铃木已经把笑容收起来了，他不知道该怎么回答比较好。

"我能进来吗？"

铃木迅速把自己的大脑切换成警戒模式。

"别害怕。"那个人的表情很松弛，"我是来救你的。"

"你是不是一直在监视我？"

"铃木，这已经不重要了。按照亨德森的常规进度，还有不到一周你将永远地消失在这个世界上。"

今天的好心情已经荡然无存，铃木真想将门一把关上。

"你这里应该没有外人吧？"

"罗宾先生，恐怕你早就知道我家里没人了。"

罗宾苦笑着把手摆了摆。

"那都是亨德森这家伙让我收拾的烂摊子。"

罗宾的脸色忽然变得很严肃，然后做出一副要进入大门的样子。

"铃木，我来是为了和你谈一件非常严重的事情。"

话还没说完，罗宾就直接推开了铃木把守的大门。

"罗宾先生,什么事情?"

"你一点都不知道?"

"罗宾先生,我根本不知道你在说些什么!"

"好吧,好吧!"罗宾又一次摆了摆手,"铃木,关上门。"

铃木不情愿地把门给关上了。

"你刚才说得没错,我一直在监视着你,不过要是亨德森听我的话,一个月前你就会被送回游戏里去。"

罗宾在房间里一边说一边找位子坐,最后靠坐在了餐桌上。

"你以为我想监视你?还有你的'男朋友'祁龙——噢,也许是'前男友'。这都是些下三烂的做法,而且没有什么必要。"罗宾看了看四周的立方体箱子,接着叹了口气,"但是,亨德森疯了。"

铃木静静地听着,他还是没搞懂罗宾想要说些什么。

"他完全疯了,从一个月前我就应该看出来,一个月前就应该把问题给解决,可是他根本……"罗宾摇着头,掺杂着银丝的头发也跟着左右摇摆,"我们得联手制止他。"

"罗宾先生,到底发生了什么?"

"你一点预感都没有?"

"什么预感?"

"这一个月你都和亨德森在一起,难道你不知道?"

"我只是教了他一些东西。"

罗宾的眼珠稍稍左右移动了下。

"脑机交互的那些东西？"

铃木耸了耸肩。

"差不多，你不是一直监视我吗？你应该都知道。"

"我当然知道，我当然知道。"罗宾微笑着停顿了下，"你觉得亨德森为什么要这么做？"

"我不知道。"

"你难道没有仔细思考过？"

铃木稍微想了想，并没有什么印象特别深刻的事情出现。

"亨德森先生只是学了些新技术。"

"没有其他了？没有什么让你觉得有些异样？"

罗宾前倾着身子。

"我不知道那算不算。"

"什么？"

"亨德森先生学得很快。"

罗宾若有所思地点着头。

"非常可怕，非常可怕。"罗宾自言自语道。

"罗宾先生，到底发生什么了？从一开始我就没有弄明白。"

"铃木，亨德森有没有和你提起下周举办的游戏比赛？"

"没有。"

铃木真想马上撬开罗宾的脑子看看他到底想说什么。

"我和亨德森在我们 20 岁才出头的时候就认识了，那个时候……"

罗宾滔滔不绝地开始诉说着自己和亨德森的创业史，夹杂着每段时期的美国时代背景。

"……我以为我很了解他，我以为现在的他只是年纪大了有点固执，对目前的时局有些不太满意……当然谁都会对现在的情况不太满意，国家分崩离析、民众没有凝聚力、年轻人贪图眼前的享乐。但是这就是现状，没人能够改变。"

铃木好像有点明白了，但还处于模模糊糊的状态。

"我原本以为一个月前《美国陷落》里发生的事故是一场意外，你和祁龙只是凑巧从游戏里逃了出来，但现在看，很可能不是意外。"罗宾无奈地摇了摇头。

"这是亨德森设计好的？"

罗宾微微点了点头："我觉得是。"

"亨德森非常聪明，只要有人指导他，他就能很快地学会一项新的技能，比如对他来说陌生的脑神经科学领域。"

"他想要做什么？"

"下周有大约1000万人参加游戏比赛，1000万人，而且大多数都是年轻人。"

汉克昨天说也要给自己报个名，铃木倒不是非常想参加，因为这总是勾起以前在游戏世界里不好的回忆。

"这些都是充满活力的年轻人，他们只是想要体验虚拟游戏世界带来的乐趣。纯粹的快乐是他们这个年纪最想获得的。但是有人不是这么想的，有人想把自己刚刚学会的技术用在个人的私欲上,用在毁灭这些无辜的年轻人,甚至毁灭整个北美大陆上。"

"所以,亨德森先生想要把这些年轻人,都置换到游戏里去?"

罗宾伸出食指摇了摇。

"这只是第一步,第二步是把他想要的年轻人给换出来。"

"这不可能。"

"他做得出来。"

"1000万全新的年轻人从游戏里跑出来,那将会是一场混乱,其他人都会发现的,没人掌控的了。"

"我告诉过你,他是个很疯狂的人。并且,你难道没听过有种说法吗?偷了一块金子,你就是小偷;偷了一个国家,你就是国王。"

"我搞不懂了,就算置换出了1000万个新的年轻人,亨德森先生准备干什么用呢?难道让这些年轻人煽动邦联国重新合并,接着重组一个新的国家?"

"如果仅仅是这样那我也不用来找你了,亨德森的光头说不定将来还能被刻在总统山上。"

"我倒是挺乐意看到这个景象。"

"真实情况更可能是另外一种,亨德森坐在高高的宝座上,奴役着成千上万的人。"

铃木使劲想了想亨德森手握权杖睥睨天下会是什么画面。

"罗宾先生,我觉得这些事情和我没有什么关系。"

"铃木,你觉得一周以后的你还有存在的价值吗?嗯?"

罗宾突然这么一说让铃木有些措手不及，但是他很快就反应了过来。

"首先我不相信亨德森先生会做出你刚才说的什么交换意识的事情，这是一个非常庞大的工程，涉及了整个社会的方方面面，带来的后果是不可预测的。按照亨德森先生的做事方式，他不会这么鲁莽。第二，从技术的角度说，我对亨德森的价值可不仅仅就值一个月，卸磨杀驴也得等好长一段时间。"

"听起来，亨德森对你挺重视的。"罗宾挠了挠自己的耳朵，"你也挺喜欢亨德森这个人。就像30年前的我一样，被他的理性和智慧所感染。"

罗宾低着头，十根手指头岔开指尖相互紧贴着。

"但人是会变的。"

铃木心里很不耐烦，因为罗宾刚才说的所有的话都像空中楼阁般无根无据，最多是些捕风捉影的猜测。没错，亨德森的确是在孜孜不倦地从自己这里获取知识，但是他单凭一己之力就想改变整个世界简直是痴人说梦。铃木越是这样想越是觉得罗宾是在危言耸听、杞人忧天，他猜想也许罗宾和亨德森有了什么矛盾了，然后想来找自己帮忙，可是罗宾想找自己来做什么到现在都没有透露。铃木已经准备开启新的生活了，什么世界灾难、美国的前途都和自己八竿子打不着，他要的是一种平稳、安全、舒适的生活，白天帮亨德森处理游戏公司的技术问题，晚上安安心心地做自己想做的事情，小富即安的日子就在前方，而罗宾的出现是目前唯一的拦路虎。

罗宾那紧贴的手指头像雕塑一般凝固着,他的头抬起来,浅蓝的眼睛一动不动地平视着铃木的左边,仿佛里面射出了一道平行于地板的光。

"那个房间的门你多久没打开了?"罗宾站起来朝着紧闭的卧室门走了过去!

"罗宾先生,你最好别去那个房间。"

铃木挡在了罗宾面前。

"怎么了,铃木?有什么见不得人的东西?"罗宾低头俯视着铃木,表情带着很明显的嘲讽,"我能体会出来那个人当时的心情,带着愤怒和复仇的快感,还有一些上不得台面的行为。铃木,我也很能理解你,你也许受到了伤害,也许是精神上的,也许是身体上的。"

罗宾在说到"身体上的"时候还特意将音调提高了一下。他一步步地把铃木引诱进了一张精心准备的网里,而铃木像是中了魔法一样慢慢丧失了刚才的理性。

"够了!"铃木大叫一声,"你别说了!我知道你都看见了,我知道你看到了全过程。"

"我说过了,我没有看到,我只是猜测。"

"那天晚上穿着皮衣威胁我的就是你!"

"那不是我,那是亨德森。是他在背后操纵着一切,你以为亨德森是你的救世主?"

"铃木,我有办法真正让你得到解脱。"罗宾用嘴努了努卧室的门。

"我不想再听你说了。"

"也许这是唯一的方法。"

铃木做出一副送客的样子。

"铃木,只要你愿意和我合作消灭亨德森,那么我就把祁龙交给你随意处置。"

罗宾收起了刚才那副戏谑的表情,现在他的脸简直比冷却的火山熔岩还要冷酷。

九

祁龙睁眼醒来的时候以为自己还在梦里，整个人恍恍惚惚的。

新鲜的晨光平射入卧室，光与影拼接成的图案在简朴的房间里像古老的时钟以肉眼难以分辨的速度移动。没有远方的汽笛，没有窗外的鸟鸣，窗帘静止不动地垂立着，一丝风都没有。

祁龙下了床，赤着脚站在凉爽的木地板上，刚才脑子里面轻微的疼痛已经消散了，按照小分子核酸模拟物的药物代谢动力学公式计算，药效可以持续大约72个小时，足够今天对付亨德森了。祁龙不紧不慢地走进洗手间，身体前倾双手撑在洗脸台盆的两角。镜子里面的脸和以往的清晨略不一样，变化并没有体现在具体的部位，但又的确确存在。打开水龙头，祁龙用手接着水然后低下头，闭着眼睛感受着温水浸湿脸后的舒爽。

那个电闪雷鸣下着瓢泼大雨的夜晚，接近万念俱灰的祁龙坐在车子里突然之间想通了。他从未感觉到如此的平静。他忘掉了自己如何对汉克心生嫉妒并且汉克是如何把自己揍翻在地，就算再想起来内心也毫无波澜。他同样也对铃木透夫没有了什么感觉。祁龙觉得铃木透夫是个无可救药的可怜虫，靠着别人施舍活下来的寄生虫，从铃木对待汉克的那副恶心的殷勤样子就可以断定，铃木透夫根本不值得自己正眼视之。

祁龙之前还抱有的一丝幻想，现在被无情地彻底击碎了，他明白了每晚睡梦里出现的那张"没有脸的嘴"代表什么了，那是不可抗拒的命运在梦里的化身，而亨德森就是这张脸的面具。祁龙原本想要躲开命运的摆布，他想逃离这里，逃离亨德森的魔爪。他越是朝这个方向奔跑，命运的枷锁就拴得越紧。只要亨德森存在一天，那么祁龙就一天没有安宁。就算自己躲到了一个无人知晓的地方，每天晚上他也一定会梦见那张"没有脸的嘴"，每一天都会像被通缉的杀人犯般惶惶不可终日。

只有一种办法可以拯救自己，那就是真正的自由。

祁龙下定了决心，沉睡已久的勇气和力量在体内苏醒了。但同样，很多难题也摆在了面前。第一件也是最重要的一件事，就是祁龙只要有攻击亨德森的想法出现，脑子立刻就会出现钻孔般的疼痛。不仅如此，这种疼痛还能用一个闪烁的工具来操控。祁龙判断其中一定和轴突电压门控通路以及光遗传学有关联，但现在想要立刻搞明白其中的具体机理肯定是不现实的，所以他选择了一条冒险的路。

为了对付亨德森的撒手锏，祁龙这几天悄悄在实验间隙制造了一些针对中枢神经元疼痛管理钠离子通道蛋白 NaV1.7 基因的小分子反义寡核苷酸，可以在72小时内抑制NaV1.7蛋白的合成，降低对疼痛的敏感。祁龙把小分子药物用特殊纳米脂质体包裹后悄悄撒在了饮用水里，他确信这样应该能够逃掉亨德森的监控。从效果上来说，这些只有几纳米大小的反义寡核苷酸起到了显著的效果。祁龙已经准备好了计策，等到今天见到亨德森，他会找机会假装头疼，然后解决掉他。

到底用什么办法解决掉亨德森是祁龙这几天思考的另一个难题。他思前想后，凡是能够快速置人于死地的方式都不大现实。只求能够出其不意，同时也做了最坏的打算——来一场激烈的搏斗。

祁龙用毛巾把脸擦干，目光聚焦在了左手臂外侧。昨天睡觉前他用水果锯齿刀在手臂上深深地划了一刀，血疯狂溢出，而现在他的皮肤却完好无损。

昨天白天祁龙在给试验人体进行静脉注射的时候故意不小心将针头扎到了自己的皮肤下，随即几千万病毒颗粒顺着毛细血管通道汇入了人体的血液系统。将外源基因整合到人体内本身就是一项风险系数极大的操作，一不小心就会因为脱靶效应造成人体体细胞基因组的不可逆改变，甚至会发生癌变。为了把对自己身体的副作用降到最小，祁龙使用了基因组定位精准并且比较温和保守的改良后腺相关病毒载体，这些病毒载体上携带着固氮酶和叶绿素组合碱基序列。

昨天晚上祁龙以为这些进入血液的病毒都被自己的免疫细胞杀灭了，他用毛巾好不容易才止住血。可能是病毒数量太低或者病毒感染的时间还不够，但不管怎么说，只要周围有氧气和氮气，皮肤上的伤口在几个小时内就可以达到完全愈合而不留瘢痕。在祁龙的计划里，还没有明确想好哪种环境下会使用，但多层防御总是好的，也算是给自己留了一个后手以防变故。

时间不早了，该准备和亨德森会面了。祁龙在出门前随手把两块口香糖投进嘴里，口腔里充满薄荷味的凉爽感，心跳稍稍有点快，他通过牙齿的咀嚼来分散自己的注意力。

公寓楼下的马路边，熟悉的黑色轿车右边早已经敞开着后车门等候在那里，位置和以前分毫不差，位于消防栓后大约三步远的地方，祁龙闭着眼睛也能走到轿车边。他在脑子里面琢磨着等会儿该说的话、等会儿可能发生的状况、等会儿该怎么随机应变、等会儿该先攻击亨德森的哪个部位。祁龙的身体像个经过条件反射训练后的动物，插着口袋熟练地走到后车门边，弯腰低头跨腿走进后排座位一屁股坐下，同时闭上了眼睛，后脑勺枕靠在了椅背上，耳边是车门轻轻自动合上的声音。

薄荷味的口香糖在齿间嚼动着，减轻了刚才的压力。祁龙很安静地等待着车子启动，但是慢慢地他感觉到有点不对劲了。

祁龙睁开眼睛，朝右边车窗外看去，涂上新油漆的消防栓乖乖地伫立在右前方，他又看了看道路边的房子，确信这里还是家门口。三十几天的条件反射的最后一环是车子起动后后脑勺感受到的压力，今天这个压力迟迟没有出现。

"别看了，车子还在原地。"

祁龙原本上下左右运动着的嘴巴不动了，他的身体僵在了座位上，浑身的毛发都竖了起来。声音是从左边传过来的，不是那种从电子设备里传出来的声音，而是从一个活生生的人的声带里传出来的活生生的声音，带着一种阴森恐怖的气息。

"我等你很久了，祁龙。"

有那么一瞬间，祁龙认为这是亨德森发出的声音，那种气定神闲把自己牢牢掌握在手心的语气简直一模一样。突如其来的变化把祁龙的计划全部打乱了，他没想到亨德森会亲自坐在轿车里。祁龙用余光扫了扫地面，发现在自己左边座位下有一双鞋子，鞋子连在一双裤腿上。祁龙从来没有看见过亨德森穿这种样子的皮鞋和裤子。他把视线缓缓朝上移动，终于看到了一张和亨德森截然不同的脸。

"你怎么会在这里？"

"年轻人，注意礼貌，你应该称呼我罗宾先生。"

"罗宾先生，有什么事情吗？今天我还得去向亨德森先生汇报工作呢！"

"今天亨德森不会来了。"

罗宾用很笃定的眼神告诉祁龙不要对他的话有所怀疑。

"罗宾先生，我没弄明白……"

"祁龙，你这周都见不到亨德森。"

"为什么？"

太阳越升越高，有车子从旁边驶过，一只被绳子牵着的狗在马路对面的树下嗅着。

"亨德森先生有什么突发状况吗？"

"祁龙，你今天很想和亨德森会面？"

祁龙刚才放下的心又突然悬了起来。

"并不是，只是我……"

"祁龙，"罗宾再次打断了祁龙想说的话，"让我看看你的左手臂好点了没有。"

"你怎么知道……"

祁龙立马意识到不对劲，但是后悔已经来不及了。

"还有你在实验室里耍的那些小把戏，我就不一一复述了，虽然我也不是非常明白其中的原理。"

新生的希望变成了一场泡影，祁龙全身的肌肉紧张了起来。现在他别无选择，只有找机会逃走了。他看了看紧闭的车门，觉得现在就夺门而出的可能性微乎其微，说不定还会闹出拉不开车门的笑话。

"不过，我不会把这些告诉亨德森，不会像上次那样。"

罗宾露出了微笑。

"要是我早一点看透亨德森这个人，也许你也不用这么大费周章，我们本该有充足的时间来商量怎么对付他。"

"罗宾先生，你越说我越糊涂了。"

"我会让你明白的，今天我们有充足的时间。"

车子终于起动了，红色的消防栓朝后移动，很快消失在了后方。

"我们这是去哪里？"

"去哪里并不重要。"

窗外的房子飞快地移动着，阳光经过单向透视玻璃反射后不再刺眼。祁龙吞了吞口水，但是喉咙很干燥。

"你看看窗外，祁龙。多么美好的早晨，阳光、海风、绿树成荫，人们散步、逛街、运动，快乐地在这里生活。"罗宾摇了摇头，"你能想象一周以后的世界和现在截然不同吗？一个只有奴役和被奴役的世界，所有人都听命于一个人。"

祁龙有点儿被罗宾的话逗乐了，但并没有显露出来。

"罗宾先生，你指的是谁？"

"亨德森。"

罗宾那张忽然紧绷的脸让祁龙莫名地害怕了起来，他联想起了昨晚划伤自己的手还有在实验室里自以为瞒天过海的小动作。

"我不相信，亨德森先生不是这种人。"

"祁龙，别害怕。"

这是圈套，祁龙告诉自己，别被罗宾骗了。

"亨德森先生只是对科学研究有些痴迷，他让我做的这些事情是为了人类更大的福祉。"

"祁龙，别在我面前装样子。"

"罗宾先生，车子是不是开错路了，我还得去实验室呢，上午还有好多实验等着做。"

祁龙装作很轻松的样子，用眼神示意车外面。

"你还装得挺有模有样的。"罗宾冷笑了几声,"就像你真的得了斯德哥尔摩综合征,我看你是无可救药了。"

祁龙没有因为罗宾的话动摇自己的判断,他知道这辆车里安装了无数的监控设备,自己的每一句话和每一个脸部表情都被严密地记录着。

"不过我知道你不是那种人。"

"我很乐意为亨德森先生效力。"

"哈哈哈哈,祁龙,你可太逗了。"罗宾一边大笑一边鼓起掌来,"你继续装,我可以等。"

"罗宾先生,我现在必须去实验室,今天我得和亨德森先生汇报最新的工作进展。"

祁龙的声音严肃得毫无感情,他觉得这场亨德森对自己的测试应该快结束了。

除了一个破绽。

"告诉我,你的右手臂是怎么一回事?"

祁龙越是害怕的事情越是缠着自己不放。

"昨天不小心划到的。"

"别骗我了,我还以为昨晚你想自杀呢,吓了我一大跳。"罗宾做出很害怕的样子,"但是当我看见你急急忙忙拿毛巾止血的样子时,我总算是放心下来。祁龙,要是你真想自杀的话,那你在我心中就是个懦夫。而且你要是死了,亨德森就真的无法无天了。"

轿车现在行驶在沿海公路上，远处是装满集装箱的巨大湾区码头。

"祁龙，你还是不相信我？没关系，我可以开诚布公地和你聊聊。"罗宾望了望左侧的海水，接着转过头说，"你在地下室做的实验只是亨德森染指的所有产业中的一小环，当你完成了所有他交代的任务之后，你的价值自然也就没有了，他可以想出一百种方法来抹除你，而且很有可能是由我亲自操作。单单是为你自己考虑，你也应该干掉他，这一点恐怕不用我再多说。"

罗宾停顿了下，给了祁龙5秒钟的思考时间。

"祁龙，我很同情你的遭遇，我也很同情那个被你置换到游戏世界里的乔治的遭遇，你们两个都是无辜的人。你原本只是亨德森编写的程序，按照设计好的代码运行着；乔治是有着自由意志的人，可是你们都被亨德森算计了。如果只是一两个意识转换的情况，那还能控制，可是一周以后有上千万的人被换到游戏世界里，把同样数量的上千万被亨德森设计好的人给换出来。你能想象那个后果吗？"

祁龙没有回答，他静静地听着，飞快地思索着。

"铃木透夫。"罗宾停顿了下，观测了祁龙的反应，"他已经彻底地投降，无可救药了。他心甘情愿地成为亨德森的爪牙，仅仅为了换取亨德森施舍给他的'舒适'的生活。你以为亨德森每天都在监视着你的工作进展？其实都是我在监视着你。他把除了睡觉的时间都用来向铃木透夫学习脑机交互的知识，而一旦学习完,那么铃木透夫也将会像你那样被过河拆桥。这是他瞒着我进行的唯一一件事情,可悲的是我竟然在游戏大赛即将开始的时候才知道。"

海湾码头的大型吊车逐渐映入了眼帘。

"祁龙,我们只有一次机会来阻止亨德森,唯一的一次,就是即将开始的游戏大赛。我需要你的帮助,需要你的专业知识来帮助我。"

祁龙看着前方,微皱着眉头。

"我怎么帮助你?"

罗宾立刻把身子侧了过来。

"亨德森会参加这次比赛,他会像之前《美国陷落》里面那样去客串其中的演员,也有可能成为其中的参赛选手,而我知道这次比赛的所有流程。但我只能在后台监控着游戏服务器的运行,我需要你进入游戏里,阻止亨德森的阴谋,并且消灭亨德森。"

车子在熟悉的深蓝色集装箱前停了下来,罗宾一侧的车门打开了,潮湿的海风钻了进来。

"祁龙,如果你相信我,今天晚上我会和你详谈。"罗宾起身出了汽车,手扶着车门,"你放心,今天你见不到亨德森,他不会来。"

说完罗宾用力把车门关上了。

十

  这是一个非常完美的初夏早晨，阳光、空气和海风以最完美的比例融进了整座海滨都市，高耸入云的现代化摩天大楼的玻璃外墙倒映着海面上的点点船舶，马路上永不停息的车流像富含血红蛋白的红细胞将活力注入了城市的各个角落，人们在美好生活的沐浴下洋溢着快乐的笑容。

  可是对于其中某两个倒霉的人来说，这是一场噩梦的开始。这场噩梦从刺眼的阳光射入打开的通往地下室的大门开始。

  "乔治，我们是不是在做梦？"

  "凯瑟琳，我可从来没做过这么怪的梦。"

  如果你是一个恰巧经过的路人，一定会不由自主地注意到这对非常奇异的组合。一个身材高大挺拔的亚裔男子小心翼翼地扶着另一个撑着拐杖、身形矮小的亚裔男子，两个人一脸茫然地站在了摩天大楼环绕下的巨大广场上，周围是来来往往、健步如飞的上班族。这些男男女女们在这两个人身边擦肩而过，偶尔有几个人朝他们瞥了一眼,然后继续朝着自己的目标前进,仿佛他们的存在无足轻重。

"你好,先生,请问……"

"抱歉,我得去上班。"

一个西装革履的青年男子举起公文包做了一个拒绝回答的举动,径直朝前走。

"你好,女士,请问……"

"对不起,我没有时间。"

一个穿着淡黄色套装的女子抿着嘴角表达了自己不想回答的意愿,稍微减缓了一点步速后又加快了前进的步伐。

没有人愿意停下来花个几秒钟给这对奇怪的组合解答他们心中的疑惑。

他们的心中有很多的疑惑,从两个人再次相遇后开始,疑惑就像细胞分裂一般呈指数级增加。

他们都还记得上一次在地面上的情景,那是世界末日,而如今目力所及的一切都变了。原来倒下的现在立起来了,原来破损的现在复原了。而且他们自己的模样也彻底变了,变成了他们互相不认识的人,不过他们自己倒是认识现在的"自己"。

这两个人等了半天,好不容易截住了一个愿意倾听他们疑惑的人。

"……没错,没错,那幢是泛美生物技术公司的大楼……什么?对不起,我不知道你在说些什么……今天是星期一,大家都赶着上班呢……什么怪物？哪里来的怪物？昨天当然是星期天咯……倒是没什么特别的事情……qi？lon？我不知道，抱歉，我也不认识你。"

这个"好心"的西装帅哥在耐着性子回答完在他看来一系列莫名其妙的问题后就融进了上班的人潮中，他带来的是更多的、令人更加困惑的疑问。

"凯瑟琳，我现在唯一确定的是。"金色的晨光在高楼和高楼之间的缝隙中穿梭，"我们应该还在游戏里。"

"乔治，说不定现在游戏还在进行，这只是游戏的一部分。"

"如果真是这样，那可就太奇怪了。"

"如果真是这样，那我们现在应该去做什么呢？"

"这不会是游戏里一个特殊的关卡吧？或者我们激活了一个特殊的关卡？"

凯瑟琳摇了摇头，但是这并不表示自己不同意乔治的话，而是她自己也弄不明白他们现在的处境到底是什么。

"乔治，我有种不好的预感。"

"什么预感？"

"还记得当时我们报名参加这个比赛的时候主办方发放的药丸吗？我觉得有可能是这个小药丸的问题。"

"为什么？"

乔治看着凯瑟琳的脸，突然有些想笑，但还是尽量忍住了。这张脸和原来凯瑟琳的脸形成了鲜明的反差，让乔治觉得既奇怪又滑稽。他还没适应和变成另一个人的凯瑟琳对话，尤其是眼前这个毫无美感的小个子。

"因为……我也说不清楚，只是觉得吃了这个药丸我的脑子变得昏昏沉沉的，然后就像是睡着了一样。"

"当时游戏主办方就是这么说的。"

"也许是药效过头了，我们睡得太沉，所以我们现在是在梦里。"

"不可能，凯瑟琳。"乔治笑了，"一个人只能做自己的梦，怎么可能我们两个人都在同一个梦里呢？除非我只是你梦里的人，或者你只是我梦里的人。"

凯瑟琳也笑了，她是因为眼前这个"陌生男人"的笑容才笑的，这个"陌生"的笑容里住着一个她最最熟悉的人。

"如果真的是一场梦，那就是我做过的最有趣的梦了。"

"我可并不觉得。"凯瑟琳用拐杖敲了敲自己瘦骨嶙峋的瘸腿。

乔治低头看了看凯瑟琳空荡荡的裤脚管，不知从哪里刮来的风把带着蓝色条纹的裤腿吹得四散，显示出了一根如桔梗般柱子的轮廓。

"整件事情实在太诡异了，说实话我到现在都没有彻底搞明白。"

"刚才在地下的时候我们不是都理清楚了吗？我变成了那个叫什么祁龙的家伙，你变成了伍兹。"

"祁龙不是瘸腿,铃木才是,而且你变成的是铃木,那个伍兹其实就是铃木,还有……"乔治无奈地摇了摇头,"反正我们变成什么并不重要。"

"最重要的是离开这里。"

"对。"乔治抬头看了看被四周摩天大楼切割的天空,"最重要的是离开这里。"

这两个人漫无目标地穿过整个广场,上班的人流比刚才少了一半。有车从前面高楼之间的宽阔车道驶了进来,车道另一头有蓝色的海面以及川流不息的车流。乔治牵着凯瑟琳那双男人的手,凯瑟琳慢慢习惯了挂着拐杖,沿车道一侧的人行道渐渐加快了前进的脚步。

"凯瑟琳,我倒是觉得现在这样挺有意思的,在这个虚拟的城市里,就我们两个。"

"那当然,你的腿可不瘸。"

"得怪那个叫祁龙的家伙了。"

"要是我见到了伍兹这个混蛋,我一定要揍他。"

"也许我们再也见不到他们了,毕竟都是虚拟的电脑人。"

"不过他们的智商倒是挺高的,竟然能想出来换身体。"

"我猜都是罗宾设计出来的。"

"罗宾是谁?"

"就是这个游戏的主策划师啊,平台里的东西都是他想出来的。"

"如果他真的那么聪明，早就应该发现我们两个的情况了。"

车道尽头的视野开阔起来，面前的一个"T"字形路口下面是环海滨的公路，泛着白光的蓝色海洋在不远处闪动，占据了四分之一的视野。

"乔治，我有个提议。"

凯瑟琳走到"T"字形路口的尽头，那里的一排长长的矮砖墙上面装有护栏，她手抓着护栏，头越过护栏边缘朝下方看去。

"我敢肯定从这里跳下去不是摔死就是被车子给撞死。"

乔治的脖子被逐渐上升的太阳照射得有点汗涔涔，嘴里也有点口渴。

"凯瑟琳，你想干吗？"

"我记得游戏规则里说，你如果在游戏过程中死了的话就会自动苏醒过来。"

乔治走过去伸出头，他不确定从自己的位置到下面的公路具体有多高，但是掉下去的话应该没多大生存的希望，就算是侥幸没死，也会被高速行驶中的汽车给碾压死。但无论是在虚拟世界，还是在现实世界，主动赴死都不是一件说干就干的事。很显然，他现在还没准备好。他刚准备收回自己的脖子，余光就瞥到了一个东西。在公路的紧急停车道上竟然有个小小的装满水果的移动站，各式各样的切好的水果摆在移动站的货架上，还有一杯杯五颜六色的水果汁，好像还有冰镇的啤酒。

"凯瑟琳，我们等会儿再去死。"

"啊？你说什么？"

乔治指了指他刚才发现的宝藏。

"那边有个下去的通道。"

"乔治？"

"凯瑟琳，我们一起去解解渴。"

"乔治，别闹了，那都是假的。"

"我们昨天还喝了啤酒呢！"

"什么啤酒？"

乔治和凯瑟琳说了一群人在地下实验室喝冰镇啤酒的事情，凯瑟琳无奈地摇了摇头。

"那啤酒的味道可比现实世界里的味道好几十倍。"

"乔治，你们可真够无聊。"

"走吧，凯瑟琳，我们平时喝个酒都偷偷摸摸的，在这里可以正大光明地喝。"乔治把靠在矮墙上的拐杖拿了起来，"等我们喝够了就从这里一起跳下去。"

凯瑟琳接过乔治塞来的拐杖，乔治兴奋地拉着她走向前面矮墙的一个缺口，那里有座通往下面公路的自动扶梯。

"这座自动扶梯可真够长的。"

水果移动站离长长的自动扶梯的底端不远，有两个矮小的人形坐在那里。

"我看到了。"

乔治的眼睛发出了光。

"你看到什么了？"

"啤酒。"

"乔治，将来你不会变成一个酒鬼吧？"

"凯瑟琳，我控制得住自己。"乔治摸了摸自己后颈上的汗水，"这鬼天气最适合一杯冰镇啤酒了。"

"我倒是更喜欢葡萄汁多一些。"

"你会爱上冰啤酒的。"

自动扶梯终于完成了自己载客的使命。在烈日下，他们穿过了几道矮树篱和花丛小路，终于来到了移动水果站。水果移动站旁坐着两个戴着墨西哥草帽的人，两个草帽慢慢掀开，两张亚裔老人的脸仰视着乔治和凯瑟琳。

"你好，请问你们需要什么？"

乔治指了指瓶子上满是水珠的绿色啤酒瓶。

"这个。"

"你说什么？"

其中一个亚裔老太太笑着问乔治。

"我想要啤酒。"

几辆车正好呼啸着从他们身边不远处驶过，声音很吵。

"菠萝？"

"啤酒，这个。"

乔治又指了指啤酒瓶，又是好几辆车飞速驶过，刮来一股公路上才有的热浪。

"菠萝？"

"他说的是啤酒！啤酒！你没听到吗？"

坐在老太婆旁边的老头子拿着一把蒲扇边摇边大声吼道。

"我耳朵不行。"

"你要几瓶？"

老头子撑着自己的膝盖站了起来，摇着蒲扇摇晃着走到一个冰柜前面。

"凯瑟琳，你喝吗？"

凯瑟琳正在看货架上的价格表，嘴里喃喃道：

"这里的东西可真不便宜，连一杯果汁都这么贵。"

"如果你嫌贵，可以去喝旁边海水，有的是。"老头子头也没抬地从冰柜里吃力地拿出来一瓶冰啤酒，汗水把他的后背浸湿了一大片。

"你说什么呢？"

凯瑟琳捏紧了自己手中的拐杖。

公路上的车流逐渐增多了，车道上卷起的风不断吹动着凯瑟琳的裤子。

"老头子，你别对客人这么凶。"

"一瓶啤酒5块钱。"

乔治下意识把手伸进裤袋，忽然意识到了什么。

"我看看还有什么其他的果汁。"

乔治凑到凯瑟琳身旁。

"那老头真是没礼貌。"凯瑟琳嘀咕道。

"别和他一般计较。"

乔治看了眼重新坐回到自己位子上的老头子，旁边的老太婆还在眯着眼看着他俩，冰镇啤酒孤零零地立在了冰柜一侧。

"这么一小瓶竟然要5块钱。"

"我没带钱。"乔治坏笑着，"不过带不带钱无所谓，反正那个老头和老太都是电脑人，我们去逗逗他们。"

凯瑟琳还在气头上。

"凯瑟琳，你能跑吗？"

凯瑟琳看了看乔治，瞬间领会了他的意思。

"我们把啤酒抢过来就溜？"

"那多没意思。"

乔治在凯瑟琳耳边悄悄说了几句，凯瑟琳低头看着自己手上那根孤苦伶仃的拐杖。

"我还想再买三瓶啤酒，外加一杯葡萄汁。"

老头子将信将疑地抬起头。

"一共50元。"

"给我装袋子里。"

这次老头子和老太婆一起站了起来，两人的动作都一样的慢，老太婆似乎更慢。

乔治叉着手坏笑着，他的脚尖已经开始立在沥青地面上。太阳照在两顶浅黄色的草帽上，阻挡住了绝大多数热量。乔治的嘴里越发地口渴，旁边公路上袭来的阵阵热浪仿佛在火上浇油。

"好了。"

老头子把装在深棕色纸袋里的一堆东西递给了乔治。

"谢谢。"

"50元。"

"什么？"

"50……"

重型加长卡车驶过的噪声盖住了老头毫无波动的音调，乔治绷紧右腿的肌肉做好准备，他的身体已经开始向凯瑟琳发信号。

但，意外出现了。

菠萝汁瞬间从纸袋里撒了出来，然后是坚硬的啤酒瓶撞到了自己的额头，老太婆突然出现在眼前然后朝左上方飞了出去，老头子和自己叠在了一起，然后分开。凯瑟琳看到的画面更清晰一些，不过也就比乔治稍微清晰那么一点点。她在重型卡车经过的一瞬间就发现不对劲了，但是她还没发出声音，人已经在半空中了。

泛着金光的海在她的右侧，乔治和老头子在她下面一点点，移动水果站只剩下了一半，还有一半已经飞到了公路中央。

那辆流线型的粉色跑车早已不见，留下的车辙上布满了碎玻璃和液体。

凯瑟琳在失去意识之前似乎看到了跑车驾驶座里一张既熟悉又陌生的脸。

十一

铃木透夫大致能够猜到汉克接下来想要干什么,因为现在两人之间的距离已经足够近了。

月光下的海滩上只剩下一对移动的人影和两排脚印,海浪则不断地冲刷着沙滩,海的尽头已经是黑漆漆一片。铃木和汉克漫无目的地沿着海岸线走着,脚踩在沙子上的声音是两个人唯一发出的声响。

这几天,亨德森就像是凭空消失了一样断了联系,而罗宾后来又找了他两次,时间都不长,其余的大多数时间铃木都和汉克在一起。他在汉克的帮忙下搬了家,汉克鞍前马后地帮他把新住所安顿好,接着顺便邀约铃木一起出去玩。

汉克是个很有规划的人,每天的行程都安排得很妥当,就像是一个优秀的生活管家,又像是一个母亲照顾自己的小孩。铃木透夫原本只是想暂时利用一下汉克,等到合适的机会再把汉克甩掉。但是,即便铃木清楚地意识到汉克只是一个才认识没多久的陌生男青年，即便他不可能对汉克产生什么类似爱情或者友情的感觉，还是在汉克身上找到了一种久违的归属感。他不自觉地把汉克当作了一个值得依赖的人，可能只是出于一个小小的举动，比如不经意间提起祁龙时汉克那张愤怒的脸。昨天汉克端着水果圣代递给自己的时候，或者是今天傍晚在夕阳下一起嬉水，这些细微的场景总能勾起记忆中为数不多的那些美好的往事和美好的人。

这到底是一种真实的感受还是仅仅是错觉，铃木自己也说不清楚。因为，有时候铃木觉得内心里暖洋洋的，有时候心里又空荡荡的，就像一颗围绕着巨大球体转动的卫星，既感觉很近，又感觉很遥远。特别是汉克在喊自己名字的时候，铃木总会有种莫名的失落感和空虚感。

"凯瑟琳。"

汉克轻言轻语地打断了铃木的思路。

"怎么了？"

海浪仍旧有规律地来来回回，汉克的手无意间擦到了铃木的手背，铃木用最小的幅度回缩了一下自己的手。

"你，你真的，不参加后天的比赛了？现在报名还来得及。"

"汉克，这次比赛是单人游戏。"

汉克叹了口气。

"要是像上次那样是个团体游戏就好了，我们两个可以组成一个队。而且我觉得，这一次的比赛难度可大了，一共有两关，第一关还要淘汰一大半人,恐怕我都过不了第一关,你说对不对,凯瑟琳?"

"我不知道。"

铃木转头朝着汉克礼节性地笑了笑,他看到了一张日耳曼人常见的脸型,浅绿色宝石般的眼睛,金黄色的刘海。

"但是,汉克,我在外头等着你的好消息。"

"我真希望你也参加。"

两个人继续无言地漫步。铃木透夫尽力驱散听到"凯瑟琳"三个字时那股空荡荡的、惆怅的情绪,他把注意力转向了后天的比赛:罗宾的计划很简单,等亨德森进入游戏后,在服务器后台的罗宾很容易锁定他们两个的脑机接口地址,然后他会和同样在游戏里的铃木进行沟通,用铃木的专业技术将亨德森困死在游戏里。

然后再来解决他和祁龙的私人恩怨。

铃木如今住在汉克帮忙找到的新房子里,离那间让他受尽屈辱的卧室非常遥远。但只要夜深人静,身体内部就隐隐作痛,喉咙里有呕吐的冲动,他知道这都是心理作用在作祟。铃木想了几十种报复祁龙的办法,现代的、古代的,每一种都让人有意犹未尽之感。

海风从漆黑的海面吹拂过来。铃木望着前方的黑暗,好多乱七八糟的画面接踵而至。幻想中的鞭子抽打在皮肤上,一个变成了野兽的男人撕扯着头发,"吱呀"作响的床,这些还不是最令铃木咬牙切齿的。那个跪在床上请求祁龙宽恕的画面总是在铃木强行删除的记忆垃圾桶里死灰复燃。

祁龙就应该永无止境地活在惩罚里，然后不断地哀求着自己。

铃木想象着祁龙体会到的绝望感，但是自己却没有了之前那种等待复仇成功的兴奋和期待。今天是罗宾找到自己的第五天，是搬到新住处的第四天，有些东西在慢慢地流逝，有些东西在意识深处悄悄地泄漏。

铃木透夫始终在回避着某些问题，这些问题大多数是很现实的。亨德森和罗宾之间到底发生了什么？亨德森为什么要让自己传授他脑神经科学的知识，难道亨德森父子真的要做疯狂的事情？为什么现实世界里也有一个叫作泛美生物遗传技术的公司？罗宾真的值得信任吗？铃木逃避着这些自然而然会想到的疑问，他只想把祁龙打入十八层地狱，至于祁龙借用的乔治的身体，这不是他所关心的，罗宾会处理好的。

自己要安安稳稳地活着，平静地生活下去，作为一个正常的人活下去，这个简单的"梦"现在离铃木越来越近了。

一阵剧烈的海风把铃木的头发吹散了，他停下脚步梳理自己的头发，但是怎么都整理不好。汉克局促地站在一旁，呼吸显得很局促，脸僵僵的。

"凯瑟琳，我能……凯瑟琳。"

无依无靠的情绪重新回来了，铃木的手还在和凌乱的头发做着斗争。

"凯瑟琳,我。"

海风更加猛烈了,海水漫过了膝盖。

"我,我能,我能不能,牵你的手,凯瑟琳?"

海风突然之间停了,海水褪到了脚踝处。

铃木透夫瞬间明白了刚才为什么会有那种失落和悲哀感。

刹那间的顿悟甚至让铃木暂时忘记了对祁龙的恨,他意识到自己正孤零零地站在一片寸草不生的荒原上,身体四周没有一丝声音,而且连身体都是透明的。听不见心脏的搏动,没有任何东西可以附着和依靠,像个孤魂野鬼在四处飘荡。

他想明白了,彻底想明白了,那些所谓的归属感和依赖感只是一厢情愿的错觉罢了,因为汉克爱的只不过是一个叫作凯瑟琳的女子,和铃木没有一丁半点儿关系。

"汉克,这里风太大了,我想回去。"

海风重新呼啸了起来,吹乱了铃木刚整理好的头发。

"有整个旧金山那么大?"

"等明天的游戏比赛结束,我带你去地下参观,顺便让你的公司来接管。"

"罗宾叔叔知道吗?"

亨德森的左手食指弯扣着洪都拉斯生产的雪茄,吸了一口。

"他知道一部分区域,但不是全部。"

派克点着头晃动着加了冰块的八角玻璃杯,发出"咣当咣当"

的声音。

"一个旧金山城区那么大的地下实验室？你怎么做到的？一点一点挖出来的？这里可是环太平洋火山带啊！"

"并不难。"亨德森抬起头，袅绕的烟雾盘旋而上，"和在月球上造实验场地比起来，是小巫见大巫。"

亨德森突然这么转换话题让派克有些猝不及防。

"行了，德拉贡。"派克又开始像过去那样称呼起亨德森的名字，"前段时间才刚刚把一半设备运送到月球上，离完工还早着呢！好好地聊着地下实验室，你忽然扯这个干什么？"

"那批犯人你准备怎么处理？"

"什么犯人？"

"一起送上月球的犯人。"

派克手上晃动着的杯子停了下来。

"你不是整天和我嚷嚷着记忆力不行了吗？怎么这种事情你都记得。"

"越是以前的事情我越是记得住。"

"送去月球坐牢了。"

"为什么要搭泛美公司的火箭？怎么了，派克？别用这么敷衍的表情看着我。"

"既然连火箭里有犯人你都知道了，我猜具体原因你应该都了解吧？"

"不，我不知道。"亨德森甩了甩雪茄，"不过，我倒想试着猜一猜。"

"其实也不难猜中。"

"人体试验？"

"这多难听？"派克和亨德森对面的壁炉里传来"噼啪"的爆裂声，是树枝烧焦断裂的声响，"他们是去赎罪，为过去犯的罪恶赎罪。"

"还有呢？"

派克的眼睛和亨德森的眼睛对视着，好像在掂量着什么。

"你是不是早就知道了然后和我闹着玩呢？"

"我什么都不知道，只是随口一问。"

"如果连这个都知道了，那你真的是我肚子里的蛔虫。"

"看来我的预感没错。"

派克又开始晃动起杯子。

"说起来也挺无聊的，有点不切实际。"

"我喜欢听不切实际的事情。"

"这件事没多少人知道，但是你得保证——算了，反正你过一会儿就忘记了。"

亨德森的白齿咬着雪茄笑着，派克默默地把双肘撑在膝盖上，双手拿着水杯，低头凝视着橡木地板。

"一部分犯人会去火星，然后从那里出发。"

"去哪里？"

派克慢慢左右摇着头。

"不知道。"

"不知道？"

"也许是单程车票。"

"有去无回？"

"也不完全是。"

"再让我猜一猜，去其他的星系探索？寻找外星人？还是寻找新的殖民星球？"

"原因很复杂，不过寻找太阳系外其他适宜人类居住的星球是其中一个原因。"

"你怎么想到要这么做的？"

"说来话长，"派克抬起了头，"等明天比赛结束后我可以给你看看文件，很厚一沓。"

亨德森凝神细思了一会儿。

"从技术上来说，的确和单程车票没有区别，希望微乎其微。"派克轻轻啜了一口冰水，"星际间探索说起来容易，但是靠普通人的寿命恐怕还没飞出太阳系就全死光光了。"

"得降低基础代谢率。"

"你说什么？"

"降低基础代谢率，降低体温。人体体温每降低一度，基础代谢率下降为原来的90%。"

"你哪里学来的？"

"海斯米亚公司告诉我的，他们公司生产的特殊蛋白酶可以作用于体温中枢,然后降低基础体温。儿子,别用这种眼神看我。"

"但是海斯米亚公司一定没有告诉你,那是有极限的。他们的蛋白酶最多让人的体温降低到 25 摄氏度,因为低于 25 摄氏度后蛋白酶自身的构象会发生变化,因此也就失去了活性。"

"如果把人冻在液氮里呢?"

"你知道的还真不少!"这次派克是真的笑了。

"我还知道液氮的温度是零下 196 摄氏度。"

"真是奇怪了,我真怀疑你脑子里面到底有没有瘤子,你能记住的东西还真不少。"

"我和你说过了,越是以前的事情我知道得越清楚。"

"但是你肯定不知道冰晶难题。"

亨德森把雪茄从牙齿之间拿了下来,胸有成竹地说了句。

"我不知道。"

派克长舒一口气,重新靠在了真皮沙发靠背上。

"终于有你不知道的事情了。"

亨德森没有继续追问下去,派克也没有主动解答,两个人都没有说话。老式的时钟嘀嗒作响,壁炉里的燃烧声在空间里回荡。派克仰着头,把手中的水杯搁在了沙发座位上,他闭着眼睛,干吞了一口,喉结上下移动了一次。

"我记得小时候有一年,具体哪一年我忘了,反正你和老妈带我去动物园,那天特别热,动物园里又特别臭。我吵着要吃冰激凌，但是冰激凌店的队伍特别长，你去排队，我和老妈在旁边等着。后来你终于把冰激凌买回来了，你把冰激凌递给我，但是我没接稳，一大块冰激凌掉到了地上。再后来，后来好像你又去买了，是不是还排着队？反正那天回家的时候，我记得不怎么愉快。"

"我还记得。"

"有时候，我真希望回到那个时候，那时候可真开心。"

派克终于把眼睛睁开。

"我一直搞不懂，你生病的事为什么不能和妈讲？"

亨德森沉默着。

"你们两个都这么大岁数了，过去的事情都过去了。"

亨德森继续沉默着，过了很久才从喉咙发出声音。

"等明天我们一起把游戏玩好，我就告诉她。"

派克把低着的头抬了起来，拍了一下沙发座位，杯子里的冰水溅了出来。

"本来就该这样。"

雪茄搁在了烟灰缸边缘，亨德森满脑子都是派克小时候的模样。白白嫩嫩的小胳膊，麦芽黄色的金发和他母亲一样，瞳孔是黑色的，和派克的爷爷一样。

"你听到过那些谣传吗？说我不是你的儿子，因为我的瞳孔是黑色的。"

"嗯。"

"其实很早以前就有人在背后议论了。"派克看着亨德森的眼睛,"我也有些好奇,你的瞳孔是绿色的,老妈的瞳孔是蓝色的,怎么我的是黑色的。"

"明天你就知道了。"

"又开始卖什么关子。"派克嘟哝道,"聊点正事,我总是对罗宾这个人不大放心,等你公司合并进来以后我得想个办法让他提前退休,享受天伦之乐去。"

亨德森紧锁着眉头。

"过几天我会好好和罗宾聊聊的。"

"我觉得得给他点暗示,让他主动交权,稍微体面一点。"

"等明天的游戏结束之后。"

"别等了,明天罗宾不是要负责在后台服务器上监控吗?索性让他好好休息下,提前打打预防针,要不我现在就和他说。"

"派克,别这么急着打草惊蛇。"亨德森想了想,"还是我来处理比较妥当。"

"随便你,横竖他早晚都得滚蛋。"

听到"滚蛋"这两个字,亨德森带着复杂的心情看了看派克那张无情的脸。派克继承了自己性格中冷酷无情的那一面,即便对曾经的故交也绝不留情。很久很久以前,年轻的罗宾曾经抱着年幼的派克待在一间简陋的办公室里,办公室里除了电脑好像什么都没有,派克经常挥着自己的小拳头和罗宾"打架",派克永远是获胜的那一方。

在亨德森家族的基因里,从来就没有"输家"这两个字,所有的一切都为"胜利"让步。不过,"胜利"必定是有代价的。这个代价必须得靠一枚铁石般的心肠才能承受住。

"派克,将来你有什么打算吗?"

"打算?什么打算?"

派克疑惑地抬起眉毛,形成了一道浅浅的抬头纹。

"比如说你的公司。"

"当然是先把罗宾处理了。"

"不,我是问未来。"

派克的眉头皱得更紧了。

"我不明白。"

"好吧。"亨德森拿起雪茄轻轻挥了挥,"那你将来的个人生活呢?"

"个人生活?"派克咧嘴笑着,"性生活?"

"差不多,小孩子之类的。"

"你放心,会给你生一打小小亨德森的。"

"现在有吗?"

派克轻描淡写地摇了摇头。

"没有。"

亨德森一动不动,手上的雪茄头冒着袅袅青烟。

"一个也没有?"

"除非哪个女人想讹我。"

"时间不早了。"亨德森的视线越过派克的头扫了眼壁炉上的挂钟。

派克无奈地摇着头把沙发上的杯子拿起来，里面原本的大冰块已经变成了小碎块。"我理解，我也明白，我知道你这辈子的梦想是什么，我都快被你洗脑了。要说……"

不知什么时候亨德森已经把眼睛合上了，派克的说话声还在耳侧嗡嗡作响，他的眼前出现了那个炎热的下午。小小的派克蹲在妈妈的两腿之间，肉嘟嘟的小手上握着一根木棍，泪汪汪的眼睛看着自己，嘴巴张得老大。亨德森排在冰激凌店前长长队伍的末端，时不时回头看看自己的儿子，生怕派克会突然消失。

亨德森永远都记得那个下午，他越是想要忘记，回忆就越牢牢地附着在脑海里。他好想回到那个时候，他真希望那一刻是永恒的、定格的。

花了很长时间，亨德森才从这股难以排遣的情绪中慢慢挣脱出来。

十二

虽然早就有隐隐的感觉,但当罗宾接到亨德森的电话时还是费了很大的力气才控制住了自己的声音。

这到底是亨德森的主意还是派克的主意已经不重要了,就算是他们的无心之举也于事无补,反正这对父子的眼中已经容不下自己了,或许他们压根就没把自己当回事。在暗处,罗宾清晰地看着时间一点点地流逝,自己即将被逼到绝境。

"罗宾,明天你继续去监控祁龙和铃木透夫。"

"我不用去监控游戏服务器后台了吗?"

"交给人工智能监控就行了,还是你去亲自看管他们我才放心,记得别让那两个家伙进到游戏里来。"

他压抑住自己内心深处的愤怒和恐惧,很轻描淡写地回了句:"明天你放心地和派克去玩吧,祁龙和铃木透夫交给我管就行。"

于是,罗宾失去了原本监控服务器后台的机会。

距离比赛开始还有不到 14 个小时，罗宾可以说是彻底地丧失了主动权。亨德森刚才的那通电话把罗宾直接推到了悬崖的边缘。

他只剩下一条路，唯一的一条路，他想不出也没有时间来找到第二种办法：罗宾得作为明天的参赛选手亲自到游戏里走一遭了。

明天游戏的第一关倒不是什么难题，因为他早就和祁龙以及铃木透夫交待了，而罗宾自己对第一关的流程也早已经倒背如流。即便是亲自进入游戏中，也不会影响大局。

可是一旦进入了第二关，情况就难以掌控了。

罗宾原本的计划是在第二关里将亨德森处理掉，如果罗宾能在后台服务器上监控的话，他可以遥控指挥祁龙或者铃木来执行自己的计划。但是现在的他没得选，除了硬着头皮进到游戏里。头一个令他难受的难题是他必须在游戏里和祁龙或者铃木取得联系。由于玩家随机分布的问题，想要在偌大的游戏世界里找到两人中的一个并不是一件简单的事。

为了解决这个问题，罗宾首先能够想到的就是选择一个标志性建筑物作为碰头地点，只要能够和祁龙或者铃木其中一人取得联系就算是成功了一半。但在这之前很有可能中途被其他参赛选手给杀死。一旦被杀死那么就意味着游戏结束了，消灭亨德森的希望也就破灭了。

对游戏中的每个玩家来说，这是一场爽翻的游戏；对罗宾来说，这是一次你死我活的较量；而对祁龙或者是铃木而言，这也是他们改变自己人生的一次千载难逢的机会。

罗宾的另一层顾虑也就落在了如何处理祁龙和铃木的关系上。罗宾是一个操纵着天平的人，天平的两端是一对冤家。为了保证天平的平衡，罗宾还必须小心翼翼地制衡着祁龙和铃木。

他平躺在沙发上，出神地凝视着风格古朴的天花板，暗淡的吊灯灯光投出了暗灰色的阴影。他大脑里的脉络如蜘蛛网般纠缠不清，各种可能性的排列组合令他眼花缭乱，理不清逻辑，短时间内根本找不出什么两全之策，冷不丁还会冒出后悔没有早点做好预案的想法。

"罗宾，快睡觉了。"

天花板上的阴影变化了，罗宾知道是原本关着的书房门被妻子打开了，外面有光漏了进来。

"都快九点了，你不睡我可要睡了，这一个星期你是怎么回事，整天躲在……"

门关上了，天花板上的阴影又恢复了原状，罗宾不知怎么地忽然涌起了对老婆的憎恶。他脑子里冷不丁出现了亨得森躺在豪华浴缸里莺环燕抱、侍仆如云的画面，而他等会儿要睡在一个年近花甲的女人身边，并且明明和她说了好多遍别打扰自己，可是她总是当成耳边风。

罗宾闭上眼睛，重新整理思路，但和刚才一样，依然毫无头绪。

要不算了吧，明天老老实实地看管着那两个家伙，罗宾重重地叹了一口气，以后也老老实实地替派克打工吧！

投降主义的号角在罗宾的内心中响起,那号角声悦耳诱人,摄人魂魄,蛊惑着罗宾放弃抵抗。做了那么多年亨德森的"白手套",被他随意地使唤来使唤去,罗宾早已经感到反感和厌恶,一想到还得继续听任亨德森的儿子发号施令,罗宾心里就很不甘心。

不行,只有明天这次机会,千载难逢的机会。如果不赌一把,以后肯定会后悔的。更何况,祁龙和铃木透夫都已经知晓了自己的计划,要是他放弃了这次机会,以后这就是隐患啊!

罗宾意识到现在是真的没得选了,从主观和客观两方面分析都只有一条路。时间非常紧迫,再过14个小时游戏就要开始了。罗宾再次睁开眼睛,由于眼睛长时间闭着,天花板上的吊灯显得比之前亮很多,卧室门关上的声音隔了好几堵墙传到耳朵里。

起初罗宾还能忍住,但马上他就"咯咯咯"地痴笑了起来。

可以这样!

罗宾被自己突然之间冒出来的想法逗笑了,但随即觉得这样做似乎也是一个不错的选择,他顺着这个想法推演下去,之前停滞不前的思路彻底打开,还缓解了懊恼的心情。罗宾重新整理起纷乱的思路,让思考重新走向正轨。

在第二关里怎么找到祁龙或者铃木透夫是问题的关键,只要找到这两个人中的一个,那么后面就好操作了,说不定还真能试试刚才那个"神来之笔"的点子。罗宾继续思索着,不管能不能实现这个点子,首先得解决如何在第二关里找到祁龙或者铃木透夫的问题，并且不能让这两个人相互之间碰面。他思前想后，还是得各找一个标志性建筑作为碰头的地方，这两个地方相距不能太远，并且祁龙和铃木都必须很熟悉。

选什么地方比较好呢？

罗宾很快就想好了两个地方。让他们两个各自等在指定的碰头点，到时候罗宾根据实际情况来做二选一的选择。

他二话不说，拿起沙发上放置了很久的手机准备打电话给那两个人，正要拨号但马上又停住了，他重新把手机放归原处。

罗宾突然意识到了一个问题。

从一开始接触，罗宾对祁龙和铃木透夫这两个人就不大信任，他认为自己并没有像亨德森那样百分之一百地掌控这两个人，罗宾只是利用了他们之间的矛盾来制衡，并且关键性的意识交换技术也都在祁龙和铃木透夫手上。

只有彻底地控制住这两个人，或者只要能让其中一个人心悦诚服，那么刚才的好点子就有实现的可能，即便实现不了也能让自己全身而退。这是罗宾不敢轻易拨打电话的重要原因——他需要一个万全之策，应对任何突发而不受自己控制的情况。

每个人都有自己的弱点，祁龙和铃木透夫肯定也有。罗宾躺回到沙发上一动不动，连眼睛都不眨，想尽力找到一些线索。对于目前状态的祁龙和铃木透夫，罗宾并不是非常了解。他们两个原本就是两段代码在游戏里面运行着，现在这两段代码借用了真实人的肉体生活着，他们的精神世界到底是怎么样的？也会有人的心绪吧？从这几次和祁龙与铃木透夫的接触中，的确也能看到他俩的喜怒哀乐，和刚从游戏世界逃出来时头脑单一的样子相比，两个人逐渐拥有了人类的情感，可是这到底是来自借用的那个真实人的大脑还是他们从游戏世界带来的，就说不清了。由代码构建起来的祁龙和铃木透夫真的会有情感吗？

很久很久之前是他和亨德森一起讨论设计出祁龙和铃木透夫的，回想起来都过去二十多年了，他已经快记不得自己是怎么把一行行代码敲进电脑的了。不用想都知道那些代码很简单，最后运行起来也就是两个并不复杂的人工智能，名叫"祁龙"的NPC和名叫"铃木透夫"的NPC，最多也就是能够对外界刺激做出简单的回应，多数情况都是跟着游戏剧情的走向运行。他们在游戏中的存储量可能都不会超过一个人在一天中接收的信息量，祁龙和铃木透夫就带着这么点存储量就出来了，这么点存储量在宿主的神经元中以记忆的形式储存，这些记忆少得可怜，倒也不妨碍他们在现实世界里生存。

要是祁龙或者铃木把各自的宿主——乔治与凯瑟琳——的记忆和情感清除的话，会不会就是两具没有感情的移动肉体呢？相比祁龙，铃木透夫自身的记忆还算是比较完整。罗宾回忆起当初是怎么设计铃木透夫这个倒霉蛋的了——亨德森花了不少时间设计铃木透夫这个人，从他出生一直到长大的经历，亨德森真是不遗余力地把各种霉运强加到铃木透夫身上，活生生地塑造出了一个心理阴暗的变态者。而对于祁龙的设计就简单多了，这个人的童年经历完全是没有的，直接跳到了大学，"20 岁就拿到医学博士学位，30 岁就能竞争诺贝尔奖"这种有点荒唐的情节也就是用来骗骗年纪很轻的游戏玩家。

如果要选择突破点的话，罗宾更倾向于选择铃木透夫。他把自己带入到铃木透夫的视角里，思索着如果自己是铃木透夫的话，最想要什么。罗宾想来想去，觉得铃木透夫最需要的还是消灭祁龙。从铃木透夫的经历上来看，他的内心一定是黑暗又自卑的，羞耻心一直在折磨着他，他肯定是要报仇的。不过，铃木透夫内心里是否还有其他的想法，罗宾就不那么好确定了。万一罗宾把那个"神来之笔"的点子最终告诉他，铃木透夫会不会使坏呢？就算不告诉他，铃木透夫会不会也同样使坏呢？

罗宾没有把握，他只能哀叹自己没有掌握意识互换的技术。一想到这个，他又觉得纳闷，祁龙和铃木透夫是怎么学会这项技术的呢？难道是在游戏内部运行的时候自学的？也许就是靠着人工智能的自学能力吧！罗宾没时间细想这个问题，他仍旧回到主题。

这样看来，铃木透夫还真是一个不可控的因素，只能怪亨德森把铃木透夫设计得太黑暗了。剩下就是祁龙了，这个人的背景实在是太简单了，一个高傲自大、沽名钓誉的傻乎乎的家伙，除了好胜心之外一无是处。他这么恨亨德森不就是觉得自己没有了游戏里前呼后拥、众星捧月的待遇了吗？过去都是领导、指挥别人，等轮到自己被别人使唤了，当然就接受不了了。所以说祁龙这个人最需要的就是获得过去拥有的权力。

祁龙的目标非常简单和纯粹，罗宾几天前就得出了这个结论，一个"权力"的奴隶，和亨德森一样，但和亨德森这个老狐狸比嫩多了，毕竟一个游戏里的电脑人的阅历和真实世界里的人不能相提并论。罗宾自认为他对祁龙这个人的理解最精确也具权威，谁叫祁龙这个人物就是罗宾自己设计的呢？当初亨德森还嘲笑过自己把祁龙的形象设计得太过于扁平。

"世界上根本就不存在这种人，20岁就是医学博士，太理想化了。我12岁的时候幻想过成为这样的人，就好比幻想人能够飞起来。"

亨德森好像是这么评价的。

"你得加点东西进去，让他丰满点。"

亨德森的话让罗宾似乎想起来了什么，他隐约记得亨德森曾添加了点祁龙的身世。没错，当年亨德森的确匆匆忙忙地填充了些内容，似乎是为了另一个游戏，顺手把已有的关于祁龙的代码模块给整合在了一起，但时间实在有些遥远，具体细节罗宾记不清了。罗宾的第六感暗示自己该做一件事，他从沙发上坐起来，快步来到电脑前操作起来。

20多年前就养成的将数据备份的习惯帮了罗宾一个大忙。5分钟后，罗宾证明了自己的第六感相当准确。10分钟后，罗宾决定先给祁龙打一个电话，在游戏里碰头的地方罗宾也想好了。

手机铃声响起的时候，祁龙还没睡，他的右手正旋转着一支细长针管，针管里面有半管透明液体，前端的针头上套着塑料针套。

他盯着窗外，神情凝重，看上去在想着什么心事。

今天的夜空竟然异常的清晰，原本被光污染的天空繁星点点。祁龙在想，也许某一天自己能离开这里，然后经过漫长的旅行，去往宇宙深处的某颗行星，成为那里的主宰，真正的主宰，不再是任何人的附庸。

祁龙没有立即理睬铃声，而是让自己的情绪继续沉浸在刚才的幻想中。是罗宾打来的电话，毫无疑问，因为这是罗宾给自己的手机。又过了几秒钟，祁龙才拿起了手机，电话里面是熟悉的声音。

"知道，我都可以倒着背出来了。第一关先去拿钥匙，然后开车，走海滨的那条路。地图我都研究透了。"

祁龙把针管放在窗台上，夏夜的风里有太平洋的海潮味。

"不是第一关？"

祁龙转过身子，卧室里没开灯，黑漆漆的，隐约显露出床的轮廓。

"第二关？——医院？"祁龙把手机从左手换到右手，"什么医院？游戏第一关里的医院？去那里干吗？亨德森在那里？——不在那里？罗宾，到底是什么情况？"

对于罗宾，祁龙心中总是有一串问号，他才不相信什么把几千万人的意识进行置换的鬼话。这个世上哪有什么救世主？都是打着救世主的旗号谋一己之私罢了。所以罗宾肯定有什么不可告人的目的。

"好吧，亲爱的罗宾先生，你先前不是说进了第二关之后让我在原地找个地方躲起来就行吗？——会不会亨德森已经发觉了？——你敢保证？我对他总感觉不大放心。"

祁龙内心真正想说的是"我对你很不放心"，电话那头的罗宾滔滔不绝地说着，语速比以前快。

"照你的意思，我进入游戏第二关之后，得马上赶到游戏第一关出现过的那所医院去？"

祁龙走到床边，一屁股躺在了床上。

"为什么要这么做？——听起来可不是一个什么令人信服的理由。——我当然明白，这是唯一的机会，否则我也不会——你最好确保亨德森在游戏里——技术上的事情我会帮你处理好的。"

罗宾总算把自己的弱点亮出来了，他那寥寥无几的脑神经科学知识储备必须借助自己的力量，这是祁龙唯一的撒手锏。理解并且掌握意识互换技术的人除了自己就是铃木透夫了，罗宾说明天的比赛铃木透夫不会参加，祁龙对此也只能将信将疑。他其实并不清楚铃木透夫每天到底在做什么，只知道铃木和游戏平台有瓜葛。

铃木透夫每天都在做些什么呢？

按照亨德森的性格，他可不会养什么闲人。铃木这个见风使舵的懦夫现在说不定早就被亨德森玩弄于股掌之间，而汉克这个二愣子还真以为自己是在"英雄救美"呢！

祁龙哂笑一声从床上爬了起来。他随手拿起放在窗台上的针管，继续仰望夜空，脑子里面不再幻想，因为他有很多事情需要考虑。

"我明白了，罗宾先生——双子大教堂，明天第二关我会尽快赶到那里等着——我会一直守在那里，你放心。"

铃木透夫等对面挂断电话后把手机从耳边移走，他没有追问罗宾为什么会在比赛的前夜突然改变计划，因为另一个问题抢走了他的注意力。

"即便明天真的把祁龙困住了，那又如何呢？"铃木透夫的心中有个声音在问。

"那就一遍又一遍地折磨他，无穷无尽地惩罚他，如同那个叫西西弗斯的家伙一样。"另一个声音立即回答道，并且没有给第一个声音第二次提问的机会。

如同每日的例行公事一样，每次都是第二个声音毫无悬念地获胜。只不过这一次，第一个声音没有如往常那样扬扬得意、沾沾自喜，它竟然悄无声息地消失了，没有留下一丝痕迹，剩给铃木一个空空荡荡的舞台。

原本泛起波澜的水面重新归于平静。

没有一点声音，没有一丝光，人处在漆黑一片中，睁开双眼和闭上双眼没有任何的区别。躺在这间罗宾安排的豪华酒店套房里,离明天的比赛开始还有不到 12 个小时,铃木却感受不到任何微小的变化,时间仿佛已经停止了流逝。

如果整个世界真的永远处于现在这个停滞的状态也未尝不可,所有的负面情绪都被黑暗吞噬,所有难以启齿的不堪回忆无人知晓。要是罗宾知道目前自己心里的想法,那么他一定会给自己换一个隔音和遮光相对较差的房间,让自然的声音和光扰乱一下这种前所未有的冥想时刻。

无边的黑暗中,有东西隐隐约约出现了,像一个人的轮廓,但又不完全像。这是一个有着三只脚的人,身体很瘦小,走路跟跄,或者说是悬在空中摇摆。那个人慢慢悠悠地靠近,身体周围似乎有一层看不见的薄膜,这层薄膜在渐渐扩大,最终把铃木也包裹在了里面。

铃木一动不动甚至忘记了呼吸,曾经拄着拐杖的自己就浮现在眼前。

铃木透夫,你一出生就遭受重创,变成了一个残疾人,但这不怪你,你没有选择权,你除了接受别无他法。你受尽了众人的欺侮和白眼。只有一个人真正关心过你。后来你又变成孤身一人,靠着自己为数不多的才能在灰暗的人生里挣扎。好不容易,你抓住了一次机会,可是阴差阳错之下你又一次被社会抛弃。你没有认输,你很顽强,你卧薪尝胆在祁龙那里蛰伏了近十年,终于找到机会翻转了自己的命运,可惜命运又跟你开了个玩笑,告诉你一切都是设计出来的。你绞尽脑汁再次发起挑战,你终于成功了。你的人生第一次有了存在的价值,你的仇人即将成为囊中之物。

但是,从某种意义上说,你现在一无所有,你只是一个偷取别人身份的窃贼罢了,所谓的归属感只是空中楼阁,这辈子永远都得躲在阴影和黑暗中。

铃木刚想反驳,眼前拄着拐杖的自己瞬间消失了,什么都没有了,除了刚才的一片漆黑。

祁龙、亨德森、罗宾,也许是世界上仅有的知道自己原名的三个人。以后,就得一辈子用凯瑟琳的名字生活下去了。和汉克之间要继续进展下去,还是就此了结?铃木还没有彻底想好。大概率,铃木会找个机会把汉克踢走。还有一种微弱的可能性,铃木最终接受了汉克。这个名叫汉克的人对自己很好,可能几年之后他就会求婚,也许就是明天。

哈哈哈,真是太好笑了。

如果被别人知道了真相的话……

不过谁会知道呢?没人会知道。况且,即便真的和汉克进一步交往,说不定自己也能将就着习惯?自己的意识虽然是男的,但终究只是代码的差异,代码又怎么会有性别呢?现在拥有的一切和过去非人的日子比起来简直是在天堂里!为什么还要对命运有如此多的奢求呢?

铃木觉得只要老天给自己一个60分的人生,他就应该满足了。

现在的人生他可以打80分,而遗憾是在所难免的。

况且大多数人的一生不都是这样吗？

一个对命运有过多贪婪的人必然是没有什么好下场的。

明天要做的事情很简单，进入游戏，消灭祁龙，让知道自己秘密的人减少一个。

大概过了90秒左右的时间，铃木进入了睡眠模式。

十三

北美标准时间周六上午 10 点 30 分，将近 1000 万名玩家进入了《置换空间》游戏服务器。

参赛选手们对此次比赛内容的了解近乎于零，就连这场游戏比赛的名字都是在比赛正式开始的时候才知道。他们在比赛之前唯一知道的信息是，这场游戏比赛总共有两个关卡，第一关会淘汰 99.9% 的选手，剩下的 1 万名选手才有资格进入第二关，也就是最后一关。

相对于其他参赛选手来说，祁龙就幸运得多。第一关的流程早已背得烂熟，快速通过第一关对他来说易如反掌，所以早在穿戴上游戏设备之前，祁龙就一直在思考着第二关。他脑子里排列组合着各种可能性，并分别根据这些可能性寻求解决方案。现在他正在考虑一个比较棘手的问题：万一在游戏里正面遇见亨德森怎么办？

周六上午的光线很明亮，屋子外面晴空万里，和屋子里面一样宁静。祁龙一边思考一边不紧不慢地给自己套上超薄的透明感受衣。

所以必须在第二关里找到一些掩护自己身份的装备,以免发生尴尬。

感受衣穿完之后,祁龙接下来要穿戴的是质地柔软的塑料透明头罩。

说不定进入游戏后自己的形象和现实中的自己完全不同。

头罩正正好好包裹住祁龙的头。

要是这样的话,亨德森岂不也是全新的模样?那事情就简单多了。

祁龙拉上窗帘,屋子里暗了许多。

这样思考下去可没完没了。

祁龙让自己暂停了思考,把注意力集中到放在床上装满一半液体的针管上,里面装有海斯米亚公司生产的代谢蛋白酶。不过刚才一直在运转的脑细胞似乎没有听从主人的安排,依然在活动着。

罗宾这家伙葫芦里到底卖的什么药?总感觉他隐瞒了很多的信息,而且整件事真正的动机也非常不明确。好了好了,别再想了,得集中注意力,否则针头只扎到皮下的话就全浪费了。

祁龙的四根手指握着针管将针头扎进肩部肌肉中,一股针刺样的酸痛。

为什么还在用这种古老的扎针方式,难道不能口服吗?哦,对了，万一从静脉系统进入肝脏的话，这些蛋白酶会被肝脏代谢分解完。得了得了，还是继续琢磨琢磨第二关吧！罗宾让我尽早赶到游戏第一关里的医院去，可罗宾不是一直在后台监控整个游戏吗？难道他不知道我在哪里吗？对于这种问题罗宾总是遮遮掩掩，或者顾左右而言他。他到底有什么不可告人的秘密？说不定？难道说……他其实不是想消灭亨德森？他其实是想把自己换成亨德森？什么？我怎么之前没想到这一点？如果真是这样的话……

祁龙起初还没觉得怎么样，但越想越感到后怕，甚至都没意识到肌肉已经失去控制，身体慢慢倒在了床上。原本透明的头罩被黑色纳米颗粒填充，视野变成全黑，陌生的微电流开始扫荡大脑皮层的每个神经突触连接。即便如此祁龙也没有停止思考，一个又一个更加黑暗而恐怖的结局不受控制地破土而出。不过，这反而激发起了祁龙体内的某股力量，就像那个瓢泼大雨的晚上他下定决心向命运斗争那样，祁龙重新拾起刚才散落到四周的勇气，等待着第一关游戏的开始。

可这份勇气在游戏第一关开始的那一刻就分崩瓦解了。

因为，祁龙遇见了自己的父亲。

"爸爸？！"

惊呼脱口而出的那一刹那，祁龙所有的记忆都复苏了。

"爸爸，你怎么会在这里？"

祁龙第二次开口的时候才意识到自己是没办法发出声音的，因为眼前播放的是一段电影，或者是录制下来的视频。

不，不对，不是电影，也不是视频，这是真实发生过的事情，是祁龙13岁那年的某一天发生的事情。

祁龙面前站着一个怒气冲冲的中年男子，他面色有点饥黄，黑色头发很稀疏，手里拿着一个三孔插头，插头的线连在一台台式电脑上，台式电脑上的屏幕刚才瞬间黑屏了。

"这是我最后一次警告你，如果你再沉迷游戏，下一次我就把这台电脑给砸了。"

"不行！这是我的生日礼物！"

不行！这是我的生日礼物！一个稚嫩的声音在吼叫，曾经祁龙也是这么吼叫的。

这是祁龙的12岁生日礼物，只是那个时候的他不知道这是他父亲花了打工半年挣的钱买来送给他的。

"滚回床上睡觉去！立刻！"

祁龙自己没办法自由动弹，只能作为一个拥有第一人称视角的观众被动地观看一个13岁小孩和父亲的争吵。争吵的内容对祁龙来说已经不重要了，他的注意力全在自己父亲瘦骨嶙峋的身体上。他记得那天晚上他们差点打起来，甚至惊动了隔壁邻居——如果能把这个比预制板还脆的墙壁称为"墙壁"的话。

后来发生的事祁龙也记得很清楚，他从简陋的房间里冲了出去，穿过贫民窟的陋巷，然后向夜色中奔去。

"回来，快回来！喂！快回家！回家！"

父亲不停吼叫着，可是没有用。然后视角是撞开的门，然后是潮湿肮脏的小巷子。

画面又一次变成黑暗，然后出现了一行字。

五个月后，在医院病房。

祁龙发现自己正身处一间洁白无瑕的病房里，房间四周都是白色的，地板是白色的，天花板也是白色的。在病房的正中有一个白色的病床，病床上有件白色的床单，床单很明显凸出了一个人形。

"你父亲的情况很不好。"

一个穿着白大褂的人出现在视野的右侧，他正在翻看着手上拿着的病历本。

"剩下的时间不多了。"

第一人称视角的中心时不时地转动，一会儿是医生，一会儿是病床周围的白色栏杆，祁龙的眼睛一直注意着被白色床单覆盖的人形，从现在这个角度只能看到病人的嘴。

"我听说了你家庭的情况，如果治疗的话的确需要一大笔钱，而且还得换一个肝脏。"

我愿意！我的肝脏可以！

祁龙的喊叫似乎起反应了，视角转向了医生，医生也正巧抬起头。

"当然，一级亲属的肝脏并不是百分百能够配型成功的，就算配型成功还要花上一大笔手术费用。"

视角回到了病人身上，然后慢慢地接近。

祁龙渐渐地看清楚了，病人的眼睛和鼻子被巨大的白色眼罩遮住了，只露出了一张干燥的嘴，嘴的周围布满了皱纹。

"你的父亲需要休息，所以我昨晚开了医嘱让护士给你父亲戴上眼罩。"

视角一动不动地俯视着这张干瘪的嘴唇，接着视角模糊了，湿润了，好像被暴雨打湿的窗户，更像是滴了眼药水之后看到的世界。

"我很理解你现在的心情，你可以试着找找记者，或者到网上发起众筹募捐，或者……"

一只手举了起来，开始擦拭起视野来，另一只手从口袋里掏出了手机，然后手机屏幕亮了，屏幕上是耀眼而醒目的比赛信息。

全美游戏争霸挑战赛即将开始，只要你报名参加，那么你就能和其他玩家一起争夺高达500万的胜利奖金。报名地点：新斜街77号；截止日期：本周六中午12点。

手机上的时间显示现在是周六上午11点15分。

"……总共需要300万美金左右，如果你父亲有医疗保险的话那会报销很大一部分。"

视角看向了病房紧闭的大门。

后面发生的事情祁龙记得很清楚,他赶上了报名的截止时间,然后参加了比赛,最终和这笔奖金擦肩而过,两个月后他的父亲在剧痛中死去。

现在,命运给了祁龙第二次机会。

眼前的画面再一次变成黑色,然后中央出现了两行白色的文字。

任务:你必须在中午12点之前赶到新斜街77号完成游戏报名,前1万名完成者晋级第二轮游戏比赛。(玩家可以使用任何方法)

祁龙已经不再去想什么罗宾、亨德森、铃木透夫或者和第二关有关的任何内容了,他很害怕自己会辜负命运赠予自己的第二次机会。他现在只有一个念头,唯一的一个念头,没有人能够阻止自己实现这个念头的意愿,就连他自己都不行。

"真是烂透了,什么鬼设计。"

铃木透夫心里面轻蔑地唾弃了一句。

"直接进入第一关不就行了?费那么大劲,还要搞个莫名其妙的剧情,浪费时间。"

从穿戴好游戏设备进入游戏起,铃木就急不可待。不过罗宾没有告知他第一关开始前还有一段游戏剧情,并且还是以第一人称视角拍摄的。总结下来就是一个整天沉迷游戏的小孩因为父亲得了绝症想要救父亲的故事。铃木总觉得游戏剧情里的父亲和小孩都不可理喻，甚至有点莫名其妙，而且明明父亲很讨厌小孩沉迷游戏，但偏偏小孩要靠游戏的奖金来救父亲，真够讽刺的。

反正，铃木透夫是体会不了这段游戏比赛的前奏曲有什么特别之处，其他比赛玩家估计看了也会觉得有点画蛇添足。

等了很久，终于，眼前的画面黑了，出现了两行字。

任务：你必须在中午12点之前赶到新斜街77号完成游戏报名，前1万名完成者晋级第二轮游戏比赛。（玩家可以使用任何方法）

从这里开始才算是罗宾告诉自己的游戏内容的开头。罗宾告诉自己，所有游戏玩家的初始出生点都在医院里，接着玩家要在规定的时间内从医院赶到一个地方。而最佳路线是从医院出发沿着海滨公路一直走，接着过海湾大桥后穿过几个街区就到了。罗宾说，游戏里的城市虽然和旧金山很相像，但还是有很多不一样，所以其他游戏玩家不可能在第一时间找到最完美的路线。另外，从医院到目的地距离挺远的，没有交通工具的话很难快速到达。

铃木透夫已经把第一关的流程背得滚瓜烂熟了，他在眼前的画面重新出现时就毫不犹豫地开始行动了。

他现在站在医院的病房走廊里，背后是紧闭的507病房门，周围是忙碌的医生和护士，每个人经过自己身边都下意识地低头看一眼，然后马上走过去。铃木奇怪的是他们每个人都很高大，但是仔细一想恍然大悟，因为现在的自己只是一个13岁的小孩子啊！

铃木没有在走廊里磨蹭，他立即沿着走廊朝前面尽头的拐角走去。到了拐角朝右走，前面有一个宽阔的毛玻璃门，毛玻璃门紧闭着，看不清里面是什么。铃木迅速走到毛玻璃门旁的装饰植被的阴影里蹲着。过了几秒钟毛玻璃门打开，一个医生低头看着手上拿着的电子病历走了出来，铃木马上乘着间隙溜进了打开的毛玻璃门。

毛玻璃门里面是一间大办公室，摆放着一格一格的办公桌，办公室内没有一个人，因为医生全都在病房里查房。铃木想了想罗宾交代的细节，径直跑向位于办公室另一头的更衣间。更衣间里是一排排的更衣柜，铃木从左往右数到了第6个，更衣柜的门虚掩着。他打开柜门，踮起脚尖，伸出手，从一件外套内侧掏出了一把车钥匙。这年头用老式实体钥匙的车已经不多了，这个柜子的拥有者还是喜欢老旧的东西。

铃木正准备转身离开的时候，忽然看到衣柜门内侧有面镜子，他停顿了下，感觉镜子里的自己倒是有点面熟，而且越瞧越面熟。一张可爱而早熟的脸，一头金发，翘翘的鼻子，碧蓝的眼睛，鼻翼两侧一点点雀斑。

他停顿了一秒钟才恍然大悟,原来这是小女孩时期的凯瑟琳,怪不得这么眼熟呢!铃木心想这个游戏的细节倒是不错,能够把玩家的形象还原到 13 岁的状态。他面无表情地最后扫了一眼镜子里的自己,然后关上衣柜的门,朝着下一个目标走去。

一辆外观复古的粉红色跑车在医院一楼庞大的停车场里很显眼。铃木手里拿着车钥匙一路小跑着过去,车头的车标像一对扁扁的翅膀,上面隐隐约约还有英文字母。他没有闲情逸致来好好欣赏,而是拿出车钥匙打开车门。一屁股坐在柔软的真皮驾驶座上,铃木感到很舒适,他把车钥匙插进车锁里朝前一扳,车子立即起动了。这辆车的内部装饰也挺复古的,而且还是手动驾驶,铃木想了想把右手放在换挡把手上,配合着脚的动作让汽车移动起来。

马路上的车流量挺大的,所有车子都规规矩矩地排着队朝前开,只有一辆粉红色的车子一会儿像个见缝插针的黄鳝,一会儿像个横冲直撞的坦克,把原本有条不紊的交通秩序给冲乱了。铃木透夫的右脚始终踩在油门上不松,看到有车子挡在前面就使劲摁着喇叭,而且还时不时进行碰撞。他驾驶的速度很快,一辆辆车飞速地向后闪过。铃木觉得还不够过瘾,他看了看马路右侧的人行道,然后把方向盘朝右一打。

行人就像是松开绳子的氢气球一样被撞飞到了空中。铃木把油门踩到底,头微微歪着,表情很轻松,像是在看电视屏幕里的一场冰球比赛。铃木也说不出现在自己具体是什么感觉,反正很舒适，全身没有压力，有种自由的感觉。

对，自由的感觉，一种行为完全受自己主宰和掌控的体验。这大概就是人类喜欢玩游戏的原因吧！

跑车终于从人行道上下来了，前面有个警察用手指着自己，铃木二话不说踩紧油门，对着这个警察冲了过去。当警察被撞飞到天上去的时候，一股莫名的复仇的快感灌满了全身，他忽然发现前面那个撞飞到天上的警察不是单单一个人，而是很多很多人，或者说是无数个人合成的一个人。

来点音乐吧，配合着这个晴朗的上午，碧蓝的大海。按下车前面板上印有音乐符号的按键，过了几秒钟有音乐流淌了出来。

好熟悉的旋律，铃木记不起来自己曾经在哪里听过。如泉流水泻地般的钢琴曲，抑扬舒缓的音符像古堡里的喷泉一样跳跃灵动。有一个人曾经在铃木面前弹奏过这支曲子，是在一个宁静的夜晚里，在一间点着蜡烛的屋子里，那间屋子很温暖，很安全。是亨德尔的曲子，铃木想起来了，是 *Passacaglia*，是一个女人为自己弹奏的，是一个美丽的女人。

一辆高大的重型卡车挡在了前面，他轻柔地将方向盘打到右边，跑车拐到了最右边的车道上。前面原本被卡车挡住的视野里正好出现了一个路边的简易水果摆摊，铃木根本没有怎么意识到，他的意识还在记忆里流连忘返。

有好几个人被撞飞了，水果摆摊也被撞得稀烂，前挡风玻璃上满是五颜六色的液体。雨刷器悠悠地把液体刮干净，前方不远处就是海湾大桥。

过了海湾大桥就离目的地不远了,铃木的回忆依然在继续着。前面有个路口,信号灯显示红灯,有行人正在过斑马线。在铃木看来这些人走得可真慢,再过个几秒时间他们也都得飞到天上去。

这时,行人中的一个人突然朝铃木这个方向看了一眼。

他看到了。

铃木在认出那张脸的一瞬间就知道,一切都晚了。

他用他平生能够使出的最大力量踩下刹车,双手拼死打着方向盘。

铃木没有系安全带,整个人都快甩飞到天上去了。在铃木被撞昏过去之前的几秒钟,他的眼睛始终在找寻着那张脸。他想知道,那个人怎么样了,她有没有被撞到,有没有受伤。他嘴里面呼喊着"安妮老师",那个在他考上大学那年被车撞死的数学老师安妮。回忆如同濒死的人在回顾自己一生一样像老旧的电影片段一帧帧地闪现。

"安妮老师。"

铃木发现自己站在走廊尽头的窗台前,白色的窗纱被窗外花园里的风吹起,安妮老师穿着白色的连衣裙靠在窗台上看书,整个人仿佛和白色的窗纱融为了一体。

"安妮老师,我解出来了。"

铃木嘴里咬着一根没多长的铅笔,把手上的作业本交给了安妮老师。

"这道题真的是你做的吗?"安妮老师兴奋地看着作业本上歪歪扭扭的字。

铃木轻轻点了点头。

"太不可思议了,斐波那契数列的通项公式,你才五年级,真的是靠你自己做出来的?当然了,当然了,在这里只有铃木透夫能够做到,可是,可是,那是我今天上课才告诉大家的。"

安妮老师把书搁在窗台上,捧住铃木小小的脸亲了一下。铃木呆呆地站着,这是安妮老师第一次亲吻他的脸颊,也是他出生以来第一个亲他的人。

"这是什么?"

铃木感到自己的后领口被拉了下来。

"铃木,你的背后怎么会这样?这是谁干的?!"

安妮老师的手一碰到自己的后背,火辣辣的疼痛感就传遍了整个背部。

"肯定又是那群小混蛋干的!"

安妮老师怒气冲冲地想要去教室,但她被铃木的手死死拽住了。铃木知道,如果让安妮老师为自己出头的话,就会像上次,上上次,还有上上上次那样,迎来更加猛烈的报复。

铃木恐惧地摇了摇头,他的手紧紧抓住安妮老师。

那天晚上,铃木是住在安妮老师家里的。安妮老师的家很安静,很宽敞,不像孤儿院里那间鸡飞狗跳、人满为患的宿舍。铃木的背部比白天感觉明显好多了，伤口上敷了一层消炎抗菌的纱布，即便是背靠在沙发上也没有感觉不适。

安妮老师侧对着他坐在钢琴前面，优雅地弹奏着钢琴曲。铃木以前从来没有听过这么好听的曲子，后来他从来没有忘记过这首曲子的名字——Passacaglia。

Passacaglia。

铃木怎么可能忘记呢？在下雨天，在午后，在无数个静谧的夜晚，这首曲子带给他数不清的慰藉。他喜欢安妮老师的家，并不是因为安妮老师能够教他数学，早在六年级的时候铃木透夫的数学水平就超过她了。但是只要这首Passacaglia响起，所有现实世界的烦恼便会烟消云散。

就这样，铃木在天堂和地狱的交替中度过了自己的少年时期，一直到18岁他被大学录取的那一天，天堂崩塌了。

铃木得知车祸消息的时候，安妮老师已经因失血过多死在了医院。肇事司机逃走了，据说是一辆跑车撞的，就在安妮老师通过斑马线过马路的时候。

后来，那个肇事司机一直没有被找到。

Passacaglia。

耳边又响起了这首曲子，安妮老师侧对着自己，坐在钢琴前面，闭着眼睛弹奏着。铃木呼唤着安妮老师的名字，安妮老师没有反应，依旧闭着眼睛，面无表情，好像一个死人。

"安妮老师！"

铃木吼叫了一声,安妮老师消失不见了。

铃木醒了过来。

跑车里的车载音响还在流淌着 Passacaglia,他的头和肩膀有点痛,车子停在了十字路口的中央,车头前面有一个女人躺在地上,身体周围有许多暗红色的血。

铃木忍住疼痛踹开车门。他歪歪扭扭地走到女人身边,蹲了下来。安妮老师闭着眼睛,沾满鲜血的金黄色头发无力地披散在脸上,用肉眼看不见胸口有呼吸起伏。颈动脉还有微弱的跳动,铃木回头看了看粉色的跑车,这辆跑车是属于一个医生的,而铃木现在最需要的是一个医生,或许是很多医生,还有足够多的新鲜的血液。

铃木半跪着想把安妮老师抱起来,可是根本抱不动,因为他现在的力气实在是太小了。

"安妮老师?"

安妮老师的眼睛微微睁开了。

"安妮老师!是我,铃木透夫。"

铃木期待着安妮老师微微睁开的眼睛看到自己以后会睁得更大。果不其然,安妮老师的眼神里面燃起了希望之光。

"安妮老师!你还好吗?我是铃木透夫,我现在就送你去医院。"

安妮老师的目光又变了,变得死气沉沉。

"安妮老师?"

安妮老师茫然地盯着铃木，脸上很苍白。

"喂，小朋友，给医生让让路。"

有人把铃木拉到了一边，铃木这时才注意到耳边救护车刺耳的警报。

安妮老师被穿着白大褂的人抬到了移动机械担架上，她的头歪在担架的一边，轻启的眼眸一直注视着铃木，似乎还带着一点疑惑和不解。

"小姑娘，你没看到车子里那么多伤员吗？没有位子给你了！"一个高大的男人挡在铃木的身前准备关上救护车后门，同时和另一个男人叨叨，"今天真的是我头一次遇到，一辆车里塞三个伤员，我看这三个里能活一个就不错了。你看看周围，全市的救护车都出动了吧？"

一辆辆救护车拉响警报呼啸在马路上，铃木拉住男人的白大褂一角。

"你一定要救活安妮老师，一定要。"

"好了好了，我知道了，如果你的手能早点松开我说不定能增加点救活的概率。"

"砰"的一声，救护车后门关上了，铃木还没等男人走到驾驶座门边上就又跑了过去。

"你们是去哪个医院？"

几秒钟后，救护车呼啸着离开，驶向了刚才铃木出发的医院，留下铃木一个人站在十字路口的中央。

他孤零零的,像汪洋中的一个被遗弃的浮标。

小姑娘,小朋友,别人都这么称呼他,因为他现在就是一个十三岁的小女孩,在所有人眼里,也在安妮老师眼里。安妮老师根本不认识自己,她的眼睛里只有奇怪和疑惑,奇怪为什么有个陌生的小孩会自称是铃木透夫。安妮老师更不可能相信正是她最喜欢的学生——铃木透夫——驾驶着跑车撞飞了自己。说不定,18岁那年杀死安妮老师的那场车祸就是自己干的。

原因即是结果,结果即是原因,一切皆是宿命。

铃木透夫跪在马路中心,头垂地面。

18岁那年就是他自己亲手撞死了自己的老师,所以他18岁以后的苦难人生都是为了还债。那个逃走的肇事司机永远不可能被抓到,除非肇事司机自首。

远远地,警笛声响了起来。铃木抬起头,看到海湾大桥另一头警车正在朝他这里赶来。自首吧,铃木透夫,你是一个罪人,你亲手撞死了自己的老师,你活该被命运审判,你注定要活在地狱里。恶魔的声音在心中的沼泽和泥淖里翻腾。

警笛声越来越近了。

快自首吧,铃木透夫,这个世界天罗地网,你能逃到哪里?

铃木抬起头,粉色的跑车被太阳照射得炫着金色的强光。他站了起来,双脚虽然已经跪麻了,但没有阻挡住自己的脚步。

他再一次钻进跑车,起动了发动机。

撞死安妮老师并不是他的宿命,现在命运正在考验他,正在给他第二次机会。

他踩下油门，跑车一溜烟地冲了出去，从眼前好几辆警车的缝隙中钻过。

对铃木透夫来说，对祁龙的复仇已经没有什么意义了，和汉克的逢场作戏更是一场笑话。他终于明白了自己这辈子需要的到底是什么。

他需要的是一间点满蜡烛的黄昏的温馨小屋，一架古朴的钢琴，一个世界上唯一在乎自己的人在弹奏着 Passacaglia，而且时间的期限是无限。

还有他必须得变回原来的那个铃木透夫。

跑车在海湾大桥上奔驰，警车在跑车后面如影随形。铃木透夫迫不及待地需要进入第二关，他需要和罗宾取得联系。他愿意做任何事，只要能够救回安妮老师。

"这不就是你吗？小时候我每次只要玩游戏超过11点你就开始大喊大叫。"

派克说话的时候无奈地摇了摇头，眼前这个手里拿着三孔插头、大声吼叫着的陌生中年男子从神态、语气到动作无一不是亨德森的复刻。

"这不是我。"

亨德森毫无语调变化。

"我当然知道这不是你，游戏剧情里的某个电脑人嘛！"

"这是我的父亲,你的祖父。"

"他?"

"是的。"

"怎么可能?他明显长得和亚洲人一样,你在瞎说什么呢?"

"你看看他的眼睛。"

"眼睛怎么了?我没看出有什么特别的地方。"

"他的虹膜是黑色的。"

"那当然,亚洲人的眼睛不都是黑……"

派克意识到了什么,突然停了下来不再说话。

"你的眼睛和他的一模一样,不只是虹膜的颜色,还有样子。"

派克仔细瞧着眼前那个满脸怒容而且消瘦的脸。

"但是,他的脸明显是东亚人的脸啊,而且你的眼睛不是绿色的吗?"

"隔代遗传,你学过医,应该比我懂。"

的确,那张憔悴的脸上眼睛显得很突出,简直和派克的眼睛如出一辙,尤其那对黑色的虹膜。

"我的爷爷是个亚洲人?"

"中国人的后裔,很早就来到了北美,可以追溯到上个世纪。"

"不过你一点都不像亚洲人。"

"那是因为你的祖母是白人。"

"这么说来。"派克仔细想了想亨德森那张脸,"你似乎是有那么点儿混血儿的样子,我以前怎么没觉得?"

派克说完沉默了一会儿。过去的亨德森仿佛是另外一个人，他从现在开始才慢慢有点了解自己的父亲，也开始慢慢了解了自己的身世。

"这间是我以前住的屋子。"

"你小时候？"

"是的，从我出生开始。"

视角里，派克的爷爷被推开了，然后门"砰"的打开，露出了一条幽暗狭窄的小巷。

"你小时候就住这里？"

"没错。"

"可真够寒碜的。"

点点滴滴的回忆像漫天的繁星铺散在了亨德森的眼前。13岁这一年这一天，他和自己的父亲大吵了一架后夺门而出。

"真的太像你了。"

亨德森喃喃自语。

"哪里像我？"

"同我吵架的样子。"

"那都是过去的事情了。"

"我挺怀念那些日子。"

13岁的亨德森奔向夜色。他能去哪里呢？他没有地方可去。按照邻居惯常的说法，住在这个贫民窟里的穷鬼死了都会烂在这里。13岁的他有时候也会相信，自己这辈子注定逃不出这个臭水缸一般的地方。

不过，亨德森的父亲一直不相信，亨德森的父亲从亨德森一出生就相信自己的儿子能够出人头地。

那天晚上后来发生的事亨德森依然清晰记得，他在贫民窟里漫无目的地绕了几圈又沿着刚才的那条小巷原路返回，重新回到了家里。狭小的家里面很安静，隐约能听到的只有来自四面八方邻居家里的各种声响。亨德森环顾陋室，父亲不知道去了哪里，电脑已经披上了一层防尘盖布。在电脑盖布前的桌面上，有一个小小的物件。亨德森轻轻地把这个小物件拿了起来。

一只玩具塑料翼龙围绕在带着火焰条纹的塑料木剑四周，塑料上的漆斑斑驳驳掉了不少。

小时候亨德森最喜欢恐龙，他喜欢有关恐龙的一切，所以他父亲省吃俭用给他买了许多廉价的恐龙玩具。他手上拿着的就是他最喜欢的恐龙玩具之一，他父亲称之为"恐龙家徽"。

几千万年前地球上的统治者，在亨德森的眼里有种特别的魔力。他知道这一定是父亲在自己离家后特地放在电脑前的，可彼时的他还不能完全理解父亲的用意。但他能感觉到一些东西，虽然难以具象化，更难以诉诸语言，不过有一种强烈而执着的情绪在积蓄着。

"癌症？才五个月？"

派克的声音再次出现。

"是的。"

等亨德森回过神来,眼前已经是一间熟悉的病房,一片白色的世界。他正站在白色的病床前战战兢兢地听着医生的建议,这些建议从医生嘴里轻飘飘地说出,在他耳朵里简直就是一句句嘲笑。亨德森很无助,除了父亲他没有亲人,没有可以依靠的人,他也没有钱。白色的病房很陌生,像白色的地狱,父亲像死了一样躺在床上,除了干瘪的嘴露出来以外整个人都被盖住。

"爷爷后来怎么样了?"

"会和我一样。"

画面再一次变成黑色,然后中央出现了两行白色的文字。

任务:你必须在中午12点之前赶到新斜街77号完成游戏报名,前1万名完成者晋级第二轮游戏比赛。(玩家可以使用任何方法)

"我原本有机会救回他,如果时光倒流,老天再给我一次机会参加比赛的话。"

13岁的亨德森和13岁的派克现在正面对面地站在医院走廊的中央,旁边是紧闭的507病房大门。

"你是说你13岁那年真的参加了一次游戏比赛?"

"就在你祖父住院的那一天,我去报名参加了,那天正好是截止日。"

"结果怎么样?"

"输了,一分钱奖金都没拿到,两个月后我眼睁睁看着他死了。"

"怪不得你总是明里暗里地让我学医。"

"你爷爷在我 12 岁生日的时候买了一台二手电脑,但他并不希望我沉沦在电子游戏里,就像我不希望你在游戏里玩物丧志一样。他希望有一天亨德森家族能够像历史上那些赫赫有名的家族那样主宰别人的命运,而不是像个臭水沟里的老鼠苟且偷生。他曾经把使命交给了我,现在我要把使命交给你。我应该,我应该——不对,不应该这样。派克,你在听吗?"

"在听,我在听呢,你忘词了?"

"没有,不对,我和你说这些干什么,唉,都是些陈词滥调,都是废话,都是说教,都是废话。派克,你是对的,我为什么要给你那么多要求,我只是,我们今天来就是一起玩这个游戏的,对不对?派克,你还记得那天在动物园吗?都怪你妈,不让你多吃雪糕,小孩子多吃一根雪糕有什么不可以的?我辛辛苦苦排了那么长的队,最后雪糕被她吃掉了。派克,你还记得吗?那天回家你一直在哭,想要吃雪糕,你吃雪糕的样子别提有多可爱了……"

亨德森就一直这么说呀说,派克也没有打断他。

"……派克,我和你妈之间发生的事情我一直没和你说。是我忽略了她,但是我绝对没有把她仅仅当作我的附属品,我也没有在外面找其他女人。有些事情我没有办法掌控,那时候我必须集中精力在事业上。派克，你能理解我吗？"

"这就是她离开你的原因？"

"派克，我和她……算了，派克，我们以后再谈这些事情。"

"说实话，我现在倒是不在乎你和老妈之间的事情了。"

"那我们先不聊这些陈年旧事了，你看，游戏都开始了，今天本来就是要和你一起玩玩游戏、重温往事的嘛！"

"这算是我记事以来你第一次陪我玩游戏。"

"也算是你陪我玩。"13岁的亨德森拍了拍13岁的派克的肩膀，"走吧，派克，我们得抓紧赶到新斜街77号，去救你的爷爷。"

13岁的派克也伸出手拍了拍13岁的亨德森的背。

"走吧，爸，去把他救回来。"

两个人沿着走廊跑了起来，引来了护士和医生们的侧目。

"假如我们也活在游戏里那该多好。"

"你说什么？"

跑在前头的派克回头问了一句。

"没什么，派克，我们去街上抢一辆车。"

十三

"喂,先救这两个,那两个老家伙早就没气了。"

"今天可真够忙的,不知道是哪个疯子干的。"

凯瑟琳使劲睁开眼睛,眼睛里一半是滚烫的地面,一半是晴空,耳朵里面是救护车刺耳的笛声。有人碰到了她,把她翻了个身,现在刺眼的太阳就在自己视野的正前方,但她连闭上眼睛阻挡阳光的力气都几乎没有。

"他有反应,还活着。另外那个男的怎么样?"

"看样子有点严重,骨头断了好几根,不过嘴里还在发出声音,撞成这样都没死,运气真是不错。"

"那就把两个人都放车上,今天就算把救护车塞满估计都不够。"

凯瑟琳感觉自己快要死了,身体的任何一个部位都没有反应,除了眼皮还能稍微翕动。她用昏昏沉沉的大脑想了想刚才发生了什么,模模糊糊的只有支离破碎的画面。最后一幅画面她还记得,凯瑟琳拄着拐杖站在公路一侧的水果摊边上，一辆粉色的跑车正朝着自己冲了过来，跑车的驾驶座上坐着一个人，而且还是一个小女孩。

"把这两个塞进救护车里我们就走，前面不远还有一场车祸，真是见鬼了。"

凯瑟琳的眼睛一直无神地睁着，像一具尸体一样从坚硬的地面被抬到了一个柔软的垫子上，接着又被塞到了一个满是救援设备的空间里，嘴上被套了一个东西。

"这家伙的右腿怎么这么细。"

"别管那么多了，我们走吧！"

只听"砰"的一声，什么东西关上了，随即空间抖动起来。

凯瑟琳这时意识到自己现在是在救护车里。

"哼哼，嗯嗯，哼哼……"

救护车里一直有人的呻吟声。

车子颠簸了一下，凯瑟琳的头歪斜了。她看到一个穿着白大褂的男人坐在自己左边，另一头有个人躺着，嘴上套了个透明面罩。

原来是乔治一直发着哼唧声。

凯瑟琳想喊乔治的名字，但是喉咙里没半点力气。她现在很难过，倒不是因为自己和乔治都被撞成这样，而是有点难过那个驾驶粉色跑车的小女孩怎么没把她和乔治给撞死，搞得现在全身没法动弹，简直是束手无策活受罪。

看着乔治现在那副半死不活的样子，凯瑟琳心里生起一股子怨气,要是乔治当时听自己的话跨过马路边的栏杆跳下去而不是心血来潮要去喝什么啤酒,现在早就从游戏里醒过来了。

救护车转个弯之后停了下来,一阵开车门的声音,然后光突然照进来。

"出来吧,这里还躺了一个。"

凯瑟琳旁边的白大褂男人起立之后走了出去,凯瑟琳侧歪着头,此时正好能看到救护车打开的后门外面的情形。

在马路的中心,一个小姑娘正半跪在一个躺在地上的成年女子边。

凯瑟琳的眼睛一眨都不眨地记录着她看到的一切,当她看到被拉开的小女孩从地上站起来,转过身面对着自己,眼睛里面闪烁着泪光,手抓着抬着移动机械担架的男人的白大褂一角紧紧地不放手时,她还以为自己在做梦。

"你一定要救活安妮老师,一定要!"

凯瑟琳听见了小女孩声嘶力竭的吼叫,还有她发出吼叫时手上的动作,她通红的眼睛,被阳光照得更加金黄的头发,尤其是那张稚嫩的、点缀着零星雀斑的小脸蛋。

"砰"的一声,后门又关上了,就像一段影片戛然而止。

凯瑟琳刚才看到的是13岁的自己,之前驾驶着跑车撞飞自己的就是她。

以上是凯瑟琳用自己逐渐清醒的大脑经过分析得出的结论。

从救护车重新起动到救护车再次停下的间隙,凯瑟琳一直在思考着刚才得出的结论。这个结论实在是太荒谬了，根本没有任何道理。凯瑟琳怀疑自己是不是被撞伤之后脑子里出现了幻觉，不排除这种可能。但是刚才眼睛看到的实在是太清晰了，那个女孩子绝对是13岁的自己，任何细节，包括刚才双手手指半交叉的样子都在证明。

"先把当中那个女人运出去。"

救护车的后门打开了，凯瑟琳这时才意识到她和乔治之间还夹着一个人，就是叫作"安妮老师"的成年女子。

这个女子眼睛闭着，是个漂亮的女人。

移动机械担架被一个个地抬了下去。这里人声鼎沸，四周全是伤员的呼喊声和惨叫声。凯瑟琳又被抬上一辆推车，经过一段时间的推动，她来到了一间大厅里。

很快有医生和护士过来，询问了几句，又走了。凯瑟琳的头现在能够轻微转动了，她的左边是乔治，右边是那个叫"安妮老师"的女人。凯瑟琳转头看了看乔治，他还没脱离哼哼唧唧的状态，几个护士走了过来，把他周围的白色帘子给拉上，不知道她们在里面干什么。等凯瑟琳再转头看向另一边时，一双美丽而哀怨的眼睛正盯着她，嘴里嗫嚅着。

"铃木，铃木。"

安妮老师惨笑着。

"铃木透夫，铃木透夫。"

凯瑟琳过了一会儿才反应过来，但她说不出话来，只好摇摇头表示自己不认识什么铃木透夫。

"铃木透夫,你……"

一阵白色帘子拉动的声音掩盖住了"安妮老师"的话,这次是凯瑟琳周围的帘子。帘子把凯瑟琳和四周空间分隔了开来,两个护士拉开帘子从外面进来,旋即熟练地在凯瑟琳身体上摆弄着。四周的呻吟和叫声越来越多,脚步声和医生护士的交流声混杂在了一起,推车在进进出出,吊瓶发出碰撞声,已经无法听到隔壁帘子外面"安妮老师"的说话声。

凯瑟琳渐渐想起来好像有谁提到过铃木透夫这个名字,似乎就是乔治刚才提到过的。

护士急匆匆地又走了,好几个玻璃吊瓶挂在了凯瑟琳的头上方。凯瑟琳重新开始了刚才在救护车上的思考,当然并不会有任何的进展。她转而开始感慨起这次参加《美国陷落》游戏比赛的过程来。原本就是心血来潮听乔治说有这么一个比赛她才找了自己几个要好的朋友来参加的,没想到竟然会遇到如此多稀奇古怪的事情,不但是稀奇古怪,简直是匪夷所思,有种小时候读《一千零一夜》里故事的感觉。她决定等自己从游戏里出来之后,要把这次的游戏经历发布到社交平台上,甚至打算写成一部小说,小说的主人公就是她和乔治。故事的梗概她都开始构思了:一对情侣一觉醒来变成了各自小时候的样子,并且互相忘记了对方。两个人各自发现世界上的人都变成了小孩子,而且全都失去了成年人的情感诉求。两人在一次邂逅后再次喜欢上了对方,然后历尽千辛万苦终于发现原来是外星人把地球上的人全部催眠然后将他们的意识接入到了游戏世界，最终她和乔治挫败了外星人愚弄地球人的阴谋，拯救了全人类。

虽然这个故事有点幼稚，但是凯瑟琳还是觉得挺有意思的。管他呢，反正是写给自己看的。她索性躺平在床上任由自己的想象力发挥，忘我地开始编织起剧情。她越构思越投入，连白色帘子外面的各种交谈声和惨叫声都被大脑给屏蔽了。也不知过了多久，她在某一段情节上卡壳了，左思右想没有办法继续下去，只能无奈地把意识拉回到了现实，忽然意识到周围变得非常的安静。

"哗……"

有帘子被拉开的声音，紧接着是脚步声，然后一切又都变得无比安静。

"谁！？"

凯瑟琳下意识喊了一声，顺带着也吓了自己一跳，原来发出声音是一件很容易的事。不过，她又很快警惕起来，竖起耳朵密切监控着周围的情况。

四周依然纹丝不动般安静，凯瑟琳很轻松地从床上坐了起来，原本的几个吊瓶已经不见了，她穿着原先齐整的衣服，全身上下的感觉都很正常，完全没有之前动弹不得的情形。凯瑟琳赶紧伸手摸了摸自己的右腿，很遗憾，右腿还是骨瘦如柴。她叹了口气，白色帘子的褶皱轻轻地摇摆了下。

脚步声又出现了，这次是朝自己方向过来的。白色的帘子外面浮动着一个黑色的影子。凯瑟琳神情紧张地看着黑色影子越变越大,最终帘子打开了一道缝,一个人头探了进来。

凯瑟琳愣住了,另一方也暂停了进一步的动作,双方对峙了几秒钟,结果还是另一方率先打破了僵局。

"凯瑟琳?是你吗?"对方露出狐疑的表情,"不是?你是祁龙?还是铃木透夫?"

"乔治,我是凯瑟琳。"

凯瑟琳和乔治各自舒了一口气。

"我还以为我刚才在做梦呢!"

"你刚才的确在做梦,嘴里一直哼哼唧唧的。"

乔治笑了笑,把白色的帘子拉开,露出了一个摆满空荡荡的病床的大厅。

"我记得刚才有辆车子把我撞了,等我醒过来发现我躺在床上,我是听到旁边有动静才过来的。"

"都怪你,喝什么啤酒来着,否则早就出去了。"

凯瑟琳说完想起了什么似的看了看自己的右面。

"喂,乔治,快把这里的帘子也拉开。"

凯瑟琳指了指自己的右边。

"怎么了?"

"我刚才遇到了一件特别诡异的事情。"

乔治把右边的帘子拉开了。

"咦?她怎么不见了。"

右边的病床上空荡荡的只有床单。

"谁啊?"

于是凯瑟琳把经历车祸之后遇见的事一五一十地和乔治讲了一遍。

"你看见了小时候的自己?"

"是的。"

"你确定不是什么幻觉?"

"不是幻觉,而且那个女人还认识我,她叫我铃木透夫,对吧?你之前和我提到过这个名字。"

乔治纳闷地点了点头,接着疑惑地环视着四周。

"凯瑟琳,这里是医院?"

"没错,我们被撞之后就被救护车送到这里来了。"

"你不觉得奇怪吗?你看看我们现在的样子,哪里像是出过车祸?"

乔治上身的黑色皮夹外套整整齐齐,就像是商店橱窗里的展示品。

"乔治,这还不算什么,刚才我亲眼看见这里全是伤员和医护人员,我就躺了没多久,周围就突然没声音了,后来你就出现了。"

乔治摇着头。

"真是莫名其妙。"

乔治的声音在空荡荡的大厅里回荡。

"乔治。"

"怎么了？"

乔治回头看见凯瑟琳坐在床边。

"那边有根拐杖。"

乔治理解了她的意思，把床另一头附近靠在墙壁上的医用拐杖拿了过来。

"乔治。"凯瑟琳撑起拐杖站了起来，"我现在倒觉得挺酷的。"

"挺酷的？"

"是的，你不觉得发生的一切都很有趣吗？在现实世界里我们永远不会经历到这些。"

"凯瑟琳，之前你可不是这么说的。"

"我也说不清为什么现在有这种想法。"

凯瑟琳看向大厅尽头的窗户。

"乔治，如果人一直生活在游戏世界里，是不是永远不会变老？"

"我想是的。"

"假如能永远地生活在游戏世界也不错。"凯瑟琳一瘸一拐地向大厅尽头的窗户走去，"唯一美中不足的是，我现在是个瘸子。"

她转身靠在窗户边上，沐浴在阳光里，窗外是明朗澄澈的天空。

"如果真的一直活在这里，总有一天会忘掉我们原来的样子的。"乔治说着。

忽然，乔治的脸变得僵硬了，脸色也有些暗沉。

"怎么了？乔治。乔治？"

他伸出手指指向远处。

"你快看！"

"看什么？"

"快看外面！"

凯瑟琳转过头去，窗子外的天空现在已经变成了血红色。

十四

天空是血红色的，城市也是血红色的，街上的人很惊恐，全都抬着头驻足原地。

变成十三岁模样的罗宾对天空的异象不感兴趣，他现在最想弄明白的是自己在哪里以及如何赶到祁龙父亲所在的医院。罗宾的眼睛已经可以观察四周的情况了，但目前还无法动弹身体，他必须先把眼前出现的一段话给读完。

恭喜你击败了众多选手进入了第二关。不过，对于想要赢得比赛的你来说，这只是开始。现在，整个城市被一股未知的力量笼罩在了血红色中。在未来的24小时内，被血红色覆盖的区域面积每隔1小时会变小，暴露在区域外面的所有生物（包括你）如果超时都会变成丧尸，只有待在区域里面才安全。你现在就在这座城市里，而你的父亲正躺在医院里急需一笔高昂的医疗费，如果你能成为活到最后的选手,你将会获得一笔足够治好你父亲疾病的奖金。记住!是活到最后的选手,也就是说,你必须把所有对手都消灭才行。当然……

漫长的游戏比赛规则和奖励的介绍终于结束了,罗宾一等眼前的字消失,马上开始行动。

此时,他正身处一个大型商业中心外面的小型开阔广场上,周围的大人和小孩都在朝天上看,马路上的汽车也停了下来,司机也打开车门仰望,好像一幅静态的图。罗宾是破坏这个静态画面的两个人之一,他在跑向马路边的时候发现在广场的另一边,还有一个正在快速移动的人形正朝着商业中心方向奔跑,是一个小女孩,很显然是进入游戏的某个玩家。罗宾没有继续追踪这个玩家的去向,他的目标显然不是其他选手。

好几辆轿车停在马路边,车门开着,司机站在车外面拿着手机在对着天空拍。罗宾看中了一辆女司机的白色车,要是换作罗宾50多岁的身体,他现在一定是气喘吁吁了。幸亏借助的是13岁的体力,他以迅雷不及掩耳之势越过路边栏杆,顺势钻进了打开的车里,关上车门,动作一气呵成。

女司机还在仰望天空的时候罗宾已经开始调整挡位,等到她反应过来,汽车已经拐上了车道。车子里的香水味很温和,闻起来很舒服,还有背景音乐。开局就获得了一辆车,罗宾正感叹自己的运气不错,就马上遇到了两个问题。

这两个问题严格说来是一个问题。车载导航屏幕显示，他目前的位置离医院有20多分钟的车程，这还是在路面情况较好的情形下。以目前路面拥堵的状况来看，可能需要两倍时间。罗宾按着喇叭，催促着前面缓慢的车流，时不时还得见缝插针。

　　罗宾在争分夺秒开车的同时，心里面暗暗祈祷着祁龙也能顺利地抵达医院。

　　如果最后的结果真的和预想中的一样，那么还真得好好地感谢一番亨德森，同时还得感谢一下自己养成的随时备份文件的好习惯。昨天晚上罗宾在备份文件里找到了祁龙的个人背景资料。除了20多年前自己为祁龙编写的代码外，还有一部分内容是大约10年前由亨德森添加的。这些增加的内容恰好填补了祁龙童年经历的空白，而且和第一关游戏的开场视频内容高度吻合。也就是说第一关游戏里父亲和儿子之间的争吵完全就是照搬自祁龙的童年经历，简单点说就是代码的复制粘贴。罗宾猜测亨德森让自己监控祁龙不让其进入游戏说不定有这层意思——他也忌惮祁龙会因童年经历的觉醒而让自己失去对其的控制。

　　猜测毕竟是猜测，祁龙到底会不会想起自己的童年还是得由实践来检验。就算事与愿违，罗宾也能退而求其次，选择原来比较稳妥的方案，祁龙依然在掌控之中，只是那个"妙点子"成功的概率就小了。罗宾对自己筹划的对付祁龙的方案还是很有信心的，攻其心为上策，不成功则退而投其所好。他根据实际情况准备好了两套说辞，也预估了祁龙可能出现的反应。

总的来说，可谓百密一疏，这一疏就在于能否和祁龙碰得上头，这个问题是罗宾最担心的。

在难熬的驾驶汽车的时间里，罗宾恨不得自己长出翅膀直接飞到医院去。他有时候会开到人行道上，有时还会在逆向车道行驶，途中撞倒了好几个人，每撞倒一个人他就担心祁龙会不会在路上也被撞倒。

在血红色天空的映衬下，车前方出现了两个高耸入云的对称建筑，这两个建筑形似两把尖刀刺向苍穹，仿佛捅破了天空薄薄的皮肤。罗宾一眼就认出来了——双子大教堂——这也意味着离医院已经不远了。

双子大教堂前密密麻麻聚集了不少人，各式各样衣服的都有，大人也有小孩也有。罗宾稍稍放松了一些油门，视线不自觉地扫描着人脸，尤其是小孩子的脸。

罗宾的下策就藏在这些小孩子的脸里。

他看了看车载液晶屏上的时间，已经过去快 50 分钟了。罗宾犹豫了，他把车子停下来，定睛筛查着那些小孩子。也许是人太多了，或者是心没有彻底静下来，他并没有看到铃木透夫。

也许铃木透夫还在赶往双子大教堂的路上，也许他就混在人群里面。铃木透夫是罗宾最后的稻草，不到万不得已罗宾不会使用。他希望铃木透夫能够乖乖地一直守在双子大教堂里，就像铃木自己承诺的那样。

罗宾重新踩下油门,车子在双子大教堂前拐了一个弯,朝医院的方向驶去。

10分钟之后罗宾终于赶到了医院,那时天空中正好传来了低沉的号角声,并且他也见到了祁龙。

还有一个他最不希望见到的人。

十五

"派克，你觉得这个地方怎么样？"

"从概率上来说，我觉得我们是在作弊。"

天空是血红色的，城市也是血红色的，亨德森和派克身处天空和城市之间，脚下是被赤色笼罩的世界。

"我是这个游戏世界的缔造者，派克，我当然有权力做任何事。"

"听起来像是上帝的口吻。"

"我们本来就处在上帝视角。"

派克360度环顾四周，没有一个建筑在他视线之上，他确定现在自己是在整座城市的最高点。

"我们是在某个大楼的楼顶？"

"是的。"亨德森朝着楼顶的一角信步走去，"这座城市最高楼的楼顶。"

派克走到楼顶一边，一会儿极目远眺，一会儿看看地面上细长的马路，马路上的车子像密密麻麻的芝麻一样缓慢移动。

"位置倒是挺高的，高得连地上的车都看不清楚，更别说看见人了。"派克回过头看着亨德森，"选这里有什么意思，站在这里用上帝视角看着地面上的选手互相残杀？我看现在这样还不如刚才游戏第一关有意思。"

亨德森转过身子露齿"咯咯"笑着。

"你喜欢在大马路上抢别人汽车的感觉？"

"倒是相当不错的体验，我算是头一次体会到。"派克意犹未尽地回味着第一关，"要不是时间有限，我还想再抢几次。"

"你很喜欢？我们可以再回过头去玩第一关，而且时间限定只是针对其他参赛选手，我们可以无时限地玩下去。"

"算了。"派克摆了摆手，"那样就没有乐趣了。"

亨德森一笑，朝楼顶的边角走去，楼顶的风刮了起来。

"所以，我们就这么待在这里？站在最高点，等到游戏结束？"派克摊开双手，"我宁愿下去和其他人一起玩。"

"派克，我们和下面那些人不一样。"亨德森顶着风边走边说，风把声音传到了派克的耳朵里。

"有什么不同？"

亨德森没有回答，派克看到他正蹲在边缘的角落里检查着什么东西。

"你在干吗？"

"你不是喜欢有乐趣的吗？我给你准备好了。"

亨德森的手放在了一个长长的东西上。

"那是什么东西？"

"来吧，儿子。"

亨德森用手势示意，派克好奇地走了过去，风稍稍小了点。

"这是什么？"派克走到那个东西旁边，"一个塑料箱子？"

"你打开来瞧瞧。"

派克像亨德森一样蹲了下来，地上放着一个外壳和水泥地面差不多颜色的长条形矮矮的箱子，箱子一侧有两个相隔一段距离的镀铬卡扣，很像放乐器的盒子。

卡扣"啪嗒"一声被派克松开，接着他双手掀开箱子的上半部分。

"熟悉吗，派克？是不是回忆起了什么？"

派克手扶着箱子，半天没说出话来。

"我猜你会喜欢这玩意儿，所以特地为你准备好了。"

"这不是玩意儿，这是真家伙。"派克干吞了一口口水，"我快 10 年没用过了。"

"派克，你喜欢的东西我一直都记得。"

派克的手心都湿了，他小心翼翼地把箱子上半截掀开到最大，等稳定住之后才松开手。

"谢谢你，爸，谢谢你。"

亨德森看着自己的儿子，派克现在的表情仿佛是回到了 5 岁那年在商店橱窗里第一次看见变形金刚时的样子，眼睛瞪得直直的。

"和 10 年前打仗时候的样子差不多吧？"

"一模一样。"

派克跪在地上用手触碰着箱子里的东西，冰凉的熟悉感让久远的记忆苏醒了，他喃喃地脱口而出。

"巴雷特 L1 型超远程狙击枪。"

"听人说 10 年前这把枪很受欢迎。"

"是我最喜欢的武器，在那个河谷前线附近的时候我每天都带着，有一天晚上我用这把枪消灭了 13 个敌人，就是我右手受伤的那天晚上。"

"第二天是不是敌人发起总攻的日子？"

"对，那天晚上特别冷，我明明手指只是受了轻伤，可是上面还是要求我去后方医院治疗。太奇怪了！"

派克摇着头，把狙击枪慢慢拿了起来。

"好像比以前轻了点。"

"我把重量调整过了。"亨德森重新站了起来，"另外，我还给你准备了这些。"

亨德森走到旁边不远处把一个灰色立方体箱子搬了过来。

"你看。"

亨德森打开立方体箱子的卡扣，暴露出里面的一排排小铁盒。

"这些足够了吧？"

小铁盒分为红色和绿色，两种颜色分别整齐地排好，一眼看去数不清。

"这些是?"

这次派克的眼睛瞪得更大更圆了。

"没错,两种子弹,红色盒子里的是红外激光弹,绿色盒子里的是普通狙击子弹,足够你用上一天。"

"我从来没一次性见到这么多的红外激光弹。"

派克打开了红色盒子,盒子里整齐地躺着一排红色外壳的圆锥形弹头。

"如果你觉得不够的话。"亨德森指着原先箱子所在的位置,"那里还有好几箱。"亨德森手指的地方还并排放着好几个灰色大箱子,和地面以及顶楼防护围墙的颜色很相似,派克刚才一直没注意到。

"这一箱就绝对够了。"

"那不一定,我们得玩上一整天呢!"

亨德森重新站起来,然后将双手比画成枪的样子指向天空,派克好像明白了些什么。

"派克,我记得我小的时候在电视上看过一个新闻,两个初中生平时酷爱玩电脑射击游戏,有一天他俩觉得不过瘾,想玩真实的射击游戏,然后两个人买了自动步枪和子弹,第二天把枪带到了学校。"

楼顶外围的防护围墙并不高,亨德森边说边灵活地爬了上去。

"他俩杀了多少人?"

"一个上午就杀了 37 个学生，4 个老师，3 个警卫。"

亨德森站在围墙上，俯瞰脚下的城市。

"挺多人的，下午呢？"

"他们两个在中午的时候被警察击毙了。"

亨德森说完回头招呼着派克。

"派克，你也爬上来，快来。"

派克抬起头，亨德森的身形如同红色天空中的一个剪影。亨德森伸出手，派克接过后也灵巧地爬了上去。

站在围墙上，如果不特意看脚下，人仿佛悬浮在了城市上空。

"你看我们现在像不像那两个初中生。"

"我们？"

"是的，我们的样子像不像初中生？"

"样子是挺像的。"

13 岁的派克和 13 岁的亨德森互相打量着。

"我们现在就是那两个初中生。而且你放心，警察永远不会找上门来。"

"你的意思是？"

派克眼神示意了下狙击枪。

"派克，我们和下面的人不一样，他们玩他们的游戏，我们玩我们的游戏。我们看得见他们的游戏，但是他们看不到我们的游戏。"

亨德森笑着露出一边的牙齿。

"听上去有那么点意思。"派克用手比画成狙击枪,朝地面挥了挥,"是这样吗?"

"差不多。"

派克先用坏坏的笑容回应自己的父亲,然后两个人不约而同地发出笑声来,接着默契地爬下围墙回到狙击枪面前。

"普通狙击子弹最大射程 2000 米,红外激光弹最大射程 30 千米,整座城市应该都在攻击范围内。"派克边说边点着头,"这一关有多少玩家来着?"

"加上我们两个,10002 个人。"

"一万个玩家分布在这么大座城市里,看来不是那么容易被我发现。"

"随你便,派克,只要你玩得尽兴。"

亨德森拍了拍派克的肩膀。

"玩家全是和我们一样的小孩子?"

"全都是。"

"那样就方便我分辨了。"

派克半蹲下来,准备把打开的放狙击枪的箱子关上,他冷不丁停住了动作,扭头瞥向亨德森。

"对了,刚才游戏规则说,暴露在红色区域外的玩家会变成丧尸,万一区域缩小之后我们这儿在红色区域外面了怎么办?"

亨德森耸了耸肩膀。

"我说过了,派克,在这里,我是上帝。"

派克做了个怪笑的表情,接着继续刚才未完成的动作,把箱子合上,站起身,右手抓住箱子外壳上的把手,轻松地提了起来。

"我们先找个射击的好位置。"派克四处张望了下,"那边有个平台,瞧着不错,我们去那里看看。"

亨德森跟在派克后面。

"你挺熟练的。"

"我在部队里就是个狙击手,整个营部里没人比我的枪法更准了。"

派克提着箱子扭过头说,然后转头继续朝前走。

"你在战争期间杀了多少个人?"

"不知道,没数过,大概几十人。"

"什么感觉?"

"你是说杀人吗?"

"是的。"

"不知道,反正我也不认识他们。"

亨德森想继续问下去,但是他没有问出口。

"你看,我的大楼,我看见我的大楼了!"

派克左手指着前面不远处的大楼,上面有"泛美生物科技公司"的公司标志。

"简直和真的一样,我甚至能看见我的办公室。"

"说不定你就在办公室里,派克。"

派克愣了一下,然后扑哧一笑。

"怎么可能，要真是那样就见鬼了。"

亨德森也笑了。

"我觉得那里不错，可以作为射击点。"

派克指着左前方一片平台，加快了自己的脚步。

十六

远处传来爆炸声,然后是枪声,接着是一阵骚动。马路上谁都搞不清到底发生了什么,乔治和凯瑟琳也不知道。除此之外,他俩和身边不知所措的行人一样,还想知道天空为什么突然变成了血红色。半个多小时过去了,这个问题依旧没有答案。

半个多小时前,他俩被医院的警卫赶出医院。一个精神科病人告诉警卫说她听见了某个备用病房里有人在说话,警卫熬不住病人的死缠烂打,无奈地用钥匙打开了备用病房的大门,正好发现站在窗边朝外观望的乔治和凯瑟琳。

警卫对天空发生异象的兴趣比不上对那个精神科病人的兴趣的一半,他一边赞叹精神科病人的第六感,一边不假思索地把乔治和凯瑟琳轰出了医院。

凯瑟琳和乔治以探险家的眼光审视着眼前发生的一切。

"乔治,是不是感觉越来越有意思了?"

"我现在相信我们两个是在梦里了。"

凯瑟琳和乔治从医院出来以后一直沿着马路闲逛。头15分钟一切都挺安静，周围的一切几乎都静止不动，人们的注意力全被天空的异象吸引住了。

15分钟过去了，天空还是那种血红色。终于有人按捺不住，汽车喇叭声打破了沉寂，警察回过神指挥起停滞不前的交通。

后来的十几分钟，城市的脉搏又恢复如初了，但更像是暴风雨前那种压抑的平静。马路上行人走路的速度和路上汽车的行驶速度明显加快了，相比较之下，凯瑟琳和乔治仿佛是两个吃完饭出门散步的老头。

警笛声从四面八方响起，警车在马路上呼啸而过，然后是一辆辆消防车朝着同一个方向驶去。

"完了，要封锁城市了，真够倒霉的——"

一个穿着西装的秃顶男子右手拿着公文包，左手拿着手机从凯瑟琳旁边匆匆走过。

"你听到了吗，乔治？你听到他说什么了吗？"

"他刚才说封城了？"

"好像是，我们上去问问他。"

俩人异口同声地招呼男子，男子皱着眉头疑惑地回头。

"什么事？"

"先生，发生什么了？"

"我也不知道。"男子耸了耸肩膀，"网上有人说军队要封锁整座城市。"

"整座城市？为什么？"

"我刚才说了，我也不大清楚，真是麻烦。"

说完男子扭头就走了。

"乔治，他说要封锁城市？我没听错吧？"

"我们再去问问别人。"

迎面又走来一个男人，穿着白衬衫，西服外套搭在右臂上，左手拿着手机。

"先生，你知道发生什么了吗？"

乔治的手指了指天空，那个男人只是瞥了眼乔治，眼睛继续看着手机屏幕，嘴里说道：

"有人说有个超级大的红色透明罩子把整个城市笼罩住了，就像一个巨大的帽子。"

"听说军队要封锁整个城市？有没有这回事？"

男子抬起头瞪大眼睛看着乔治。

"封锁城市？为什么？"

乔治看了看凯瑟琳，两个人面面相觑，男子从乔治和凯瑟琳身上也得不到他想要的信息，于是径自走开了。

"乔治，我觉得……"凯瑟琳被巨大的爆炸声打断，还没等他俩有所反应，一声猛烈的枪声从天空传来，接着在大楼间回响。不过十秒，骚乱开始了。

乔治和凯瑟琳应该算是这场骚乱中最冷静的两个人，他俩既不恐惧也不害怕，只是充满了好奇，这份镇定给了他们冷静的分析力，让他们在错综复杂的局面中观察到了一些有趣的现象。

是凯瑟琳先发现的，然后乔治也马上就注意到了。在混乱不堪的局面里，时不时会出现一些灵活的身影，这些身影既不高大也不强壮，有时候是一个人从身边一闪而过，有时候是有组织地多人行动，目标似乎也非常清晰，仔细观察就能和马路上大多数慌乱而如无头苍蝇般无目的乱窜的群众区分开。这些身影都是年龄尚处于青春期的小孩，但是脸上却没有那种稚气。

枪声已经从原来的零星几声升级为此起彼伏，街道上渐渐失去了秩序，有些商店的橱窗已经被打碎，有人开始洗劫。乔治和凯瑟琳躲到了某个街边公园里的高地上，饶有趣味地居高临下开始评头论足。

"乔治，能看到那里吗？"

凯瑟琳指着右前方某个商场门口。

"又是一帮小孩，他们是在打架吗？"

"看上去像。"

"这群小孩到底在干什么呢？"

"谁知道呢！"

"你看，他们又一起离开了。"

"而且边走边比画着天空。"

"天上有什么奇怪的吗？"

"没有，和之前没什么两样。"

枪声似乎越来越近了，这次的声音更加清脆。

"又是小孩！"

"在哪？"

只听"嗖"的一声，一个东西从乔治和凯瑟琳身边划过，然后是一声闷响。

"吓死我了！"

凯瑟琳转头一看，一支箭牢牢插进了身后的一棵树里。乔治赶紧拉着凯瑟琳躲到了树后面。

"乔治，那个小女孩，你刚才看见了吗？"

乔治从树后面微微伸出头，一个穿着背心的小女孩捂着自己的头从马路上往街边公园跑来。

"那箭是从哪里来的？"

凯瑟琳刚说完又是"嗖"的一声。

"肯定是有人在射箭，但是我不知道是谁。"

几秒后又是"嗖"的一声，有箭扎到了树上，乔治和凯瑟琳赶紧伏低身子。

箭刺穿空气的"咻咻"声连续不断，突然间，一阵猛烈的枪声划过天际，余音过了好几秒才散去，同时射箭的声音没有了。

乔治和凯瑟琳再一次探出头，刚才那个小女孩倒在了离乔治和凯瑟琳不远的草坪上，她面朝下趴着，背上插着一支箭。

"她怎么样了？"

凯瑟琳问道。

"好像还有呼吸。"

"刚才的枪声是怎么回事？"

"我不知道。"

就在他俩愣神的间隙，有三个小孩跑了过来，两男一女，一起把小女孩拖到了一棵树边。

"喂！早就和你说了别乱跑，要一起行动。我不是刚才告诉你说有个人藏在商店里射箭吗？"其中一个红发小男孩说道。

小女孩在草坪上挣扎着，嘴里似乎在发声音。

"我们怎么救你？还有几分钟时间要到了。"

"你们刚才没看到那个射箭的家伙怎么死的吗？附近有狙击手。我们得赶紧离开这里。"长发小女孩说。

"小朋友，你们到底在干吗？"凯瑟琳问。

"你们不要多管闲事，快走开，找个地方躲起来。"小女孩一脸烦躁，怒视了凯瑟琳一眼。

"小姑娘……"

"别叫我小姑娘！把你的假腿拿开，瘸子！"小女孩推了一把拐杖，凯瑟琳差点摔倒。

"该死的电脑人。"

小女孩的声音很轻，但是凯瑟琳和乔治还是听到了。

"你刚才说什么？"

小女孩的眼神变得很复杂。

"乔治，你刚才听到她说的吗？"

"听到了，她说'该死的电脑人'。"

"这是什么意思?"

凯瑟琳有点疑惑,乔治也很纳闷。

"没什么意思。"

一种说不上来的感觉同时在凯瑟琳和乔治身上弥漫。

低沉的号角声从天上传来,小女孩收起了刚才复杂的表情,她的眼睛转动了一下,三个孩子看了一眼凯瑟琳和乔治,又看了看地上的小女孩,随后快速离开了草坪。

号角声空灵而低沉,仿佛是从天空的每一个角度传来的。原本倒在草坪上小女孩突然翻了一个身,挣扎着蠕动自己的身体。凯瑟琳和乔治走到她身边,蹲下身子。小女孩的背上有伤口,但是出血不多,她的呼吸明显很困难。

"小姑娘,你和刚才那三个人是一起的?"

小姑娘的头发是亚麻黄,长得很秀气,嘴在不停喘着气,眼神很涣散。

"得离……开……这里。"

"小姑娘,你看上去受伤很重。"

小姑娘眼睛迷离地看着凯瑟琳和乔治。

"离……开……马上我就要……变成……丧尸。"

"丧尸?为什么?"

小姑娘垂下眼帘。

"你们到底从哪里来的?为什么他们要杀你?"

小姑娘明显是听清楚了凯瑟琳的问题,但她没有回答。

"刚才那个小姑娘说我们是'该死的电脑人',为什么?"

小姑娘咬着嘴唇,颤颤巍巍地呼吸着。

凯瑟琳转头看了眼乔治。

"乔治,那个医院离这里不远吧?"

乔治摇了摇头。

"我记不清有多远了,但我知道大概的方向。"

"小姑娘,我们可以带你去医院治疗。"

"医……院?"

"是的。"

"快带……我去。"

"当然,救人最重要,但是,"凯瑟琳停顿了下,"你得回答我刚才问你的问题。"

小女孩咳嗽了几声,吐出了一些口水。

"怎么样?很简单的交易吧?"

"我……我不能说。"

"那我们只好不管你了。"

"等……等,你们……刚才说的……医院,在哪里?"

乔治指了指方向,小女孩抬眼看乔治手指的方向。

"快……带我去,离开……这里。"

"别忘了,刚才我提的要求。"

小女孩摇着头。

"不行,这……违反规定。"

"什么规定？"

小女孩犹豫了几秒钟，又咳了几声。

"好吧，我……说。"

凯瑟琳和乔治迫不及待地等着她的回答。

"这是……一场电子……游戏比赛，我们……都是……参赛玩家，你们是……"

"我们两个也是游戏比赛的参赛玩家。"乔治和凯瑟琳情不自禁地说，"搞了半天终于找到其他玩家了，你们怎么都变成小孩子了？"

小女孩狐疑地看着这两个激动的人。

"快……带……我走，马上范围……要缩小了。"

"什么缩小？我听不懂。"

"你……们……答应过我的，要带……我去……医院。"

"当然，我们遵守诺言。"乔治准备扶起女孩，"不过，《美国陷落》里面没有现在的这种剧情吧？是吧，凯瑟琳？"

小女孩的喘气加快了。

"《美国陷落》？你们……怎么会知道？"

"我们当然知道啦，我们俩就是参加《美国陷落》的玩家啊！"

小女孩这次屏住了自己的喘气。

"这不可能，《美国陷落》是一个月前的比赛了。"

十七

  白色走廊已经被染成了红色，血一般的光束一道道地穿过玻璃窗，照射到病房的白门上。
  祁龙从5楼电梯门里出来后没有继续向前走，他默默地站着，目光顺着走廊扫过去，电梯门悄无声息地在背后关上了。
  直到现在，祁龙仍旧沉沦在那个梦里。一间洁白无瑕的病房，病房的正中有一个白色的病床，病床上有件白色的床单，床单凸出了一个人形。无数个夜晚，他都做到了这个梦，可是他却从来没有意识到床单上的人是自己的父亲，直到那个梦变成了现实呈现在自己面前。他甚至还自以为是地认为床上的人代表着不可抗拒的命运，代表着"亨德森"。
  祁龙默默迈开了步伐，507病房门就沐浴在血红色的光芒中。
  游戏第二关开始的出发点其实离医院并不远，但祁龙还是折腾了很久，赶到医院门口的时候时间已经过去了半个小时。他好不容易乘乱抢了一辆摩托车，中途还差点被别的玩家暗算，可祁龙坚定的意志绝不会被这些小小的困难所击败。

罗宾让他在医院一楼大厅等着,祁龙相信罗宾——他不得不相信罗宾,罗宾在某种意义上已经成了祁龙的保护神,他期待着罗宾的指引。即便如此,祁龙在跨入医院一楼大厅的那一刻,还是不由自主地向电梯走去。

走廊上没有人,医生和护士都没有,很安静。外面的警笛声,清脆的枪击声隐约传来。祁龙悄然迈动着前进的步伐,那天晚上和父亲的吵架还历历在目。那天晚上吵完架后不久父亲就因病住院了,接着祁龙马上就报名参加了游戏比赛,然后比赛输了,父亲也死了。父亲死得很快,肝癌晚期导致的肝性脑病让父亲始终都处于昏迷状态,祁龙也没能在父亲临终时聆听遗言,更没有机会向父亲表达自己的感情。一切发生得都很迅速,像光一样快,没有给祁龙任何反应的机会。

祁龙在507病房门前站定,就像13岁那年一样,就像在游戏第一关开头那样。

这一次,没有医生和护士阻挠他进入病房,没有游戏时间的限制,只有他和面前的507病房大门。

他伸出手轻轻地推动紧闭的病房门,仿佛他知道门没有被锁上。病房门如祁龙所想,毫无阻力地被推开了。

洁白无瑕的病房,白色的病床,白色的床单,有个人躺在床单下。

祁龙走了过去。

"爸爸。"

轻微的呼喊声被沉默的病房吸收了。被床单覆盖的病人像一具尸体，眼睛被白色的眼罩盖住，露出了一张干燥的嘴。

祁龙又呼喊了几声，还凑近到父亲耳朵边呼喊了几声，依然没有反应，他只有蹲在父亲耳边才能观察到父亲胸脯令人难以察觉的起伏。

父亲还活着。

他伸出手，轻轻地把眼罩移开，露出了父亲两片紧闭的上眼睑，祁龙看了一眼，又将眼罩移归原处。在此刻，祁龙已经忘记了自己为什么要答应罗宾参加这场游戏比赛，就连亨德森都成了一个遥远的陌生符号。

祁龙很想唤醒父亲，他伸出手，又停住了。他的父亲需要休息，但是祁龙还是很想和父亲说说话，他想再一次掀开父亲的眼罩。假如父亲睁开眼睛，看到自己的儿子就站在旁边，父亲一定会非常的欣慰。一个13岁的自己，而不是长大后的自己，好像时间是一个可以调拨的闹钟一样，能随意地回到过去。

病房外面遥遥传来了爆炸声，病床旁关闭着的监护仪显示器屏幕晃动了下，祁龙下意识看了看显示器，屏幕里面是一个13岁金发少年的脸。

父亲醒来的时候，看见的将是一个13岁金发少年，一张陌生的脸。

一张陌生的脸。

祁龙盯着这张陌生的脸，猛然意识到他父亲根本不认识这张脸。祁龙借用的是另一个人的脸，他自己原本的那张脸在哪里呢？

现在只有一个人能帮助自己换回原来的自己，那个人让自己等在医院大厅的一楼。

祁龙最后看了一眼父亲，转身离开了这个房间。

外面的枪声越来越密集了，祁龙却什么都听不进去。他浑浑噩噩地穿过走廊，进入电梯。电梯下行的时候他闭着眼睛，回想着和父亲在一起的历历往事。奇怪的是，什么往事都没有，只剩下说不清道不明的低落和惆怅的情绪，于是他也不再深挖记忆。

随着电梯停靠的信号声响起，祁龙的眼睛和电梯门一起打开。

医院的一楼大厅乱糟糟的，医生和护士在穿梭，护工们小跑着推着带滚轮的病床。祁龙默默地从电梯里面走出来，站在了大厅的中央。

他环视四周，没有人搭理他，所有人都绕过他。

在这场混乱中，祁龙撞见了凯瑟琳那张稚嫩的脸。

铃木透夫正驾驶着一辆从一个成年男子手中夺过来的车，心里面有种成就感。

一个力量、身高、体力都远远胜过自己的男人，最终还是败给了只有13岁小女孩模样的人。为什么呢？不仅仅因为铃木拥有智慧，还因为铃木有着坚定的信念。

对铃木透夫来说，游戏第二关的目标很明确——他必须尽快赶到双子大教堂，在那里等待罗宾的下一步指示。运气从进入第二关之后似乎并没有太眷顾铃木，只能说他的位置中规中矩，离双子大教堂既不远也不近。如果直接走过去，路上的危险太多，而且花费时间也多，所以选择一个交通工具才是铃木的首选。

铃木透夫的初始位置是在一片办公大楼附近，周围应该是很多的政府和行政部门的办公场所。他站在马路口，看到很多拿着公文包、西装革履、斯斯文文的男子从身边匆匆经过，他们还不时朝自己瞥一眼。

他尾随这些男人拐过前方一个路口，看到了一个很大的停车场，有人进入了停车场，也有车子驶出。铃木透夫加快自己的脚步，站在停车场门口，等待着自己的猎物。

站在血红色的天空下，停车场就像落日映衬下的非洲草原。一个个男人像草原上的猛兽从自己身边经过，他们的眼睛就是猛兽的鼻子和牙齿，在铃木透夫的身体上尽情吸吮着。有一头猛兽在铃木透夫身上停留的时间最长，贪婪的渴望虽然闻不到，但是却公开地写在了脸上。

铃木透夫笑着走上前去。

"先生，您能载我一程吗？"

头顶略微稀疏，镜框纤细且光洁，身材魁梧，这个拿着公文包，薄嘴唇的男人面无表情地打量着铃木透夫。

"小姑娘，你要去哪里？"

"市中心，郊区，哪里都行，我在这里迷路了。"

男人抬起头假装看着天空，有车子从停车场门口出去。

"你到前面那个加油站边上的公园等我。"

说完男人快步走进停车场的深处，中途还回了一下头，但是发现铃木透夫人已经不在停车场门口了，他下意识捏了捏自己的鼻尖。

5分钟后，铃木透夫在公园的一角坐上了男人的车，男人上上下下打量了铃木透夫一番，还是没什么特别大的表情变化。

车子很快进入了一段商业区。

"先生，能给我买点吃的吗？"

"你想吃什么？"

"我饿了，什么都可以。"

车子停了下来，男人手靠在了把手上，瞥了铃木一眼后打开车门，走了出去。男人高大的身体早已经把座椅压出了一个凹形。车子没有熄火，男人进入超市，等到他再次从超市出来的时候，他的车子已经不见了。

铃木透夫刚才的表演终于落下了帷幕，接下来，他利用车载导航，朝着双子大教堂驶去。他没有尽全力在马路上飞驰，因为第一关的阴影始终缠绕着他。他害怕再一次碰到安妮老师，尤其是路上的那些行人。

他小心翼翼地在拥挤的车道上驾驶着，双子大教堂越来越近，已经能看见教堂锥子般的尖顶。铃木透夫睁着一双坚毅的眼睛，装着一颗坚定的心，安妮老师侧身弹奏钢琴的倩影在血红色的天空中若隐若现。

时间已经过去了半个小时，离目的地越来越近了，铃木透夫却踩下了刹车。

一辆救护车迎面开来，接着朝左拐进了一家医院，就是游戏第一关里的那家医院，也就是那个救护车上的司机所说的，将安妮老师送去救治的医院。

双子大教堂在不远处矗立着，可是现在它对铃木透夫的吸引力已经屈居第二。罗宾并没有规定必须在多少时间内赶到双子大教堂，只是说尽快赶到。其实铃木透夫自己心里清楚，进入游戏第二关之后，游戏第一关里的数据很有可能全部更新了。但是，他总觉得安妮老师或许就躺在急诊室的某张病床上。

医院门口又进进出出了好几辆救护车，救护车刺耳的警示声划过血红色的天空。铃木轻轻地踩下油门，向左打着方向盘。

汽车停在马路街沿边，铃木将车熄火，取下车钥匙塞在裤兜里，打开车门。

救护车的呼叫声来来回回地在耳边交替，"啪啪啪"的枪声夹杂其中。战斗已经打响了，有人已经找到枪支，开始了杀戮。

铃木关上车门，回头看了眼车身，又摸了摸裤兜里的钥匙，接着跑向医院。

医院大门敞开着，门卫也不见了踪影。铃木一眼瞧见了正对医院大门口标注着"急诊"字样的大楼，二话不说便随着身边一些受伤的平民一起小跑过去。大楼门口前一辆擦拭得一尘不染的大型摩托车倒在地上，被铃木当作一个障碍物绕了过去。

喧闹声从进入一楼大厅开始就响了起来，铃木逮住一个匆匆路过的护士，大概搞清楚了急诊病房的位置，然后直奔那里。急诊病房里从头到尾住满了病人，铃木透夫想问问这里的护士有没有一个叫安妮的病人，但每个护士都一副没空搭理他的样子。他无奈地在一个一个的病床边检查，从一个病区到下一个病区，还包括那些已经拉上帘子的病床。

没有，没有找到安妮老师，或许在急诊手术室，或许她根本就停留在了游戏第一关里。

铃木检查完最后一个病人，又环视了一圈乱哄哄的最后一间病房，然后从后门走了出去。医院大厅里的清新空气取代了病房里人类散发的难闻的气味，铃木透夫吸了几口气，慢慢地让思维调整到正常。

医生、护士、护工、病床在眼前来来往往，好不热闹，还有爆炸声从远处传来。一切都混乱不堪，毫无秩序，除了在一楼大厅的中央，有个人站在原地，身体慢悠悠地转动着，头环视着四周，好像在找什么人。

铃木觉得奇怪，但没有特别上心。可是随着那个小男孩的头逐渐转向了自己,铃木透夫忍不住停了下来。他现在和这个面对着自己的小男孩相距不超过10米,四目相对着,双方都纹丝不动。

只要是认识乔治的人都不会认错乔治那张脸,铃木透夫也不会认错,即便是乔治13岁时的样子。

十八

祁龙没有说话,眼前那个女孩也没有说话。

两双眼睛各自警惕地打量着对方,祁龙进入游戏第一关之后就丢失了的理智慢慢地找了回来。这是谁?一个长着 13 岁凯瑟琳脸的小女孩,而且是一模一样的。会不会是一个游戏玩家?如果真是这样,那么这个女孩在现实世界里应该是个成年人,也就是说一个长着凯瑟琳脸的成年凯瑟琳,也就是说,她就是铃木透夫。

或者,也许这只是一个和凯瑟琳童年长相相似的女孩子;或者,这是一个游戏里的电脑人。

罗宾说过,铃木透夫不会参加游戏比赛。

如果罗宾骗了我呢?

可他为什么要骗我呢?

我该不该尝试着和她说两句话?

她为什么也一直盯着我看?

她开始动了,她想要做什么?

铃木透夫判断不出对面那个男孩到底是不是祁龙,只能说可能性很大,但是他又不想用语言试探对方。

他从对面男孩的眼神里读到了许多信息,可以肯定,男孩应该不是一个电脑人。至少来说,是一个游戏玩家,一个和祁龙长得非常相似的游戏玩家。

如果眼前真的是祁龙那个混蛋,情况就变得有些微妙了。

祁龙为什么会参加这次游戏比赛?

是谁让他参加这次比赛的?

罗宾?亨德森?还是祁龙他自己?

答案都有可能。

铃木透夫没有心情来思考这些问题,这些问题和安妮老师比起来根本无足轻重,他无所谓。既然有人想要他的命,那就随便他们要吧!

现在最重要的是和安妮老师在一起。

祁龙的问题等到了双子大教堂的时候他会想办法解决的。

铃木透夫朝着医院大厅门口处移动起来,但是眼睛没有离开男孩。

此时,外面响起了低沉的号角声。

罗宾那个"绝妙"想法的实现需要满足很多个条件,其中最重要的就是能够保证祁龙这个人百分之百值得信任,其次就是自己能否驾驭这个想法,以及能够多大程度地驾驭这个想法。

他理想中的结果是这样的:

第一,把亨德森困死在游戏里,这一点毋庸置疑。

第二,把亨德森的儿子也困死在游戏里,这一点也毋庸置疑。

第三,把自己换成亨德森的儿子。

第四,把祁龙暂时换成自己。

如果祁龙这条线失败了,那么可以让铃木透夫暂时替换成自己,不过就不一定能让第三条实现,甚至有可能被铃木透夫这个小滑头利用了,搞不好铃木透夫最终变成了亨德森。

万一铃木透夫这小子真的变成了亨德森,那会怎样?

罗宾估计自己不会受到太大影响,因为铃木透夫没什么特别远大的野心,他只是对祁龙这个人耿耿于怀。

但是,有些事情谁也说不清楚。

想要真正做到万无一失,必须巧妙地利用祁龙和铃木之间的矛盾,牢牢地同时牵制住双方,从而获得渔翁之利。

说起来容易,做起来难,一箭双雕的事可遇而不可求,更是不可控的,稍有闪失就满盘皆输。所以,要么选择祁龙,要么选择铃木透夫,怎么可能同时选择两个人呢?

罗宾没想到,"幸福"来得是如此突然。

天空中传来低沉的号角声的时候,罗宾正走入医院大门口。这是号角声第一次从天空传来,也是一个信号,告诉所有玩家,比赛已经进行了整一个小时了，也就是说红色区域的范围第一次开始缩小了。在罗宾视野的右上角有一个圆形雷达区域，雷达中白色的点示意着他在城市中的大致位置，雷达中原本红色覆盖的面积在渐渐缩小。按照游戏规则，第一个小时红色覆盖面积缩小成为原先的90%，所以很快红色覆盖的面积就不再缩小。罗宾注意到，自己所在的位置处于红色区域内，还有一个只有他一个人知道的地方也在红色区域内。时间已经过去了1个小时，接下来的事必须尽快解决。

　　罗宾内心忐忑地走向医院一楼，绕过一辆倒在地上的摩托车，跨入医院大厅。

　　他第一眼就看到了他想看到的人，于是喊了一声"祁龙"，声音刚从喉咙里发出，他的眼睛就捕捉到了另外一个人，罗宾发现离祁龙不远处的铃木透夫转头看向了自己。

　　"祁龙！"

　　一个急不可耐的声音从一楼大厅门口传来，铃木透夫闻声朝右看去，一个13岁左右模样的男孩兴奋的脸庞红彤彤的，可是那个男孩的脸马上就呆滞住了，很明显是看到了自己之后才发生变化的。

　　刚才那一声"祁龙"是朝长相酷似乔治的小男孩喊过去的，"祁"和"龙"这两个音节铃木透夫绝对不会搞错，他几乎可以肯定，祁龙就站在离自己不到5米的地方。但是这个结论的得出并不妨碍铃木接下来的行为。

因为逆光的关系，他一下子看不清那个男孩的脸，只是隐隐约约有种说不出的预感，他走近了点，又走近了点，男孩的脸清晰了许多。

"罗宾？是你吗？"

铃木透夫心里面其实已经知道了答案，罗宾就站在自己5米开外，脸上还残留着强装镇定的表情。

首先涌上心头的是一股被欺骗的感觉，然后是一种被别人抛弃的无助感，还有对罗宾，对祁龙，对亨德森，以及对于整个世界的憎恶和怨恨。奇怪的是，紧接着一种情感如同一场滔天海啸将这些负面阴郁的情绪统统淹没了。

"罗宾先生。"铃木透夫上前一把抓住了罗宾的双手，"罗宾先生，你告诉我，我应该怎么做，你让我怎么做，我就怎么做，罗宾先生，告诉我，我该怎么做。"

罗宾的身体被铃木双臂摇晃着，不知所措。

"罗宾先生，你告诉我，亨德森在哪里，我帮你消灭亨德森，或者把你换成亨德森，怎么样都行，只要你告诉我该怎么做，怎么帮你。"

"铃木。"罗宾目视着铃木，眼睛还不时瞟一眼铃木身后，"你……你怎么会在这里？"

"我在这里是因为……"铃木回头瞅了下祁龙，然后扭回头继续看着罗宾，"你告诉我应该怎么做，我就照你所说的做。"

"铃木，你，你……"

铃木抿了抿自己干燥的嘴唇，意识到自己刚才有点激动。

"罗宾先生，我在……"

"罗宾先生！"

稚嫩的声音从身后传来，打断了铃木透夫原本要说的话，他恶狠狠地回过头，好像一头正在护食的狼。

祁龙听到有人在喊他的名字时，还以为声音是从眼前那个小女孩的嘴里发出的，但是当他发现小女孩的脸转向了医院大厅门口的方向时，他才反应过来。

在逆光的映衬下，祁龙看到的是一个小男孩的身影。他还在疑惑之际，旁边的小女孩已经慢慢移步到了小男孩的身前，并且说了一句话。在这句话里，祁龙听到了"罗宾"这两个字。

祁龙的疑问现在算是得到了答案，原先他一直以为罗宾会在游戏中以某种特殊的形式来引导自己，比如说语音或者视觉系统，毕竟罗宾说过自己会在后台服务器操控。后来罗宾改让自己等在医院的时候祁龙就已经开始有所怀疑，既然罗宾可以在后台服务器操控，为什么还要特意选一个位置呢？现在看来，罗宾一定是遇到了一些麻烦，否则他不会亲自进入游戏里。

冷不丁地，小女孩一下子冲上前去抱住了罗宾的双臂，嘴里的话接连不断，声音甚至盖过了一楼大厅的嘈杂声。几句话之后，祁龙心里面已经很确定了，这个小女孩就是铃木透夫，并且罗宾骗了他，罗宾早就做了两手准备。

但是罗宾为什么让自己和铃木等在同一个地方呢？

罗宾的视线越过铃木的脑袋看了过来，接着注意力又被铃木拉了回去。罗宾明显表现得很吃惊，他那结结巴巴地想说又说不出话来的样子，似乎在传达某种信息——他没有料到现在这种情况的发生。

那么罗宾的真实意图到底是什么呢？

刚才罗宾先喊了一声自己的姓名，所以说，罗宾肯定是来找自己的，他只是没料到在这里见到铃木透夫而已。

祁龙很笃定自己的推测，也就很自然大方地走了上去，并且同时喊道。

"罗宾先生！"

还没等罗宾有丝毫反应，一张恶狠狠的脸已经转了过来。

"祁龙，你给我滚开！"

那张脸已经不属于一个13岁本该天真无邪的孩子，那张脸好像来自地狱。

"罗宾先生！"祁龙的声音绕过了铃木，继续指向罗宾，"我没有食言，我一直等在这里。"

铃木的眼神慌张了那么一瞬间，但很快恢复了原来凶狠的样子。

"祁龙，你要是敢上前，我立刻杀了你。"铃木回过头，继续对着罗宾，"罗宾先生，相信我，罗宾先生，别相信祁龙，他是个骗子，他说的每一句话都是骗人的，全是谎言！"

"罗宾先生，我是一个信守诺言的人，我……"

"罗宾先生！别听祁龙的，我愿意为你付出一切，只要你答应我一个条件，就一个条件。"

"我知道。"

罗宾的嘴里总算蹦出了几个字，虽然很轻，但是祁龙听到了。

"不，不是我之前和你说的那个要求，不是。"铃木又回头瞟了眼祁龙，"我根本不在乎他，祁龙只是个渣子、垃圾。罗宾先生，请相信我，不要怀疑我。"

祁龙明白了，罗宾不但早就和铃木勾搭上了，还谈好了条件，他有些恼怒和生气，但还是装作若无其事。

"铃木透夫，我知道你可不单单想杀了我，你还想……"

"滚！！"唾液从铃木透夫的嘴里喷了出来，他的脸在抽动，眼睛已经彻底成了血红色，就像外面天空的颜色，"罗宾先生！我只想要和安妮老师在一起！永远在一起！永远！！"

铃木恐怖的吼叫把周围经过的人都吓了一跳，医院大厅享受了差不多整整5秒钟的宁静，然后又重归嘈杂。

"安妮老师是谁？"

罗宾满脸不解，铃木的躯体剧烈地起伏着，脖子是红色的。

"罗宾先生，我们找个安静的地方，我告诉你。"

祁龙分辨不清刚才铃木是不是一直在演戏，但铃木那种疯狂的行为举止，莫名其妙又歇斯底里的话语，不像一个诡计多端的人,更像是一个精神病人。

"好吧,好吧,罗宾先生。"铃木喘着大气,"你听我说,安妮老师是我高中时候的老师,她被一辆跑车撞死了,我得把她救回来。罗宾先生,安妮老师是我的一切,我不能再失去她了。"

祁龙越听越糊涂了。

"罗宾先生,我现在什么都不要,只要你能帮我救回安妮老师,然后让我和她永远地在一起。罗宾先生,我知道,你只需要轻轻输入几行代码,我就能见到安妮老师。"

祁龙还是没有特别地明白铃木到底在说什么。

"罗宾先生!我全都告诉你!是我撞死的安妮老师!十多年前,我被大学录取的那天,安妮老师被一辆跑车撞死了。刚才在第一关,我开着那辆跑车,就是你告诉我的粉色跑车。"铃木的声音变为了哭腔,"我撞死了她。罗宾先生,告诉我,我该怎么帮你,我该怎么帮你?"

铃木透夫发出了"呜呜"的悲鸣声,他瘦弱无力的后背对着祁龙。祁龙似乎明白了,又似乎没有明白,他觉得此时的铃木透夫就像自己,就像那个后悔没有救回父亲的13岁的自己。

"铃木,"罗宾用疑惑的表情对着铃木透夫,"你是说那个辅导你数学的女老师?"

铃木点着头,罗宾很不屑地抖了抖肩膀。

"那都是设计出来的人物。"

"我当然知道是你们设计的!我,安妮老师,都不过是一串代码而已！我知道一切都是假的。但是，你看看我！我争取过，我抗争过！但是没有用！我越是反抗，越是没有希望！我投降了！我只想要宁静的生活。帮我变回原来的我，罗宾先生，我愿意帮你做任何你想做的事，只要能让我和安妮老师永远在一起，我愿意永远活在计算机世界里！"

十九

出乎祁龙的意料，现在占据自己大脑的情感竟然是嫉妒。

他立在原地，眼睛还能看到铃木透夫的嘴在不停地对罗宾说着什么，可是嫉妒心已经令他听不清铃木所说的话了。铃木透夫紧紧抓住罗宾的手臂不肯松手的样子，在祁龙看来就像一个正在和兄弟姐妹争夺母爱的小孩子。

铃木透夫抢走了本来属于自己的位置，此刻抓住罗宾手臂的人本应该是他自己。如果铃木没在这里出现，那么根本轮不到铃木在这里兴风作浪。祁龙不由自主地幻想起原本应该出现的场景：他在大厅里见到了罗宾，然后和罗宾讲述了他如何再次见到自己父亲，以及他如何想要再一次拯救父亲。在那个本该出现的平行世界里，他和罗宾一起合作消灭了亨德森，然后罗宾把自己变回了原来祁龙真正的样子，同时治好了父亲的不治之症，最后和父亲团圆。

这才是原本应该有的结局，这才是祁龙希望的结局。

儿子，你还在犹豫什么？再等下去罗宾就要放弃你了。赶紧上前想办法把铃木透夫给撵走，这样才能救我，我们父子俩才能团聚，赶快！！

躺在病床上只露出嘴巴的父亲突然发话了，那对干燥的嘴唇开开合合，声音在祁龙的脑袋里回响不绝。

儿子，你没听见我的话吗？你到底在等什么？！祁龙！我命令你！立刻把我的情况告诉罗宾先生！听见没有？！

祁龙双手无处安放似的时而捏紧、时而松开，父亲的指令有点起效了，他开始朝罗宾的方向缓缓迈出了第一步，但是祁龙的动作仍然很小心谨慎。

祁龙！加快脚步！再晚就来不及了，万一被铃木透夫这个小混蛋得逞了，后果不堪设想！

祁龙的脚不由自主地开始加速了。

对！儿子！非常好，继续！继续加快速度！罗宾本来就是找你的，他当然会相信你。继续，儿子！脚步不要停！

眼看着就要走到罗宾身边了，罗宾也朝自己投来了目光，铃木透夫说话的气势也没之前那么足了，可是祁龙却不想再朝前走了。

喂！你在干吗？！你怎么不动了？你聋了吗？没听到我说的话吗？

铃木透夫侧过头，红红的睛望了过来。
"祁龙，你想干吗？给我滚开。"
"铃木透夫。"祁龙直视铃木的眼睛，"你为什么这么恨我？"
铃木一时间愣住了，但眼神依然凶狠。
"我不想和你多废话。"
"铃木，一切都是假的，我们都是受害者。"
铃木并不理会，继续又朝罗宾说了起来。

混蛋！你疯了吗？你在干什么？！快点来救我！！

祁龙一言不发，任由那张没有脸的嘴肆无忌惮地肆虐着，狂怒着。

快救我！祁龙！你属于我！你是我的儿子！我是你的父亲！你敢抛弃我？！你竟敢抛弃我？你瞧瞧人家铃

木透夫！你还不如铃木透夫！离开我你什么都不是！你就是一个孤儿！你没有家！

一开始，罗宾的确慌了。

在他的计划中，祁龙和铃木透夫同时出现在同一个地方是他完全没有想到的。

接着他迷惑了，被铃木说的话搞糊涂了。怎么突然冒出来了一个安妮老师，安妮老师是谁？和铃木有什么关系？铃木干吗这么激动？

慢慢地，从铃木的只言片语中，罗宾终于搞清楚了，原来安妮老师不过就是铃木青春期成长过程中的某个老师，只是为了铃木个性形成发挥作用的工具罢了，是当初亨德森和自己联合设计的。一串不是很重要的代码也能让铃木这么激动，罗宾一开始还觉得挺搞笑的。噢，铃木又说自己把安妮老师撞死了，这又是怎么回事，安妮老师怎么会又出现在游戏里？有可能为了省事把以前的游戏模块放在了这次比赛中吧！这么说来，过去的记忆在铃木身上起作用了？就像我希望祁龙父亲能够让祁龙觉醒那样？

罗宾在铃木透夫不停地歇斯底里的时候几乎没怎么说话，他把主要精力花在了消化目前发生的突发状况上。他被铃木透夫紧紧地抓着，但眼睛还偶而瞥向祁龙。现在的情形真是两难，要么选择铃木透夫，要么选择祁龙。

可是到底选谁呢？时间在无情地流逝，得赶紧做出选择，到底选谁去那个关键而隐秘的地方。

祁龙终于慢慢走过来了。罗宾的目光闪开铃木转向祁龙。祁龙的速度逐渐加快,马上就要来到身边,罗宾挺担心祁龙和铃木透夫打起来,这会让场面更加失控。不过,祁龙突然又停了下来,问了铃木一个奇怪的问题,然后又对铃木说了一句明显的废话。

罗宾在千分之一秒的时间内做出了自己的选择。

"铃木,我选择你。"

铃木如释重负般高兴了1秒钟,罗宾马上接着说。

"祁龙,我也选择你。"

"罗宾先生,你不能……"

"够了,铃木,现在没剩下多少时间了,如果你想要和你的安妮老师在一起,那现在就听我的。祁龙,铃木,你们两个现在都跟着我,我们赶紧离开这个地方。"

"我们要去哪里?"

祁龙立在原地问道。

"喂,你没听到吗?跟着罗宾先生,快点!"

"去消灭亨德森。"

罗宾边说边示意祁龙赶紧跑动起来。

"怎么消灭?"

"你跟着我就知道了。"

罗宾抓着祁龙的胳膊,铃木面露不耐烦和厌恶之色,越来越多的伤员进入了医院大厅。

对罗宾来说,这是一个万全之策。

用祁龙来牵制铃木,用铃木来牵制祁龙,罗宾想象不出比现在这个局面更好的情况了,他更为自己刚才瞬间的机智而得意。

"罗宾先生,我们到底要去哪里?"

祁龙又问了这个问题。

"马上你就知道了。"

罗宾坐在驾驶位上,驾驶着从女司机手里抢来的汽车。他的右侧副驾驶座坐着铃木透夫,后排坐着祁龙。马路上的车流已经少了很多,道路上的障碍物随处皆是,远近的枪声还是很密集,有时会碰上子弹或者石头砸中车体。

"祁龙,你能不能闭嘴让罗宾先生认真开车!"

"我问的是罗宾先生,又没问你。"

"你再问一次我就把你踢下车。"

"罗宾先生,我们到底……你想干吗?"

"你活腻了,是吗?"

罗宾的余光瞄到铃木转身正准备从前排爬起来,他一脚油门踩到了底,铃木重新摔在了副驾驶座位上。

"够了,你们两个,都给我安静点!"

罗宾嘴里骂着,心里面别提多高兴了。

"你完了,祁龙,你等着,看我怎么收拾你。"

"铃木透夫,你真的是不可救药。"

你们俩现在别动手,就这么互骂着,等会儿都得乖乖听我的指令,罗宾暗忖道。

转过一个路口后,道路前方异常的畅通无阻,被抛弃的汽车七扭八歪地分布在路沿上和道路两侧,留给罗宾一条笔直的路线。祁龙和铃木还在你一言我一语地对呛,罗宾心无旁骛,目标就在不远处,他微微伸头透过前挡风玻璃已经能够看到了,不出意外的话很快就能到了。

罗宾预感到了,那个"绝妙"的点子正在朝他招手。再过一小段时间后,他就不是罗宾了。通过祁龙和铃木两个人的互相"监督",他将会拥有一个年轻的躯体,继承一个庞大的帝国,以及获得一个叫作"派克"的崭新的名字。事情正势不可挡地朝着罗宾期盼的方向发展,仿佛冥冥中有一股力量在帮助着罗宾,他不禁感慨起来这段时期自己是如何地殚精竭虑,如何地韬光养晦,如何地与亨德森虚与委蛇。罗宾越想越觉得自己是如此的不容易,于是车速又加快了许多。

紧接着,随着一声清脆的声响,前挡风玻璃碎裂了,露出了一个小洞,有东西重重地撞在了罗宾的头上,他的眼前变得漆黑一片,他的完美计划顷刻间不完美了。

祁龙不知道自己是怎么一路跟着罗宾离开医院,然后一起上了这辆车的,等到他意识到的时候,他已经坐在了车后排座上。

问题似乎被解决了,可是祁龙并没有那种醍醐灌顶般的舒畅感。

脑海中一直叫嚣着的声音已经渐渐消散，残留的余音仍在脑中回荡着。要是能像铃木透夫那样自欺欺人般地活着多好啊，宁可活在一个由谎言编织起来的梦里，而且理论上可以永远活在那个梦里。选择铃木透夫那条路，活在一条被别人精心设计过的路线上，这条路安全而舒适，祁龙差点就陷了进去。

偏偏铃木透夫的话又阴差阳错地把祁龙拉了出来。

一切都是假的，安妮老师是假的，连他的父亲也是假的。

祁龙重新回到了起点，回到了那个雨夜。他原本的判断没有错，那张"没有脸的嘴"一直没有消停，变化成了各种各样的形式扰乱着他，这次变成了所谓的"父亲"。重整旗鼓的祁龙努力让自己沉静下来，原本参加这场游戏的目的就是摆脱命运对自己的操纵，此刻这场较量的主动权即将再次回到祁龙手中。

但是，和命运的斗争远没有他想象的那么简单。

一个更加麻烦的问题冒了出来。

因为，就连祁龙自己都是假的，正如刚才"父亲"所嘲笑的那样，抛弃了"父亲"，他就失去了家，如同一个孤儿。

没有了别人为自己设计的一切，自己的存在也就没有了任何的意义。

也就是说，一旦决定主宰自己的命运即意味着否定自己的存在，而想要肯定自己的存在就得服从命运的安排。所以，存在就代表着不存在，拥有自由的意志即承认自身的不自由。

这个结论完全超出了祁龙自己原本的认知范围,他也不知道这个结论是否正确,并且在这个紧要关头,思考"存不存在"之类的哲学问题更是纯属浪费时间。

祁龙把这个目前无法解决的哲学问题暂且放置在一旁,这时才注意到自己坐在了一辆汽车的后排,驾驶座上坐着罗宾,副驾驶上坐着铃木透夫,车窗外面是陌生的街景。

"罗宾先生,我们到底要去哪里?"

"马上你就知道了。"

"祁龙,你能不能闭嘴让罗宾先生认真开车!"

"我问的是罗宾先生,又没问你。"

"你再问一次我就把你踢下车。"

"罗宾先生,我们到底……你想干吗?"

"你活腻了,是吗?"

铃木转过头来准备起身,祁龙抓紧拳头准备迎战,突然车子又加速了。

"够了,你们两个,都给我安静点!"

摔回到车椅背上的铃木再次转过头。

"你完了,祁龙,你等着,看我怎么收拾你。"

"铃木透夫,你真的是不可救药。"

"你完了,祁龙,你完了。"

"你真是个可怜虫。"

"你完了,祁龙,你完了。"

铃木像恶狼一般回过头，祁龙不明白铃木为什么对自己如此地恨之入骨，原本他还准备和铃木好好聊聊的，现在看来是没这个必要了。他们两个毫不退缩地紧盯着对方，一个眼神里满是戾气，一个眼神里全是不屑。谁都没有再吭声，仿佛一旦发声，车内压抑的气氛就要炸裂。

祁龙和铃木的对峙最后以一场突如其来的车祸告终。

随着一声钢化玻璃碎裂的声响，车子突然失控向左边冲去，接着狠狠地撞到了路边，还差点翻了个跟头。祁龙被弹到了地上，幸好身体只是受了点碰撞，他扶着座椅起来，看到了侧趴在驾驶座位上的罗宾。

"罗宾？罗宾？"

罗宾一点儿反应都没有，脖子上流着滚动的鲜血。

"咳，咳咳，罗宾先生？"一只小手从副驾驶的位置伸过来推了推罗宾的肩膀，"罗宾先生？"

"他在流血。"

"我，咳咳，当然知道。罗宾先生？"

"他已经失去意识了。"

"你能不能给我闭嘴？"

"他现在需要止血。铃木，赶紧看看是哪个部位流血了。"

"祁龙，你以为你是谁，还想继续命令我？"

铃木说完立刻动手检查起罗宾的伤情，祁龙忍不住也凑上前去。

"喂，离我远一点！"

祁龙为了大局着想没有发作,铃木颤抖的双手已经沾满了罗宾的血。

"有脉搏跳动吗?"

铃木没有回答,而是四下找寻着东西,祁龙知道铃木在找什么。

"用这个包住出血的地方。"

祁龙把车后座上的白色枕垫扯了下来,拿掉枕芯,然后将枕套塞给了铃木。

"没什么用!"

铃木抢过枕垫,在罗宾头部伤口上开始包扎起来,血很快就染红了枕套。铃木又把罗宾的衣服脱了下来,给伤口又包扎了一层,手一直在抖着。

"根本没什么用,没用。"

铃木垂着头,又微微摇着头,一对血手撑着自己的腿。

"还有搏动。"

祁龙手摸着罗宾脖子右侧颈动脉处。

"别试了,他快死了,游戏结束了。"

铃木狠狠地踢了好几脚车前排的外壳,发出了"哐哐哐"的声响。

"铃木,你出来。"

祁龙打开车门,走了出去。

汽车车头撞在了马路边停靠着的一辆车上,看样子损伤不是很严重。祁龙来到铃木这一边，把车门打开。

"快出来。"

祁龙说完从前引擎盖上跨过去，接着来到了罗宾这一侧。

"喂，铃木，听见没有，赶紧出来。"

"出来干什么？"

"帮我一起把罗宾拖出来，放到后座上。"

"你到底想耍什么花招？"

"我没时间和你多废话，如果你还想和你的那个什么安妮老师在一起，就最好听我的话。"

"祁龙，你别想糊弄我。罗宾死了，结束了。"

"他还没死，只要时间来得及，还有救。"

"怎么救？没有机会了。"

"笨蛋，我们刚刚从哪里出发的？快点来帮我！"

铃木从副驾驶座挪了出来。

"回医院？到那时候罗宾早就完了。"铃木边说着边从引擎盖上跨过来，跳到了祁龙边上，"他是救不活的。"

还没等祁龙有所动作，铃木已经上前开始扶起罗宾了。

二十

"第 65 个倒霉蛋。"

派克把右眼从狙击镜上移开,楼群间还在回荡着巨大枪响声。

"我还从来没有用狙击枪用得这么舒畅过。"

"65 个玩家被你击毙,派克,你可是赚了一大笔钱。"

"可惜不是在战场上。"

派克和亨德森两人趴在楼顶的某侧边角,眼前的视野很好,肉眼可以望到很远的街区。

"来,让我瞧瞧第 66 个倒霉蛋是谁。"

派克拿起了双筒望远镜,朝远处扫视。

"派克,你杀的第一个人还记得吗?"

"当然咯,才过去多久你就忘了?——唉,你快看,我找到目标了。"

派克把望远镜递给亨德森。

"在那里,你看到没有,好家伙,我得主持正义了。"

派克兴高采烈地瞄准起来，亨德森很有耐心地等着。

"爸，你看到了没有？"

亨德森拿起了望远镜。

"看见了没？一个臭小子追着一个小姑娘。"

"噢，我看到了，他手里面拿着的是什么？"

"弓。"

亨德森放下了望远镜，派克的神态和13岁玩电子游戏的时候简直一模一样，更何况他现在就是13岁的模样。

"这个小混蛋，别人都快死了还想杀别人，看我爆他的头。"

派克扣动扳机，狙击枪子弹带着巨响射了出去。

"完美的一击，你看到了吗？"

"当然，当然。"

亨德森赶紧又拿起了望远镜，但是已经找不到刚才那个视野了。

"第66个。"

弹壳从枪膛里退出来，落在了一堆弹壳里。

"派克，其实我想问的是。"亨德森把望远镜放了下来，"你杀死的第一个人，真正杀死的人。"

派克转过头来。

"真正杀死的人？"

"是的，在现实世界里。你还记得吗？"

派克耸了耸肩膀。

"那是很久以前的事情了。"

"和我说说。"

派克的右手从扳机里退了出来。

"那天很冷,复活节前一周,在半山腰,我和一个下士一起让那家伙脑袋开花的,用的就是这把枪。"

"什么感觉?"

"什么感觉……"派克自言自语着,"我开枪的时候,他的老婆和小孩就在他旁边。但是我还是开枪了,这是命令。"

"你后悔吗?"

派克低头想了想。

"他老婆开始大喊大叫的时候,我有那么一点同情。不过那是敌人,对不对?更何况我也不认识他。"

"假如是你认识的人呢?"

"我认识的人?"

"是的,你熟悉的人。"

派克歪着脑袋看着亨德森。

"真是个好笑的问题。"

"你会开枪吗?"

"你的意思是,我会不会杀死一个我熟悉的人?"

"是的,一个你很熟悉的人,而且有不得不杀死他的理由。"

天空响起了低沉的号角声,风在猎猎作响。

"你要我杀了罗宾?"

"罗宾？当然不是，当然不是。你并不熟悉罗宾。"

亨德森笑了。

"当然喽，如果有必要，我可以除掉罗宾。"

"你会下手？"

"会。"

"罗宾在你小时候经常抱你。"

"我不在乎。"派克重新把手指放回扳机里，"这个世界上，除了妈和你，杀死任何人我都没问题。"

派克把右眼置于狙击镜前，继续搜寻着目标。

"你妈和我？"

"是的，而且你应该把你的病告诉妈。唉，我都快记不起上一次我们三个人聚在一起的时候了。你不该瞒着她。"

一股难以遏制的冲动顷刻间包围了亨德森。

"派克，其实你已经……"

亨德森差点就说了出来。

"其实我已经怎么了？啊，找到第67个目标了，这次的人数真多。你朝那边看，肉眼就能看到。"

在血红色天空的笼罩下，亨德森神情涣散地眺望着远方，耳边是无规律的枪声。时间还很充裕，在儿子大杀特杀的间隙，他可以找个理由走开，说一句暗号传送回服务器后台，接着只要轻轻地操作一下键盘，一切都会恢复如初。亨德森还是那个亨德森，派克仍旧是那个派克，就像什么都没发生过一样。

如果不是被检查出来了得了脑癌,亨德森坚信自己绝不会做出这么一个残忍的决定,他这么地爱自己的儿子,派克一直就是他的骄傲。在人类的历史上,有多少父亲杀死自己儿子的例子呢?或许在每一个文明的过往中都有记载,但那都不是他自己。

没有人知道这件事,将来也没有人会知道这件事。没有人会来谴责他,说他自私,说他无情。亨德森不想死,也不能死,他需要活下去,他有一个伟大的梦想没有完成。本来今天就是一场告别,肯定会很伤感,过去的美好时光总是会让人浮想联翩。亨德森提醒自己,儿子其实并没有死,而是和自己融为了一体,以后他将和派克共用一个躯体。

"唉,爸,你在想什么呢?"

派克推了推亨德森的肩膀。

"噢,我在想以前的事情。"

"是不是想通了?等游戏结束我们去一次纽约,怎么样?顺便到那家我小时候常去的中国餐厅吃饭。"

"我答应你,派克。"

派克又拍了拍亨德森的肩膀。

"我不会告诉她你的病,你放心。"

派克拿起了望远镜。

"让我再杀一个,我们就换一个地方,这一片的玩家差不多我都消灭干净了。我好像看到开过来一辆车,是个小男孩在驾驶,副驾驶看样子是个小女孩。"

亨德森从地上爬起,尖利的枪声同时轰响,在楼宇间回荡。他在思考,当他告诉前妻自己已经死了的时候,她会有什么反应。

二十一

通过小女孩断断续续的讲述,乔治和凯瑟琳总算是搞明白了,他们两个在游戏世界里足足待了有一个月之久。

"这不可能。维拉,你难道没听说有两个玩家被困在游戏里的消息吗?"

那个叫"维拉"的小女孩摇了摇头,并且一直在不停地喘气和咯血。

"医……院,到了……没?"

"快了,马上就到了。"

乔治驾驶着从马路上找到的汽车,满脸焦急。按照维拉的说法,刚才有一段时间他们位于红色范围之外,如果时间再长一点他们就会变成丧尸。

"维拉,你还记得我们两个的名字和家庭住址吗?"

凯瑟琳坐在汽车后排,口齿清晰、一字一句地在维拉耳边念着。

维拉艰难地点了点头。

"我再说一遍,我的全名是凯瑟琳·普雷特里,他的全名是乔治·麦克曼,我的住址是……游戏结束后,一定别忘了去找我们两人。"

"维拉,游戏结束了你一定得要告诉游戏主办方,告诉主办方有两个玩家被困在了《美国陷落》里。还有更重要的,一定要报警!"

维拉喘着气,发出嘶嘶声。

"医——院。"

"你放心,马上就到了,马上。"

凯瑟琳拍着维拉的背,帮助她把嘴里的血水吐出来。

"乔治,还有多远?"

"我已经能看到了。"

凯瑟琳侧头看向窗外,一个红十字标志镶嵌在了某栋灰白色的高楼上,对她和乔治来说,这个红十字标志代表着希望。她的手心里全都是汗水,估计乔治手心的情况也和她差不多。她的内心不停地告诉自己,要冷静,要镇静,也许这只是一场更加离奇的梦。

汽车猛然在医院门口停了下来,乔治回过头。

"凯瑟琳,我们把她抱进去。"

说完乔治打开驾驶侧的门,凯瑟琳也把自己一侧的门打开了。

"我来抓住她的脚。"

凯瑟琳拄着拐杖和乔治一起艰难地把维拉从车里架了出来，这时他们才意识到医院门口有很多伤员进入。

"我们赶紧去急诊。"

两人齐心协力抬着维拉和很多人一起进了医院大门。

"我看到了，急诊在那里。"

凯瑟琳抬起下巴示意急诊部。

急诊大厅里人声鼎沸，穿着各式各样服装的人都有，但是就是找不到穿着白色衣服的医护人员。

"凯瑟琳，我先去找医生。"

乔治把维拉放下靠在分诊台边，一对穿着白鞋白裤的腿停在了眼前。

"这里有个受伤的儿童！这里有个受伤的儿童！"

乔治抬起头，眼前有个护士正朝着四周大喊大叫。

"这边！这边！——两位，她哪里受伤了？"

"她这里被一支箭射穿了。"

乔治指了指维拉的胸口。

"多久之前？"

"大概……半小时之前。"

一个医生很快就出现了。

"让我检查下。"

乔治和凯瑟琳闪到一边给医生让路,医生双腿跪下开始检查维拉的伤势。

"情况不是很好。"医生摇着头,"得立刻手术。海伦,你让手术室里腾一个位置。"

"明白。"

护士说完马上走开了。

"真是奇怪,我从来没遇过这种情况。"

医生嘴里喃喃自语。

"医生,怎么了?"

"没什么。"医生站了起来,朝某处喊道,"莱迪!把空的病床推一个过来!快点!"

"医生,她没什么大问题吧?"

医生没有回答,一会儿翻开维拉的眼皮,一会儿把手指放在维拉头颈的一侧,一会儿搭着维拉的手腕。

"医生,她没事吧?"

"不知道,得马上手术。"

维拉的眼珠在转动,嘴角上都是血沫。

"救——我,救……"

一辆推床风驰电掣地被推了过来。

"我们一起把她搬上去,要小心,快。把她的头侧过来,别让气道被血堵了。"

维拉被搬到推床上之后,几个护士把她包围住,开始在她身上不停地操作着。乔治和凯瑟琳退后了几步,这时才发现这辆推床很大,上面有各式各样的仪器和杆子,还有一个显示屏,显示屏上有好几根直线。

"奇怪了,是仪器坏了吗?怎么心跳都没有?"

"不可能,我们到这儿没用多久。"

"连呼吸和血压都没有。"

"等会儿换一个吧!"

"先别管这些,送去手术室再说。"

护士和医生推着床奔向了手术室,乔治和凯瑟琳也跟在后面,显示屏上依然没什么动静。

"好了,你们两个就等在外面。"

"医生,一定得救活她。"

医生站在手术室外,用奇怪的眼神看着他俩。

"知道了。"

乔治和凯瑟琳看着维拉被推进了手术室,他们两个则被挡在了手术室外。

"乔治,你相信维拉的话吗?"

"我不知道。"乔治叉着腰,"人怎么可能会被困在游戏里呢?而且有一个月这么久。"

"她肯定一直在骗我们。"

"你不相信她说的?"

"我也不知道,我觉得我们还得试试自杀。唉,我也不知道。"

凯瑟琳把拐杖甩在地上,一屁股靠着墙壁坐下,双手抱住头。

"我受够了!乔治。这一切到底是怎么回事?!我们怎么这么倒霉!"

乔治一言不发地低着头,大厅里有人一直在大喊大叫,像是在咒骂着他俩的遭遇。

二十二

　　回医院的路况暂时还算凑合，祁龙借着开车间隙把视线从车前方的道路转移到了后视镜，恰好和后视镜里面铃木透夫的眼睛对在了一起，然后忍不住轻轻地"哼哧"了一声。

　　"祁龙，你笑什么？"

　　"罗宾现在怎么样？还昏迷吗？"

　　"刚才有什么好笑的？"

　　祁龙回过头看了眼后排躺着的罗宾，依然不省人事。

　　"开车要看着前面！"

　　铃木的女童声极其锐利。

　　"我在笑我们两个。"

　　"祁龙，你给我好好开车，别废话。"

　　"铃木，我们两个不是敌人，我们都是受害者。"

　　"别来这套。"

　　祁龙又朝后视镜瞄了一眼，铃木转头看着窗外，没说话。

"他们一直在利用我们,所有的一切,都是设计好的,都是故意的,我们就像两个提线玩偶。你懂我的意思吗,铃木?"

铃木还在瞧着窗外。

"所以我们两个得合作,为了我自己,也为了你。"

祁龙的这番话到底在铃木的大脑里产生什么作用他无从得知,他本来不应该说这些"废话"的。铃木透夫从头到脚就是一个无可救药的人,祁龙只需要拯救自己就行了,干吗还要费心叫醒一个睡着的人呢?仅仅是出于良心发现?还是瞧着铃木可怜?抑或是想策反铃木好给自己多个帮手?祁龙自己都说不清楚。

他朝左打方向盘,汽车拐上了一条双行道,他第四次看了看后视镜,铃木还是保持原来的姿势,但是和刚才有点不同,是铃木的目光,原来是很呆滞的,现在仿佛在发光,似乎终于理解了祁龙的劝诫。

"铃木,如果我俩……"

"我看到了!医院就在那里!快点!"

铃木手指着右前方,祁龙这时候也看到了,他一眼就锁定了前上方的一个红十字标志。

"别磨蹭了!赶紧开车!快!快一点!"

铃木尖叫的女童声变得极其刺耳。

祁龙紧踩着油门,医院朝着他飞速地移动过来。铃木嘴里还在不停催促着。祁龙直接把车停在医院门口,先拔下车钥匙塞进裤子右手边的口袋里,然后快速打开驾驶侧门。

"怎么医院门口这么多人？"

铃木也打开了自己这一侧的门。

"快点！"

"我真想把你舌头割下来。"

"我不介意，我的喉咙也可以送给你。"

祁龙和铃木互骂着把罗宾小心翼翼地抬了出来，很默契地朝着急诊大厅跑去。

一进了急诊大厅，两个人都说不出话来。乱哄哄的大厅里全是人，缺胳膊少腿的比比皆是，地上到处都是斑斑血迹。

结果还是铃木率先喊出了声，祁龙紧随其后。

"医生！医生！喂！医生有吗？"

"有没有医生？"

他两人个子矮小，声音被周围的大人所阻挡，喊叫了半天也没人过来。

"喂！有人快死了！快来人！"

他们两个一边合力抬着昏迷的罗宾，一边在人缝间转悠。

"快来救人！"

"有个儿童快死了！"

铃木说完，祁龙看了铃木一眼，马上也跟着喊道。

"有小孩快死了！医生！有小孩快死了！"

"这里有儿童需要输血！"

很快，一个医生不知从哪里出现了。

"医生,这里有小孩需要救治!"

医生赶紧上前检查。

"情况很紧急,需要马上手术和输血。"

"用我的。"

铃木马上应答道。

"这里的血库库存足够。"

医生站起来,朝着某个地方喊了几句,这时好几个大人围了上来。

"医生,我们在这等了好久了!为什么先救他?"

"是啊,我丈夫躺在地上快一个小时了。"

"我妹妹也是!"

医生摘下了蓝色口罩。

"你们都退后点!儿童第一!"

医生重新戴上口罩。

祁龙和铃木互视了一眼,没有说话,但是铃木的表情明显更加得意一点。

"你们两个小朋友也退后一点。"

铃木很自觉地退后,祁龙也紧随其后。

一辆推床和好几个医务人员把地上的罗宾团团围住,然后罗宾被放在了推床上,身体上马上插满了各种东西。

"血压很低,得马上输血和手术,让急诊手术室腾一个位置,给这个小孩插个队。"

"明白。"

一个护士小跑着离开，祁龙和铃木跟在医生、护士和推床后面，穿梭在人流缝隙中。

"医生，手术要多久？"

"不知道，看情况。"

医生目视前方。

"你只要把他弄醒就行。"

医生不解地斜视铃木。

"让他醒过来能说话就行，大概要多久？"

前方手术室的门已经开了。

"你们两个别跟进来，在外面等着。"

"医生，你听我说，我需要……"

医生头也不回地尾随推床走进了打开的手术室门，铃木想跟着一起进手术室，被医生用手推了出去。一个站在手术室门内的护士挡在了铃木和祁龙面前。

"两位小朋友，非医护人员不可以入内。"

说完她就把手术门给关上了，留下祁龙和铃木透夫两个人干立在门口。

"可恶。"

铃木对着手术室外的墙壁踢了一脚。

"该死。"

铃木又踢了一脚，咬牙盯着祁龙。

"你想出来的好办法。"

"你不满意?"

铃木不回答,视线没有离开过祁龙。

"你不满意可以走,我愿意等在这里。"

祁龙背靠着墙壁坐了下来,铃木站在一旁前臂撑着墙壁,垂着头。

两人都没再说话。

有一件心照不宣的事情两个人都一直想弄明白——罗宾到底要带他俩去哪里。毫无疑问,那个地方一定可以进行意识交换,所以只要搞清楚这个问题,那么凭借自身的技术,接下来的操作都可以轻松完成。

游戏已经开始一个多小时了,离下一次红圈范围缩小也就不到一个小时了,可能只剩下半个小时,也许只剩下一刻钟。如果罗宾不赶快醒过来,最终变成一具丧尸也不是没有可能。焦虑感不知不觉地绵延开来,祁龙祈祷着手术室的门现在就打开,罗宾神志清晰地站在他面前,喊他的名字,告诉他要去的地方。

"乔治!"

有个男人在喊自己的另一个名字。

祁龙抬起了头。

"我的天!乔治,这不可能!"

看到眼前的景象,祁龙还以为是自己的眼睛花了。

"乔治,你快过来瞧,我没有骗你。"

一个高大英俊的亚裔男子和一个拄着拐扙的瘸子围在铃木透夫的身旁。铃木透夫的脸上和祁龙一样写满了惊讶。

当一个人撞见了原本的"自己"时,有谁会不感到惊讶呢?

"你是谁?你叫什么名字?你从哪里来的?"

拄着拐杖的瘸子发出了一连串的问题,铃木来不及一个个地回答,只是转头看向了祁龙,那个高大英俊的亚裔男子也随即转过头来,目光停在了祁龙的脸上。

"凯瑟琳。"亚裔男子像一根电线杆杵在了原地,"我们好像遇到麻烦了。"

祁龙和最初的"自己"对视着,似乎明白了些什么。可想而知,当铃木面对着瘸子的时候,恐怕也意识到了眼前发生了什么。如果祁龙没有弄错的话,眼前的"自己"应该是乔治,眼前的"铃木透夫"应该就是凯瑟琳。

一件完全不可能发生的事情就这么发生了,而且还发生在此刻这个紧要的关头,对祁龙来说简直是雪上加霜。

"你们两个是不是都参加了这次的游戏比赛?"

祁龙和铃木都没回应。

"你们两个到底是谁?"

瘸子脸上的肉都拧在一起,像是被绞肉机绞过。

"我听不懂你在说什么。"

祁龙从地上站起来,身高和瘸子快一样高了。

"臭小子,别装了。"人高马大的"自己"走了过来,"你们两个小偷偷了我俩的身体。"

"我不认识你们。"

"我认识你,你的全名是乔治·麦克曼,还有你,凯瑟琳·普雷特里。一个月前,就是你们两个偷了我们的身体。"

"嘿,我根本不明白你在乱讲些什么,我也没听说过你刚才说的人名,而且我也不是什么小偷。"

祁龙用手摸着下巴,声音比之前高了许多。

"你在骗人。"

矮小的祁龙被高大的乔治逼退到了墙边。

"你们认错人了。"

"我们没有认错。"满脸横肉的瘸子凯瑟琳怒目而视,"你这个小偷。"

"我不是小偷,我也不认识你们,你们认错人了。"

祁龙义正言辞地做出了坚决的回应。

"别装了,祁龙,你就是一个小偷。"

稚嫩的女声把另外三个人的注意力全吸引了过去。

"你刚才叫他什么?"

乔治和凯瑟琳双双看向了铃木透夫。

"他叫祁龙,是他把我们三个给骗了。"

"祁龙?"

"是的,就是他偷了你的身体。"

"是你!"乔治嘴唇不自主地抖动,"原来,原来是你!"

乔治揪住祁龙的衣领把祁龙举了起来,太阳穴旁边的静脉突然不住跳动起来。

"铃木透夫。"祁龙眼睛朝下看着铃木,"你也是个小偷,呸。"

祁龙感觉到乔治手上的力量变小了,因为乔治的注意力转到了铃木身上。

"铃木透夫?你叫铃木透夫?"

"是的,他就是铃木透夫。"

祁龙被重新放回到了地面。

"凯瑟琳,他就是那个叫伍兹的人。"

凯瑟琳拄着拐杖,上下惊恐地打量着铃木,铃木反而一脸轻松。

"既然大家都说开了,那我想也就没什么好隐瞒的了。我就是铃木透夫或者你认为的伍兹,他就是祁龙,你是凯瑟琳,而你是乔治。但是,此刻谁到底是谁已经不重要了,现在最重要的是解决大家各自的问题。你们两个一定想要找回自己的身体回到现实世界里,而我现在很想找回游戏里的我自己,或者说回到游戏里,至于他……"铃木用大拇指指尖指了指祁龙,"我不得而知。现在有一个重要的人正在手术间等待治疗,他有办法带我们去一个地方解决我们的问题。所以,乔治,凯瑟琳,我和你们两个现在站在同一条船上。"

祁龙没料到铃木透夫来了这么一招,乔治和凯瑟琳则互相用眼神交流了下信息。

"怎么解决?"

"我知道怎么进行意识互换的操作,而手术室里的那个人会带我们去实现意识互换的地方,所以……"

"所以什么?"

"我刚才说了,我们三个在一条船上,得等那个伤员意识清醒之后,我们带着他去那个地方。怎么样?我说得很清楚吧?"

"乔治。"

凯瑟琳凑到了乔治耳边悄悄念叨着,乔治的眼睛一直在盯着铃木不放。等凯瑟琳说完,祁龙开始发话。

"你们能相信刚才这个人说的话吗?他在骗你们两个。"

乔治和凯瑟琳交头接耳起来,两个人在商量着什么。祁龙不耐烦地等在一旁,铃木神情轻松地背靠在墙上。

这个时候,低沉的号角声再次响起。

二十三

医院急诊大厅里,人群中的不安变成了骚动,很快又演变成了骚乱。越来越多的伤员和非伤员从外面进入大厅,原本滞留在大厅里的人群涌到了手术室门口,将其围得水泄不通。

祁龙和铃木都被挤到了墙边,凯瑟琳和乔治挤在了人群里。手术室的大门毫无征兆地被猛然推开,穿着手术服身材高大的医生挡在了手术室门口,他高喊的几句维持秩序的话很快被嘈杂声淹没了,接着医生扯起嗓子想用更加高亢和严厉的声音引起人群的注意,他才刚喊出了一声爆裂的吼叫,声音就变成了哀号,随即声音就不见了。

人群突然朝着一个方向移动了一小段,祁龙的身体被人群压在了墙面上,只有头可以转动。他离手术室的门不远,有个别人已经被挤进了手术室的大门,在这几个人里,祁龙一眼就看到了铃木娇小的身影。铃木明显不是被动地挤进手术室的,他是主动一点一点朝手术室大门挪动过去的。

祁龙很清楚铃木到底要干什么，于是他也开始拼命地往手术室大门的方向前进。现在铃木已经从祁龙的视野里消失了，祁龙用尽全力在人缝里前进，像一个钻孔的泥鳅，而人群的力量像海浪一般阻挡着祁龙的动作。周围所有人的个头都比他高，手术室的门也被挡住了，祁龙只能知道大致方向。他的双脚一会儿悬空，一会儿踩到地面，有一次似乎还踩到了一根长条物。他就这样随波逐流，胸口被压得喘不过气来。四周的力量越来越大，简直要把祁龙给压碎了，又一股四面八方而来的压迫传来，祁龙屏住了呼吸，闭上眼睛，黑暗中一张只有嘴的脸张开了血盆大口朝他扑面而来，他吓得赶紧又睁开了眼睛。

压迫感瞬间被解除了，祁龙倒在了地上，消毒水刺鼻的味道从干净的地板上扑面而来。他的肩膀和胸骨还很疼，有人踩到了他的手上，手指上的疼痛让他迅速地缩回了自己的手。他起身坐起，明白了自己现在身处何处。

虽然已经离开医院临床一线很久了，但是对于手术室祁龙还是非常了解的。他不顾手指的疼痛，用手将自己撑了起来。手术室里面有穿着手术衣的人，也有乱喊乱叫的身着便服的人。地面还有点滑。站起身之后，祁龙沿着朝前延伸的通道小心翼翼地奔跑起来。他经过了通道一侧的手术准备室，经过了一个手术电梯，又经过了麻醉准备室，前面是个"T"字路口，一间间的手术间肯定就沿着那里分布着，罗宾也肯定就在那里。

祁龙加快了脚步，人们喊叫的回声在长长的通道里回荡。在经过麻醉准备室门口的时候，他停了下来，犹豫了大约一秒钟的时间，转而向右拐进了麻醉准备室。还在医学院读书的时候，祁龙最喜欢的就是普外科，而泡在手术间或者麻醉准备室里与手术护士或者麻醉师调情是他当年最喜欢干的事情。这些美好的回忆现在起了作用，祁龙用最快的速度在没人的麻醉准备室的柜子和抽屉里扫荡了一番，把带包装的注射器和几个软胶塞小玻璃瓶揣进了裤子口袋。

他重新回到过道，好多人在身边乱跑，前面"T"字路口处乔治和凯瑟琳一闪又消失了。祁龙没时间想太多，他也跑向"T"字口。一个个的手术间就排列在"T"字路上面那个横杠处，他先从左边开始搜寻。手术门都是自动感应的，门打开了，祁龙走进去，发现在手术台上的不是罗宾，马上就退出，背后是医生和护士的斥责声。很快，左侧的手术室找完了，都没有发现罗宾，甚至有一次撞到了正从某个手术间里出来的乔治和凯瑟琳。但是两人只是瞧了一眼祁龙，就自然地擦肩而过，各走各的路。

从最后一间手术间出来之后，祁龙确定了这一边没有罗宾，他随即朝着另一侧跑过去。快跑到路口处，只见迎面跑来了一张紧锁眉头的熟悉的脸。

祁龙停住了脚步，对面那个女孩也停住了脚步，两个人面对面对视着，谁都没有开口。祁龙下意识摸了摸裤子口袋，同时也明白了一件事，罗宾一定不在另一边的手术间里。

罗宾现在在哪里呢？

这个简单的问题困扰着祁龙,同样的,祁龙料定这个问题也困扰着站在自己对面的铃木透夫。

罗宾到底在哪里呢?

祁龙想象着罗宾躺在推床上进入了手术间,然后开始他的头颈处被剃毛、消毒、接着麻醉,医生会开始给他清创、止血,罗宾一直就躺在手术台上,他能躲到哪里去呢?祁龙绞尽脑汁,想不出什么可能性。

"咔哒"一声,位于祁龙右边的手术间门打开了,一辆推床从门里推了出来,一个闭着眼睛的病人躺在推床上只露出自己的头。

祁龙突然想起了什么,急忙迈开步,沿着来时的路跑了回去,经过铃木身旁还扫了眼那张面无表情的脸。他一边跑一边用耳朵注意着身后有没有跑步声,但是手术室里的脚步声实在太多了,他回了下头,看到铃木追着自己也跑过来了,于是祁龙跑得更快了。

每个做完手术的患者都得回到手术准备室里等待麻醉苏醒,简单地说,手术准备室里躺着很多刚做完手术的患者。也许是局势太过于混乱了,祁龙刚才经过手术准备室的时候竟然漏掉了这个手术期的常规流程。

一进入偌大的手术准备室,好几排手术推床映入眼帘,但祁龙几乎一眼就把躺在某个推床上身材娇小的罗宾给识别出来了。他快步走到罗宾的旁边,罗宾的眼睛微微睁开,意识已经略微恢复了。

祁龙心里咒骂了一句，一方面是骂自己刚才应该直接来手术准备室的，另一方面是在骂铃木透夫，因为他听到背后铃木透夫的脚步声了。

"罗宾先生！罗宾先生！"

铃木从后面凑上前去，把祁龙挤开。

"喂！你的手别去碰他，罗宾现在很虚弱。"

铃木的眼睛瞪了祁龙一下。

"罗宾先生。"

铃木轻声细语地在罗宾的耳边喃喃，罗宾的眼睛睁大了，瞳孔遇到光之后骤然缩小。

"罗宾先生，你醒了吗？我是铃木透夫。"

"这——这——是哪儿？"

气若游丝的声音从罗宾的嘴里飘了出来。

"这里是医院，罗宾先生，你刚刚开车的时候受伤了。"

"游戏——还——没——结束？"

"当然没有。罗宾先生，告诉我，你刚才开着车要去哪里？"

"要去——我要去——"罗宾的瞳孔上下左右转了转，"祁龙呢——祁龙在哪？"

"我在这里。"

祁龙一把推开了铃木透夫。

"好——好——你们两个都在，太好了。"

铃木又重新把祁龙挤开。

"罗宾先生，你受伤了，不能动。你告诉我要去哪儿，我带你去，帮你消灭亨德森。"

铃木把耳朵凑近罗宾的嘴。

"不行！"罗宾抬高了声音，"不行！得一起去，一起。"

"罗宾先生，你现在刚动完手术。"

"不行！我必须得——看着你和祁龙一起操作。"

"我说罗宾先生——"

"你们两个带着我一起去，一起去。"

"可是你现在这个情况怎么去？"

"我不管——否则我不告诉你们。"

铃木眨着眼睛表现得很焦急，祁龙心里一边暗笑，一边移动起推床来。

"你要干什么？"

"笨蛋，你没听到罗宾先生刚才的话吗？要我们一起去。"

祁龙用脚踢松了推轮上的刹车闸片，抓住推床上的把手，开始把推床朝着手术准备室外面推动。

"喂！你要去哪里？"

"笨蛋，还不快帮我一起推。"

铃木搭住了推床另一边的把手，不让祁龙推。

"可恶，你到底要去哪里？"

"离开这里。"

祁龙大力从铃木手里夺过推床的主导权，等到把推床从手术准备室里移出来之后，驾轻就熟地走到位于手术准备室门外的手术电梯边，按了一个代表朝下的按钮。

电梯门很快就开了。

"进电梯，快点。"

祁龙不用想也知道从手术室大门出去是件极其麻烦的事，水泄不通、混乱不堪的一楼大厅就如同一道铜墙铁壁。而熟悉手术室构造的他清楚，手术专用电梯常常能下到医院的地下停车库，方便一些私密和重要的患者入院手术，当然也方便把死人运送到位于地下室的太平间。

罗宾肯定不是死人，现在罗宾是一个极其重要的人，他必须好好地活着。

电梯打开了，凉爽的风灌进了电梯，祁龙和铃木齐心协力将推床从电梯里推了出来。

"朝那边走。"

祁龙在前，铃木在后，推床在空荡荡的地下停车库里发出"吱吱呀呀"声。推床经过了许多静悄悄停着的轿车，来到一个上坡。两人费了好大的劲才将推床推到了室外的地面上。

天空依然是血红色的，枪声此起彼伏，远近交替。

祁龙伸手摸着右手边的裤子口袋，车钥匙依然安静地待在里面。

"我知道你在想什么，快点推，你还愣着干什么？"

铃木斜着瘦小的身体，脚斜撑着地面，继续推动起推床来。

"你刚才拦住我的时候——"

"好了,你别废话了,你下车的时候我看见你把车钥匙放口袋里了。"

祁龙愣了一下,随即笑着回应道。

"你观察得倒是挺仔细的。"

祁龙边说边拉着推床的把手朝着医院大门口移动。

"我很了解你,祁龙,了解你的那些鬼花招以及你现在脑子里面在想什么。"

祁龙回过头看了眼铃木。

"我也很了解你,铃木,你刚才在罗宾面前演的那场戏差点把我也骗了。"

"我没有演戏。"

铃木冷冷地说。

"那得罗宾说了才算数。"

罗宾路上一直睁大眼睛看着天空,头一动不动。

"罗宾先生,你还好吧?"

"我还好。"

"罗宾,现在你可以告诉我你要去哪里了。"

推床穿过了涌进医院门口的人流,来到了停在医院门口的那辆白色汽车边。

"你们俩要干什么?"

"把你放上车,来,罗宾先生,动一下脚,方便把你抬上车。"

"我感觉不到我的脚。"

"你说什么？"

"我脖子以下没有感觉。"

"你眼睛看得见我吗？"

"看得见。"

"那就行。"

"但是我脖子也没法动。"

"没关系，罗宾，这没关系。"

祁龙和铃木把罗宾稳妥地安置在了车后排。

"铃木，你在后排好好照顾罗宾先生。"

祁龙从后排出来后迅速关上车门，随即打开驾驶座的门，坐在了驾驶座上，把从口袋拿出来的车钥匙插入钥匙孔。等车子一启动，祁龙就把后视镜调整到了能看到罗宾脸的位置。

"走老路对不对？"

祁龙看着后视镜里罗宾那颗僵直的头问。

"对。"

"万一开错了记得提醒我，罗宾先生。"

"快开。"

"听到没？快点开！"

"知道了，我亲爱的铃木透夫先生。"

车子开始加速。

这一路上车里很安静，三个人都没有说话，连罗宾也没有说一句话。之前的路线祁龙记得很清楚,他没有错过任何一个转弯。车一直开得很稳,遇到了一些小障碍,碰见了好几个游戏玩家,但是祁龙都灵巧地躲了过去。转过前面那个路口,就是一条笔直的大道,也就是刚才罗宾被击中的那条大路。

祁龙减慢了车速,小心翼翼地打着方向盘,车头朝右旋转了90度,车体来到了宽阔的大道上,祁龙顺着车前方望去,心里面凉了半截。

二十四

在车前方不远处,有一道巨大的红色透明屏障像瀑布一样从天顶挂了下来。

"那些是什么东西?"

铃木稚嫩的女声从车后座发了出来,他应该是看到了位于红色屏障后面的许许多多缓慢移动的人形,这些人形都残缺不全,满身鲜血。

"罗宾,现在该怎么办?我们怎么走?"

"冲过去。"

祁龙回过头,手指着车前方。

"你是说朝前开?"

"是的。"

"那些东西会拦住我们吗?"

"你开得越快越好。"

祁龙吞了吞仿佛存在的口水,隐约意识到了一个可能存在的问题,但是一个更为重要的问题摆在了眼前。

"罗宾,就算我冲过去了,然后呢?游戏规则里不是说人到了红圈外面会变成丧尸?"

"你不会马上变成丧尸,只要你足够快。"

"但是你看看,前方全都在红圈外面。"

"我说过,你只要开得足够快,就能……"

"罗宾先生。"铃木透夫忍不住插嘴,"告诉我,那个地方到底是哪里?"

"就在前面。"

"前面什么都没有啊!全是丧尸!"

"就在前面,就在路尽头的那座摩天楼。"

祁龙转过头去,他看到路尽头有一座高耸入云的建筑,建筑的侧身上有好几个字——泛美生物遗传技术公司,和公司的标志。

他忍不住说了出来。

"我的大楼。"

"一直开到大楼的侧边安全逃生门那里,动作要快。"

"然后呢?"

"进了那个逃生门,我会告诉你们接下来该做什么。"

"快开车吧,祁龙,赶紧开过去。"

祁龙之前隐约意识到的一个可能存在的问题现在变得有点棘手了:罗宾被击中的同时,车的前挡风玻璃也被击碎了,所以他刚才一直是在迎着风朝前开,他的面前没有任何的阻挡物。

"赶紧开车啊!"

铃木的刺耳叫声让祁龙心烦意乱。

"别叫了!"

祁龙踩下油门,做好了豁出去的准备。

快速行驶的车子很快就穿过了红色的屏障。天空一下子变得非常蓝,刺鼻的血腥味夹在风里扑面而来。那些残肢断臂的丧尸一看见移动的车子就像鲨鱼闻到血的味道一样全都转头看了过来,祁龙更加加大了油门。

起初,情况还在可控范围内,可是当车子撞飞了好几个丧尸之后,麻烦就接踵而至了。

有丧尸爬上了前引擎盖。

"坐稳了!"

祁龙左右反复打着方向盘,甩动着汽车,然后一脚油门踩到底。

"再开快点,后面的要爬上来了。"

祁龙瞄了一眼后视镜,右脚使劲踩着油门,但是却有点使不上力了——他无论怎么用力都没法把油门踩到底。

"喂,怎么速度变慢了?"

祁龙感觉手上的力气也在慢慢减弱,呼吸也开始变得困难。

"我感觉,感觉,不对头。"

摩天大楼就在不远处,前面的道路很开阔,没有丧尸在挡路。

"快点,快,我们不能在红圈外面待太久。"

"我的力气越来越小了。"

"快,加快,就快,到了。"

目标就在眼前,祁龙全凭意志力在坚持,其实意志力在红圈之外的作用微乎其微。时间的流逝与祁龙控制力的削弱成正比。祁龙的脚艰难地把油门换成了刹车,头晕乎乎的,像是被灌了一瓶高酒精浓度的酒。

随着一声猛烈的撞击声,车子停在了大厦的墙根下面。

祁龙的头由于惯性扑倒在了方向盘上,他用双肘把自己给撑了起来,后视镜里已经没有了人。他急忙回头,发现罗宾和铃木倒在了后排座位上,身体还在轻微地颤动。

"快起来!"

祁龙费力地打开驾驶门,他感觉自己的手和脚似乎已经逐渐不属于自己了,像是要被别人给夺走了。

"喂!"

祁龙想拉开后排车门,但是怎么也使不上力气,只好一边喊一边用虚握的拳头敲击着玻璃窗。

"喂,快点出来,快。"

祁龙绝望地呐喊着。在远方,密密麻麻的移动物体沿着来时的路排山倒海而来。

这时,车门开了。

"实在太重了,喂,帮我。"

铃木在车里面吃力地喊着,祁龙用肩膀把车门顶开,罗宾的双腿垂了出来。祁龙用力抓住那两条软绵绵又沉重的腿,与铃木合力把罗宾抬了出来。

安全逃生门只有几米远的距离,对祁龙来说简直比从地球到月球的距离还远。丧尸低沉的吼声在群楼的包围下阴魂不散、愈来愈响。祁龙的意识已经模糊了,手上的动作完全变形,他已经搞不清楚现在自己是趴着还是跪着,右手向上摸索着安全逃生门的把手。

祁龙终于摸到了,可是他已经没有多余的力气,最后一点生命力即将失去。安全逃生门被推开了,铃木透夫喘着大气拖拉着罗宾往里挪,祁龙左手像强力胶水一直没有松开罗宾的脚踝。他就这样连同罗宾一下下地移动着,有几个丧尸已经爬上了撞在墙体上的白色汽车上,准备扑下来。

突然,一股强大的力量从左手传来,下一秒,祁龙立刻就清醒了过来,虚弱无力感瞬间烟消云散了,视力也迅速恢复,他趴在地上,空气很凉爽,这里很暗,看不见外面的蓝天。

"还好及时进来,否则我们都完蛋了。"

罗宾坐在地上整理起自己的裤子来。

"罗宾,你怎么能动了?"

祁龙和同样倒在地上的铃木一起发出了疑问,罗宾从地上站起来,头顶上的黄色应急灯一直亮着。

"好了,你们两个都快点起来,比预计时间晚了将近两个小时,希望亨德森还在游戏里。"

铃木率先站了起来。

"罗宾先生，就在这里操作？"

"当然不是。"罗宾朝着里面走去，"这里有楼梯，跟我下去。"

祁龙从地上爬起来后发现自己对这个地方非常熟悉，因为这里的构造和《美国陷落》里面自己公司的安全逃生通道一模一样。

"罗宾先生，刚才发生了什么？为什么进了那扇门之后身体就复原了？这里不也是在红圈外吗？"

"我以后会告诉你的。"

罗宾用手示意赶紧行动起来。

"马上就到？"

"马上。"

罗宾当先走在下行旋转楼梯上，铃木紧随其后，祁龙殿后，他的脚步最慢，三个人的脚步声在楼梯回廊中央向下传去，过了几秒才有回音返回上来。

"罗宾先生，要是我没记错的话，下面是不是有一辆列车停着？"

铃木的小姑娘声线带着一点急切和疑惑，罗宾只是用频率更加密集的脚步声作为回应。

蜿蜒而下的楼梯仿佛没有尽头，祁龙伸出头朝下看着楼梯回廊，罗宾和铃木已经离他有一段距离。

"祁龙，你磨叽什么？加快脚步，我们都快到了。"

"来了。"

祁龙左手扶着楼梯扶手快速下楼，罗宾和铃木已经在最下面一层平台等着了。

"都到了，很好，听着。"罗宾站在祁龙和铃木的面前，身后是一扇横拉门，"在这个里面有一台计算机，我希望你们两个好好合作，听我的指令，这样的话皆大欢喜，我说清楚了吗？"

"我很清楚，罗宾先生。"

"你呢？"

"我也很清楚。"

祁龙把手背在身体后面点着头。

"非常好。"

罗宾背对着横拉门，用手拉住门把手，连一丝声响都没有，原本合上的门就被拉开，一个环绕式的大空间映入了眼帘。数不清的大大小小的屏幕镶嵌在环绕式的背景墙上，几张带滚轮的高背转椅零散地排布着。

"跟我过来！"

罗宾进了房间后两手各推着一把转椅来到了某个屏幕面前，他在屏幕下方的几个按钮上熟练地敲击了几下，屏幕亮了起来。

"我想我不用多做介绍了，你们两个应该对这个操作界面非常熟悉了，接下来嘛……"

罗宾还在用眼睛选择祁龙还是铃木的时候，铃木已经一把抓过了其中一个转椅。

"时间很紧迫了,让我来。"

罗宾拦住了铃木,而眼睛看着祁龙。

"祁龙,你在边上看着铃木,别让他输入代码的时候出差错。"

祁龙不用想也知道罗宾这句话的用意。

"代码有任何问题我都会马上指出来的。"

"很好,那么现在就开始吧!铃木,先搜索下亨德森是不是还在游戏里,全名:德拉贡·亨德森。"

铃木白了祁龙一眼,然后双手开始在键盘上飞舞。

"找到了,亨德森在游戏里。"铃木指着屏幕上亨德森的名字,"罗宾先生,你准备怎么做?"

祁龙不动声色地把左手伸进了口袋。

"铃木,寻找一个叫作派克里特斯·亨德森的人是不是也在游戏里。"

"派,克,里,特,斯,亨德森。"铃木嘴里嗫嚅道,"有这个人,也在电脑里。"

"罗宾,他是谁?"

祁龙问了这个问题。

"铃木,寻找我在游戏里的位置。"

铃木迅速地调出了罗宾的位置信息。

"听清楚了,铃木,把我和派克·亨德森进行意识互换,记得要在游戏结束后回到现实世界的时候再互换,现在不用,这样能做到吗?很好,铃木。喂!祁龙!别心不在焉的,看着屏幕。"

"罗宾,那个派克里特斯是谁?"

"你以后会知道的,别看着我,看着屏幕。"

祁龙的眼睛盯着各种字符不断变化着的屏幕,注意力却一直在其他地方。

"祁龙,铃木写的那些代码没什么问题吧?"

"没有,到现在都没有差错。"

"我不可能出现差错的。"

"双重保险更安全。"

祁龙的心脏不由自主地跳动加快了,铃木手上敲击的键盘声就像倒计时的"哒哒"声。

"等一下,这里好像有点问题。"

"哪里有?祁龙,你别捣乱。"

"在第四行那里,罗宾,你瞧瞧。"

祁龙移开半个身位,让给俯身前倾的罗宾。

"铃木,出什么问题了?"

"根本没有什么问题,罗宾先生,他在胡说。"

铃木忙不停地续上了刚才停下来的代码。

"祁龙,你是不是眼睛瞎了?"

"铃木,你马上停下来。祁龙,哪里出问题了?"

铃木还在敲着键盘。

"罗宾先生，请相信我，我完全在按照您的指示操作。"

"祁龙，快告诉铃木，哪里出了问题？！"

"罗宾先生，我说了！代码没有问题！"

"停下来！听见没有！"

罗宾粗暴地制止了铃木的手头动作。

"代码没有问题！罗宾先生，请你相信我！"

铃木的嘶叫中隐约带着哭腔。

"祁龙，你去接替铃木的位置，把代码错误都修改好！铃木，你站到旁边看着。"

"罗宾先生，相信我，我没有骗你。"

罗宾开始强行推搡铃木。

"没有时间了，笨蛋，赶紧让位。喂，祁龙，赶紧的！快点啊！"

"罗宾先生，我求求你了！请相信我！"

罗宾在无情地赶走铃木，铃木在绝望地挣扎，祁龙攥紧双拳，心中有无数辆列车呼啸而过。

"罗宾，本来我不打算杀死你的。"

正在拉扯中的铃木和罗宾同时回过头来。

祁龙举起原本藏在口袋里的双手，每只手各举着一支蓄满液体的小注射器，他犹豫了一瞬间，随即把右手拿着的注射器朝着罗宾刺了下去。注射器的针尖准确地插进了罗宾的侧颈部肌肉里，足以让成人沉睡 1 个小时之久的硫喷妥钠混合氯胺酮溶液将在 20 秒内让被麻醉者彻底失去意识。祁龙的另一只手始终没有移动，注射器的针尖上渗出透明的液滴。

插在罗宾脖子上的注射器末端的活塞已经推到注射器的管底，这意味着所有液体一滴不剩地进入了罗宾的末梢循环。祁龙松开右手，罗宾捂着脖子，倒在地上，眼睛睁得老大，还沉浸在震惊和不解当中。铃木的表情如出一辙，除了眼睛里面还闪烁着刚才哀求时的泪水。

"铃木，回到电脑面前，把你刚才输入的代码全都删了。"祁龙边说边盯着罗宾，"重新新建一个命令，将亨德森和罗宾的意识永久性删除。"

祁龙眼看着罗宾的脸色刹那间枯萎，两只眼球无助地抽动着。

"罗宾，本来我并不打算杀死你的。"

时间大概过去了 10 秒，硫喷妥钠混合着氯胺酮已经透过了罗宾的血脑屏障，迅速席卷了整个中枢神经系统。祁龙心里默数着倒计时，10 秒，9 秒，8 秒……

在第 7 秒的时候，罗宾用手把注射器从侧颈里拔了出来。

在第 6 秒的时候，罗宾把注射器扔到了地上。

在第 4 秒的时候，罗宾重新站了起来，还扭了扭自己的脖子。

然后罗宾竟然开口说话了。

"真够阴险的，祁龙，差点就被你这个小混蛋给骗了。"

现在轮到祁龙的脸色变了。

罗宾从地上捡起了丢弃的注射器。

"这是什么东西？"

祁龙完全不敢相信罗宾竟然就这么清醒地把弄着手中的注射器，刚才明明自己亲手把麻醉剂注射到罗宾体内，怎么会毫无效果呢？

罗宾又顺手把注射器给扔了。

"铃木透夫，继续你刚才的工作。再加上一条，把祁龙的意识永久性删除。"

祁龙强行收拾起一时慌乱的情绪，马上接过罗宾的话。

"铃木，我刚才本来准备扎你的，但是我没有这么做。因为你不是我的敌人，我也不是你的敌人，罗宾才是。他根本就没把你当回事，你忘了他刚才怎么赶走你的吗？他就是在利用我们，在他眼里我们都是一枚小小的棋子，利用完了就成了一枚废子。"

铃木透夫双手紧抓着座椅的把手，锁着眉头，目光迷离地悬在了空气中某个无人知晓的点。

"铃木透夫，他只是在可怜你。别忘了那天晚上祁龙是怎么对你的，你难道忘记了吗？快点，铃木透夫，时间不多了，赶紧按我说的做，早一点回到你的安妮老师身边。"

罗宾的话似乎对铃木透夫起了作用，铃木慢慢地在转椅上转动身体，重新面对着键盘。

"铃木……"

"你想干吗?"

祁龙准备上前,但是被罗宾给挡住了。

"罗宾,你就这么信任铃木?"

"是的,我现在完全信任他。"

铃木透夫把手伸向了键盘,敲下了第一个键,然后是第二个,第三个……

祁龙想越过罗宾的身体看看电脑屏幕,但是被罗宾的头挡住了。

"有什么好看的?"

罗宾的手掌抵着祁龙的胸口,脑袋遮挡住了祁龙的视线,祁龙没有再挪动身体,眼睛一动不动地迎接着罗宾的目光。

"这是一场公平的游戏,祁龙,让铃木透夫来做决定。"

"铃木,这是你最后一次机会!"

罗宾冷笑着把食指放在自己的嘴唇中间。

"嘘……安静点,让铃木透夫好好干活。"

祁龙明白多说无益,只好压住了胸中积聚的话语。

现在,房间里只剩下快速的键盘敲击声。

祁龙有种不好的预感。在最后时刻他还是高估了铃木透夫。从进入游戏之后铃木透夫的所作所为来看,说到底他还是一个无可救药的傻瓜,一个投降主义者,只要命运稍微施舍一点点好处,铃木透夫就会乖乖臣服。

罗宾的脸部肌肉相较于祁龙放松了许多,如同戴着一副稳操胜券的面具。时间在无情地流逝,从罗宾身后传来地每一声

"咔哒"声都意味着离结束更进了一步。铃木到底会怎么处置自己呢？祁龙不敢发挥自己的想象力。要是真的把自己的意识都删除了还算是不错的结果，万一铃木着手报复自己，那就不好说了。

眼下自己已经失去了主动权，与其坐以待毙，还不如破罐子破摔。祁龙假装放松了紧绷的身体，松弛了脸部的肌肉，期待着能让罗宾放松警惕，同时放低双眼观察着罗宾的双脚。祁龙把力量悄悄汇集到自己的小腿上，他瞄准了罗宾右边的支撑脚，决定等会儿先把罗宾放倒，接着用手锁住他的喉咙，打死也不放开。祁龙不动声色地深吸一口气，朝着罗宾微微一笑，小腿上的肌肉猛然发力。

就在这时，键盘敲击声戛然而止。

祁龙本想要停下来，但是已经收不住自己的腿。罗宾的脚踝受到了打击，大叫一声，但是他还是跟跟跄跄地没倒下。铃木透夫回过头，一只手还悬在了某个键盘上。

罗宾的额角闪着汗珠，颈动脉在跳动，弯腰摸着自己火辣辣的脚踝，整个身体在起伏。

"铃木透夫，结束了没有？！"

铃木这边没有回应，而是沉默了好几秒才开口。

"祁龙，你说得没错，我们都是被操控的玩偶。"

罗宾屏住了呼吸，祁龙也僵住了。

"不过，我离不开我的角色。"

随着铃木透夫悬在键盘上的那只手落下,一声清脆的键盘敲击音响起。

同一时间,强烈的金光覆盖了祁龙的视野,罗宾的脸也淹没在光芒中。

在光芒中,祁龙的身体被分解成了无数的碎片,最终化成了一片虚无。

二十五

铃木透夫从没来过这个地方。

他也不知道自己怎么就到了这里,前一秒还坐在电脑屏幕面前,下一刻就站在了一座木质板桥上。

漆黑的夜幕下,桥两侧的护栏上摆放着一排星星点点的蜡烛,桥下的河水潺流不息。有钢琴声从前面飘来,铃木听出来了钢琴的旋律,是 *Passacaglia*。

顺着琴声的方向而去,木桥尽头是一片密林半围成的空地,一张巨大白色帷幔飘荡在林前,晃动的人影印在帷幔上,那是一个坐在钢琴前面的优雅身形。

"安妮老师?"

铃木自言自语道。

原本坐着的人影站了起来,人影慢慢接近了帷幔的边缘,紧接着一个女人从帷幔后面出现了。

"铃木透夫?是你吗?我一直在这里等你。"

月光像追影灯一般打在女人的四周，夜晚的白色氤氲笼罩在了林间。

铃木透夫准备起步走下木桥，发现右脚使不上劲，低头一看，自己的右手正扶着一把拐杖。

安妮老师微笑着迈步走向铃木，铃木撑着拐杖带着疑惑朝安妮老师移步而去。

两个人在木桥的边缘相聚在了一起。

"铃木，你来得正好，晚餐都已经准备好了。"

安妮老师扶着铃木，手指了指旁边的林中空地，空地中央点着蜡烛的圆桌上摆着鲜花、香槟酒瓶和酒杯。

铃木透夫已经惊讶得说不出话来，任由安妮老师领着自己走到餐桌边。

月亮把两个人模糊的影子投在绿草如茵的地面上。森林里的树叶在"沙沙"低语，松鼠不知从哪里赶来，把掉在地上的面包屑偷走。酒杯里的香槟泡沫泛着月球表面般的莹白光泽，安妮老师耳垂上微微的汗毛映照在了蜡烛的光晕里，呈现着柔和的金黄色。一开始两人没怎么说话，就像两个久别重逢的好友，不知从何说起。铃木透夫还沉浸在了疑惑中，分不清现在是处于梦境还是在现实。

"铃木，我全都知道了。"

安妮老师开口了。

"什么？"

"一切我全都看到了。"

"安妮老师，你看到了什么？"

"你的选择。"

"你是说，我刚才的选择？"

"是的，你选择了我。"

"你，是怎么知道的？"

"是你告诉我的。"

铃木透夫却一点都不记得。

"安妮老师，这是什么地方？"

"一个永恒之地，你创造的。"

"我不记得我……"

安妮老师指了指铃木透夫的脑袋。

"在你的记忆深处，是你创造的。"

"安妮老师，这里是梦境吗？"

"不，这里是个实实在在的地方，只有你和我。"

铃木透夫四顾而望，越来越确信自己是在梦里。

"铃木，这里不是你的梦境。你创造了一切，你告诉我了一切。"

"难道说，我成功了？我怎么全都记不起来了？"

按照铃木透夫原本的设想，他应该从游戏中醒来，找到罗宾，然后重新回到游戏里，变回原来的样子，最终和安妮老师相会。

"这些过程已经不重要了。"

天空中繁星点点，周围一圈高耸的乔木林环绕着他俩，还有啁啾的鸟鸣和鸣叫的虫声。

一瞬间，四周的场景变成了一个温馨的客厅，铃木坐在了安妮老师家的沙发上，全身沐浴在柔和的黄光里。安妮老师侧身坐在钢琴前，像过去一样斜着头微笑地看着铃木。

钢琴曲从安妮老师的指尖流淌了出来，把铃木透夫过去所有的痛苦和不幸都埋葬了。他闭上眼睛，让安宁的旋律灌满了全身。

过了很久很久，钢琴声才停止。铃木睁开眼睛，安妮老师已经不在钢琴面前了。

"安妮老师？"

铃木环顾客厅，除了他自己空无一人。

"安妮老师？你在哪里？"

一阵凉风从旁边吹来，原来是客厅的门正开着，薄薄的白色门帘随风飘起。

"安妮老师，你在外面吗？"

铃木边说边站了起来，顺手拿起沙发边的拐杖。

客厅的门也是这间房子的大门，铃木一瘸一拐地走向大门，掀起门帘。

"安妮老师？"

外面夜色正浓，穿过门前的草地，一条不宽的车道横在面前。沿着车道是一排排低矮的住宅，住宅里都暗着。等间距排列的幽暗的黄色路灯沿着车道绵延而去，四周静悄悄的，从安妮老师房子里射出的光把铃木的影子打在了车道上，像是一个有着三只脚的怪物。

铃木走到车道上，又喊了几声，声音沿着车道渐行渐远，没有回应，也没有安妮老师的踪影。他又站了一会儿，听到了背后出现脚步声才转身。

"安妮老师，我以为你在……"

"铃木透夫，安妮老师正在休息。"

现在，车道上出现了第二个人影。

可是，铃木透夫从来没见过这个人。

二十六

罗宾睁开了眼睛。

既不费力,也不困盹,只是轻轻那么一下,眼皮就睁开了。

眼前黑黢黢的,边上好像有那么一点光,眼球移动过去,光好像又没有了。

紧接着,罗宾感觉到了自己的手,他尝试着动了动手指头,非常自如,腿和脚也有感觉,之后全身都传来了感觉,这些感觉汇聚到一起告诉罗宾,他现在正躺在一张舒服的床上,柔软的被子盖在身体上。

他尝试回想了下刚才发生了什么,立刻就想起来了。刚才他正瞪着祁龙,气氛很紧张,像是在接受最后的审判,然后又被祁龙踢了一脚,脚踝疼得不行,铃木透夫最后说了一句话,接着突然之间一切都消失不见了。罗宾思考了下铃木刚才说的话,从字面意思上看,铃木应该没有被祁龙忽悠。

罗宾接下来做的第一件事情就是迅速挪动左手到自己脖颈

处，指腹捏了捏皮肤，脖颈上的有些松弛，好像在水里泡了很久一般耷拉了下来。他继续摸着，把脖颈前前后后都摸遍了，每一寸皮肤都显得松弛，就像是一个正进入老年期的人的皮肤。

在黑暗中，罗宾重重地叹了一口气。

"两个小混蛋。"

这一路因祸得福，又因福得祸。他没有料到祁龙和铃木透夫竟然在医院里碰头了，他从没想到过要把两个人全都带去那个地方，并且，他竟然发现把两个人全都带上更加的保险。之后罗宾没想到的事情更是层出不穷，莫名其妙地在路上被枪击后造成了高位截瘫，在医院做了一场虚拟的手术，差点死在了红圈外面的丧尸手里，在最后一刻躲进了安全逃生门里。这场经历简直比坐过山车还要惊险曲折。

为了不让亨德森产生任何的怀疑，罗宾自始至终都没有在游戏里做过任何的手脚，唯独有一样东西是例外。全体感虚拟现实游戏里必须要有一个内部的虚拟主控室，方便游戏设计者进入游戏世界后进行操作，也可以算作是一个特殊的安全逃生装置，以防由于系统故障导致玩家被困在游戏里。罗宾设计的每一款全体感虚拟现实游戏都有这么一个特殊的区域，只要进了这个区域就意味着进入了一个被系统保护的状态，而这个特殊的安全逃生门就是进入那个区域的边界。

罗宾以为只要带着祁龙和铃木及时进入安全逃生门内，剩下的就是时间问题了，可是千算万算，最后，还是遇到了各种意外。

一想到意外，罗宾下意识地摸了摸侧面脖颈，仿佛还有被针扎的幻痛，现在想想，既有点莫名其妙，又有些后怕。如果真的让祁龙小人得志了，那简直比计划被亨德森发现还要令人绝望。不过现在这个结局他勉强还能接受，罗宾还是原来的那个罗宾，一个50多岁秃顶的、已经进入更年期即将进入老年期的男人。从起点又回到了起点，从悲观的角度看，计划彻底失败了。但是从乐观的角度看，好像既谈不上成功，也谈不上失败，仿佛事情从未发生过那样。

但事情真的从未发生过吗？

罗宾这次伸出两只手来把自己的脸、脖颈、手臂、前胸都摸了一个遍，没有任何问题，全都属于自己原来松松垮垮的躯体。他还摸了摸自己的头，忽然感觉有点不对劲，因为他记得自己进入游戏的时候是戴了头罩的，而且就算没了头罩，自己的头发也是挺茂密的，而不是稀稀拉拉。罗宾越想越觉得不对劲，于是慌慌张张地坐起了身，后背甚至都渗出了些许汗珠。覆盖在身体上的被单被扯动了下，有风漏进了被窝，划过后背的时候凉飕飕的，把汗水的热量带走了。

若有若无的微光在四周浮动着，眼睛一旦追踪过去微光就暗了许多。罗宾把身上的被子移开，凉爽的感觉包围了自己，好像自己刚刚从游泳池里出来，而且就连胯下的感觉也是如此。罗宾越想越不对劲，他摸了摸全身，包括屁股，一件衣服都没穿在身上，原来衣服早就不见了踪影，就连内裤都没有。

咚咚咚……

黑暗中有轻轻的敲门声,然后有光从一扇门外透了进来。虽然罗宾一直待在黑暗里,但是眼睛还是能够承受光的强度。

门外站着一个身材苗条的女人,头发用发箍固定成丸子样站在门口,嘴里发出询问的声音。

"亨德森先生。"

罗宾刚开始还没听明白。

"呜——呜呜——"

罗宾其实想说的是"你说什么",但是嘴里发出的是无意义的声音。

"亨德森先生,已经为您准备好了早餐。"

"呜呜——呜呜——"

罗宾嘴里说不出话,于是只好手舞足蹈表示自己的喉咙说不出话。这个女人好像是面对着空气一样,罗宾看着她把餐车推到床边,低头表示了下,然后转身就离开了,全程连看都没看罗宾一眼。

"呜!呜呜!"

罗宾想要下床用手抓住那个女人,又担心自己现在赤身裸体,急忙又想用被单护体,慌乱之下摔倒在了地上。地上铺着厚厚的地毯,罗宾双手支撑着身体,低头盯着地毯上的花纹,被心中的一个问题深深地困住了。

为什么刚才这个女人称呼我为亨德森呢?

"爸，你怎么在地上呢？"

一个熟悉的声音在罗宾耳边冒了出来，一股强大的力量把罗宾提了起来，他被重新放回了床上。

"来，爸，喝点咖啡。"

光是从门外面射进来的，正好照到了眼前这个男人的侧脸，这个侧脸的轮廓罗宾打小就看到过。

"呜呜——"

"爸。"男人端着咖啡叹了口气，"我知道这个病对你来说很痛苦。"

"呜呜——呜！"

"你知道的，你脑瘤的位置就在语言中枢那片区域，你没法说出有意义的话来。"

"呜！！！"

"医生说过了，你要好好休息。公司移交的事情让我来处理就好了，你放心。"

男人把大手放在了罗宾的肩膀上，罗宾愤怒地甩开，咖啡洒了一地。

"呜——呜呜——"

罗宾瞪着铜铃般的眼睛，发疯似的挥舞着拳头，扯着嗓子，而派克·亨德森就这么似笑非笑地看着自己。罗宾愤怒至极，他意识到自己被铃木透夫耍了，铃木非但没按照自己的要求做，还摇身一变成为了派克，把自己变成了亨德森。什么安妮老师，什么"我离不开我的角色",都是骗人的鬼话。怪不得亨德森在游戏前让自己监控铃木和祁龙,就是为了防患于未然,还有铃木在电脑前很熟练地拼写出了派克的全名,甚至都没有和自己确认过,种种迹象表明铃木透夫肯定早就知晓了亨德森和派克之间的内情。现在看来,就连亨德森这个老狐狸都被玩弄了,这场游戏的最终赢家竟然是铃木透夫。

该发泄的都发泄了,力气也耗尽了,罗宾靠在床背上喘着大气,窜上心头的火气稍稍消停了点。他带着愤怒的余火简单地思考了下,快速分析了当前的形势,得出了一些初步的判断:铃木透夫应该不会把自己怎么样,因为原本相互间就没有什么利益冲突,事情肯定还有回旋和商量的余地。罗宾首先要搞清楚的是为什么自己变成了亨德森,其次是为什么自己说不出话来了。

于是,罗宾先指了指自己的喉咙,然后挥舞着手做出拿笔写字的样子,示意想要和对方用文字交流。

对方点了点头,看着罗宾接过重新斟好的咖啡喝了一口,然后开口了。

"罗宾,你这一招很聪明,非常聪明,从头到尾,天衣无缝,我很佩服,你差点就骗过我了。"

声音是从派克的嘴里面发出的,但又不像是铃木透夫会说的话。

"可是我认识你都超过三十年了,你为什么要这样子对我呢?本来派克和你会好好地把我们的事业合作下去,我也能安心地躺进棺材里。我这么信任你,你真的让我太失望了。"

罗宾的手还保持着写字的姿势,脸色已经白了。

"不过,我还是很欣赏你的临场应变能力,当你在医院里同时遇见他们两个的时候,我差点以为你没辙了,没想到这只是一段精彩游戏的开始。我不得不说,这比我看过的所有电影都要精彩,特别是最后那段戏,你们三个人的对话,甚至都不亚于那些伟大的剧作家笔下的对白。你可能不知道,祁龙那小子往你脖子里注射的是什么东西,其实当时我……"

罗宾的头静静地靠着床背,面如死灰,旁边的男人还在不停地说着什么,但是罗宾已经听不清他的话语了。门外面射进来的光线变得越来越扭曲,时间的流逝仿佛也消失了,四周越来越安静,也越来越暗。等到无边的黑暗吞噬了最后一点亮光,罗宾也最终跌落进了漆黑的深渊中。

二十七

早晨的阳光很耀眼，就连反射而来的也很强烈，这让亨德森拿起手上的一叠文件遮挡住光的照耀。

金黄色铺满了整座城市，与城市尽头相连的海像是包绕着整座城市的蓝色城墙。昨晚的城市经历了一场不小的风波之后已经趋于平静，零星的警笛声依然在某些街道上喧嚣。战斗机的白色尾气划过了天空，远远地望去和城市各处垂直冒出来的笔直黑烟相交。

这里离地面100多米，温度比外面低了六七度，处于正常人穿着一件薄外套刚好的状态。这里的视野也算得上是城市里最好的了，广角圆弧式的120度落地环绕窗在亨德森身前铺展开来。

眼前的景色对亨德森来说其实已经看腻了，只是他所站的这个地方是他从没有来过的。虽然严格地说，他曾经无数次站在这里。

亨德森把手中的文件从额头放了下来，转过身，走回到一张宽阔的办公桌前。他背对着反射而来的阳光，屁股靠着桌沿，开始翻阅起手中的文件。文件不薄也不厚，材质是常用的打印纸，白底纸张上印着的不是用打印机印刷出来的英文字母，而是用古老的打印机一个字符一个字符敲击出来的墨字。文件的封面光秃秃的没有一个字，翻开后才有几个字出现，应该是这份文件的内容标题：

　　星际探索的政治经济学理论纲领

标题下面还有几个小字，应该是手写的，很潦草，换作其他人肯定认不出来。亨德森默默地在心里面念了出来——派克里特斯·亨德森。

这个房间是派克平时办公的场所，兼具泛美生物遗传技术公司大脑和心脏的作用。在破晓晨曦微露的时候，亨德森第一次走进了自己儿子的办公室。他一个人深陷在了派克专属的老板椅里，默默地沉思了很久。那个时候城市里还有许多的火光，星罗棋布地点缀在了各个角落里。闪烁的光点就像是记忆里面的一个个火苗，照亮了一幕幕的往事。

在这个世界上亨德森已经不存在了，派克没有了，罗宾也即将步入后尘。而短短的一周前，他们三个人还在这座大厦的最顶层旋转餐厅和地下餐厅里觥筹交错、相谈甚欢。罗宾永远都不会知道，从那天在这座大楼喝下第一口派克递来的红酒，他就被监控了，那些溶解在红酒里的蛋白小分子在胃里的酸性环境下自组装了起来，牢牢地定植在幽门部位，记录下了所有的声波信息。

亨德森在餐桌上试探罗宾的结果在他的意料之中，他猜到罗宾第一反应会很生气，不过最终会接受现实乖乖交权，如此这般当自己变成了派克后就能顺利接手公司，但没想到罗宾会虚与委蛇地和自己演戏。而罗宾后来的那些略带疯狂的行动和操作更是让亨德森心生寒意——罗宾竟然准备利用祁龙和铃木透夫之间的矛盾来谋害自己。亨德森很庆幸自己留了一手，也正是当他接收到了罗宾与祁龙和铃木透夫之间对话的信息后，他立即决定改变原来的计划，给罗宾一个比较体面的死法。从最终的结局来看，原本的计划和新计划比起来反倒显得非常平庸。

在亨德森最初的计划里，他只是准备简单地将自己和派克进行意识互换。而加入了派克、祁龙、铃木透夫这三个"玩家"之后，亨德森的脑海里显现了各种排列组合，最终他决定先不采取任何反制措施，而是将计就计，让这三个人一同进入游戏里。亨德森很清楚罗宾最后一定会想办法去锁定自己或者是派克的身份地址，所以在进入游戏前他就先将自己和派克的中脑水平以上的中枢神经系统相关细胞的全基因组、表观遗传组、全转录组和蛋白质组进行全谱大脑指纹扫描，用获得的数据建立一个迷惑罗宾的电子克隆地址，接着将自己的实际地址隐身到了服务器后台上，这样他就能安心实时监控那三个人的游戏状态。在摩天大楼楼顶上面的亨德森一边和派克进行这最后的对话，一边将地面上三个人的一举一动看得清清楚楚。

如果不是亨德森提前获知了对方的阴谋，那么罗宾的计划、步骤、行动、临场反应都将堪称天衣无缝，就连好运气都照顾到了罗宾这一边。罗宾带着势不两立的祁龙和铃木透夫经过一番周折一起到达了预定的场所，显然是出乎罗宾自己的预料。

虽然亨德森已经为每个人都撰写好了结局，但整个过程的精彩程度远远超过了结果。他没有在中途早早结束他们的旅程，而是等到了最后一刻，这也让他看清楚了每一个人。

这三个人中，祁龙是他唯一担心的。

一个完全由计算机世界创造的人工智能，可是亨德森竟然有点猜不透他。当罗宾被派克的狙击枪击中后，他马上就被游戏系统判定为死亡状态，那时候的祁龙肯定不知道是亨德森在后台给了罗宾一口气活着，但祁龙当时体现出来的强大的气场把铃木透夫都感染了，并且最后时刻祁龙对待铃木透夫的态度更是隐隐地让亨德森有点不寒而栗。

到底是把祁龙消除掉，还是按原计划继续利用他？

亨德森犹豫了半天才决定按原计划处置祁龙，因为在那个地方，祁龙除了为自己干活之外没有一丝逃脱的可能性。

最终当铃木透夫悬着的手敲击了键盘，一场布偶戏就这么落下了帷幕。舞台上尔虞我诈、不择手段的玩偶们钩心斗角，争得鲜血淋淋,都以为自己是唯一的主角,可他们却没注意到舞台的后面隐藏着亨德森,直到亨德森把手中无形的牵引绳索全部回收。

精心策划的圈套和计谋都实现了,亨德森并没有为此洋洋自得。他坐在派克的座椅里,一直遥望着城市被初生的朝阳慢慢地渲染,蓝色的大海和蓝色的天空在远方地平线融为了一体。他什么事情都不想,什么情绪都没产生,一动不动地保持着这个姿势,没人打扰他,从清晨延续到了早晨,从早晨维持到了刚才。亨德森的内心和远方的大海一样风平浪静,至少和大海的表面一样没有波澜,可是大海的下面到底如何,亨德森不知道。这种没有任何感情波动的状态可以一直持续下去,像是一种惯性,没有外力无法打破,也像是旋涡,把亨德森彻底地裹挟了进去。如果不是耀眼的阳光从城市各处反射到他的视网膜上,他会永远这么坐着。

亨德森站了起来,顺手从文件匣子里拿了一份文件挡在额前,这是派克留存的记忆告诉他的,这份文件非常重要。翻开了文件空白的封面,看着古老的打印机敲击出来的字体,他想起来了,这份文件派克曾经浏览过。文件内容逐渐在亨德森的脑子里清晰了起来,派克死前为泛美生物遗传技术公司制订以及正在实施的宏伟计划和亨德森构想已久的蓝图交织在了一起。两者像积木一样互相搭嵌,在他的思维中一点点地组建成了一个宏伟大厦的雏形。

红色的光点在办公桌上某处闪烁了好久,一直试图打断亨德森,而陷入自我幻想状态的亨德森不经意间才注意到。红色闪光点是从办公桌上的一个黑色工艺品表面发出的,闪光的频率有变化,像是在发送信号。

亨德森异常熟练地用手触碰红点。

"什么事?"

"老板,您的父亲,亨德森先生,2个小时之前去世了。"

悦耳的女声充盈着房间。

"嗯。"

"葬礼将在下周五举行。"

"我知道了。"

"昨天晚上的骚乱已经平息了,所有参加游戏的玩家全都没有大碍。罗宾先生目前处于保护状态之下。"

"舆论是什么反响?"

"罗宾先生目前的处境很危险,各个渠道汇总的信息表明,罗宾先生是这次游戏事故的主要责任人,而且还有个别玩家声称被困在游戏里长达一个月,政府即将对这次游戏比赛的所有硬件设施进行封存。"

"罗宾现在的状态怎么样?"

"情绪还算是平稳。"

"没有什么反常?"

"没有,他现在很安静。"

亨德森把两个手指头摆成夹雪茄的姿势放在嘴边,思索着。

"老板,律师已经到了,等一会儿,有关您父亲亨德森遗产交接还有公司合并重组的事宜……"

"先让律师回去。"亨德森捏了捏嘴唇,"我现在要去和罗宾会面,你马上安排下。"

"好的,老板。"

亨德森闭上眼睛,手指轻轻地抚摸着自己的眉毛,接下来的收尾就简单多了。

祁龙还活着。

一件不是那么令他高兴的事实。

他的头上没了头罩,身上也没有感受衣,很显然,他还在游戏世界里,铃木透夫没有忘了他。祁龙一直端坐在醒来之后所在的床上,他才做好面对铃木透夫疯狂报复的心理准备没多久,一个自称是亨德森儿子的男人站在了自己的面前。

离他第一次知道亨德森有个儿子总共过去了多久时间?祁龙粗略地估计了下,也许是半小时前,也许是45分钟前,但不会超过1个小时。

亨德森的儿子递给了他一面澄亮的镜子,镜子里面映出的是一张五十多岁男人的脸,年纪和祁龙期望的差不多,只是这张脸的模样出乎了他的意料。

"我的父亲已经死了。"

这是派克·亨德森对自己说的第二句话，声音轻飘飘的，也没让祁龙有多大的触动。

"脑瘤，晚期，他死之前告诉我的，我想你能想明白的。"

祁龙马上就记起来了汇报实验结果那天在地下实验室里亨德森俯视着自己时凶神恶煞般的眼神。

"他还告诉了我其他的事情，一些人，一些事。"

派克的身躯陷在了祁龙面前的沙发里，跷着二郎腿，手垂在沙发的扶手上，姿势和亨德森简直是一模一样。不过派克的眼珠子颜色是黑色的，这点并没有继承亨德森。

"对你来说，外面很危险，有很多的人要你死，而这里非常的安全，你完全可以放松下来。有些话在放松的状态下交谈反而更好，对你更好，对我其实倒不是非常的重要。"

一只银质打火机快速地在派克的左手中旋转。

"你可以不用这么一直抓着镜子，祁龙。放松，把镜子放到床边就行。我知道，你还处在一种精神上的恍惚中。其他人都经历过，罗宾也是这样，铃木透夫也是如此。不过，你再也不用担心他们，他们都已经死了。噢，不对，罗宾还活着，他活得好好的。我以后应该叫你罗宾才对。"

"我是不是还在游戏里？"

"对于你来说，在不在游戏里有什么差别呢？至少你还活着。说实话，我很佩服你的智慧，你的先见之明，我真没想到你会在兵荒马乱之际在手术室里找了些麻醉药，真是小看你了。当你把注射器扎进罗宾脖子的那一刻，我差点就宣判你胜利了。但是，我可不想让这么精彩的一场戏就这样结束了。我向你坦白吧，是我把注射器里的麻醉药换成水的。并不是我想害你，我也想给铃木透夫一个机会。可是，铃木透夫太让我失望了，你想必也很失望。就为了一个虚拟的人物，竟然甘当罗宾的狗腿子！"

"铃木透夫，你不要和我耍花样，你想要报复我就直接点。"

"祁龙，我说了这么多，你没听懂吗？要不是我及时地阻止了铃木透夫，我就要参加下周你的葬礼了。所以，祁龙，你应该好好地感谢我，救了你一条命。

"铃木透夫，你到底想干什么？！为什么把我换成罗宾？！"

"这取决于你。"

"关我屁事！"

"你再说一遍？"

"我说，关我——啊啊啊——"

"还记得这个东西吗？"

祁龙的脑袋疼得让他直流口水。

"我父亲的遗产我都完整地继承了下来。"

从模糊的视线里，祁龙看到男子炫耀着手里的那个银制打火机。

"在这么近的距离，你最好保持你的言语礼仪。言归正传，你知不知道，你做了一件很坏的事，外面的人都认为你是个坏人。你救不了你自己，我也救不了你，你只能等待法律的制裁。"

祁龙倒在床上，口水弄湿了被单。

"你到底要我干什么？！"

"罗宾，你擅自把第二关里的一万名玩家困在游戏里整整24个小时，所有人都以为他们出不来了，其中包括了他们的父母、朋友，还有一些别有用心的人，包括那些反对你的那些乱七八糟的组织什么的，很快你就会知道昨晚整个北美经历了多少的骚乱，但是这还不算你最严重的罪行。据某个叫维拉的玩家透露，有两个参加上个月举行的《美国陷落》比赛的玩家被困在游戏里，一个是凯瑟琳·普雷特里，另一个是乔治·麦克曼，这两个倒霉蛋的身体被两个游戏世界里的电脑人控制了长达一个月，如果说谁要负主要责任的话，恐怕连小孩子都知道是游戏公司，而要说是罪魁祸首的话，我实在想象不出来除了罗宾之外还有谁了。谢天谢地，这场风波里，没有人死，也还算及时，正义之神及早地阻止了你邪恶的计划，否则无数我们邦联的青年人都要成为你的傀儡。罗宾·罗伯森先生，你将会受到法律的制裁，去流放之地接受惩罚。在你被绳之以法之前，我最想对你说的是……"

银光一闪，祁龙好不容易恢复过来的脑袋又开始了炸裂般的疼痛。

"你以后对我说话最好注意用词。"

这是真切的痛，真实的痛，极其现实主义的痛，每一寸大脑组织仿佛都在燃烧。眼前是一片漆黑，什么都没有。环顾左右，同样的黑暗，大声喊叫，声音被一丝不剩地吸收完毕。祁龙转身回过头，他终于看到了些什么。他看到了一个巨大的舞台，舞台上是一个巨大的屏幕，巨大的屏幕里是曾经的自己，在屏幕里演绎人生的自己。舞台下面有个人指着屏幕在哈哈大笑，屏幕里播放的自己正在一个迷宫里寻找出口，在遥远的出口处，是迷宫的入口。

二十八

今天是法庭审判西太平洋电子玩偶公司 CEO 罗宾·罗伯森的日子，判决宣布的时间定在加利福尼亚邦联国时间上午 10 点 30 分。

大概是在早上 4 点钟的时候，托马斯·汉克醒了，窗户外面还是黑乎乎的一片，他是在不到两个小时前睡着的。不到两个小时的睡眠时间里汉克做了不少于 10 个梦，奇怪的是每一个梦里都没有凯瑟琳，他并没有为此感到特别的伤心。

两周前，凯瑟琳从汉克介绍的新住处搬走的消息是中介人告诉汉克的。汉克开着车到达那里的时候恰好遇见了凯瑟琳和乔治，一直在搬东西的乔治没怎么说话。汉克偷偷打量着凯瑟琳，凯瑟琳甚至都没怎么正眼瞧自己，只有当中一次汉克和凯瑟琳对上眼了，凯瑟琳的眼神有一种说不出的奇怪。

"下个月底凯瑟琳和我结婚，在海边。"

走的时候，乔治留下了这么一句冷冰冰的话。汉克每次想起乔治的这句话,耳边总是能响起凯瑟琳在夕阳下的沙滩上奔跑时溅起水花的声音。

婚礼的确在海边举行,这个消息一周前就得到了官方媒体的确认。可以这么说,凯瑟琳·普雷特里小姐和乔治·麦克曼先生上午将要举办的婚礼是今天唯一一则能和审判罗宾·罗伯森分庭抗礼的新闻。

这是一个对各路媒体来说充满戏剧色彩、独一无二的完美素材。一对年轻的情侣双双被困在了游戏世界,绝境中通过自己的努力发现了真相,然后拯救了自己。在摄像机镜头面前,这两个重获新生的年轻人相拥在了一起,在上亿的观众面前,彼此许下了诺言。

汉克原本是乔治伴郎团的成员之一,但是大家都心照不宣地把他从成员名单里移除了,甚至有人认为他根本不会参加这次婚礼,尤其是那几个目睹那天汉克和乔治在海滩上发生冲突的人。

7天,从鼓起勇气敲开凯瑟琳的家门那一刻算起,汉克总共拥有过凯瑟琳的时间是7天。

从汉克出生到现在,或者是从现在到他未来离世之前,7天的时间可以完全忽略不计,把他生命中任意7天删去都丝毫不会影响汉克的人生轨迹。但是和凯瑟琳在一起的这7天对汉克是特殊的,是无可替代的,是彩色的,是绚烂。删去了这7天,也就意味着汉克的一部分死去。

外面的天色仍旧没有丝毫改变,汉克闭上眼睛,把这7天里能回忆起的每一刻都小心翼翼地用精致的礼盒包装好，标记上标签，最后扎上金色的丝带，叠放得整整齐齐，全部送进记忆城堡的最深处。

当汉克再次睁开眼睛时，新一天的阳光已经占领了他的房间，他也想好了接下来自己要走的路。

乔治停止了刷牙的动作，盯着浴室镜子中的自己看了半天，他又凑近看了看，把右脸贴近镜面。

"奇怪了，昨晚还划伤了的，怎么不见了。"

乔治摸了摸自己的眉角，昨晚结婚前夜的单身派对上喝多了不小心磕出血，可是现在却毫发无损，连伤痕都没有。他又仔细观察了几秒钟，重新开始刷牙，注意力转向了即将忙碌的一天。

早晨8点，乔治就来到了婚礼现场。天气出奇的好，海边的舞台已经开始布置起来了。乔治花重金聘请策划团队打造了一个海边婚礼布景，沙滩上的人挺多，除了参加婚礼的亲朋好友们和婚礼策划团队，还有很多闻讯而来的记者以及慕名而来的人们。

乔治难得穿着一身为婚礼而设计的西装，在人群中寻找着一个人，他不知道她来不来，筹办婚礼前乔治特地邀请她加入了凯瑟琳的伴娘团。

在搭建的夏威夷风格的舞台边，他一眼就看到了自己的伴郎团，威廉、路易斯和杰克都身着统一的白色西服，三个人围住了一个穿着伴娘服装的女生。

"维拉,太好了,我以为你不来的。"

乔治笑着走上前去。

"来吧,兄弟们,我来介绍下,我和凯瑟琳的救命恩人,来自洛杉……"

"乔治,别介绍啦,我们都知道啦!"

维拉不好意思地笑了笑,用涂了肉色指甲油的指尖推了推自己的镜框。

"哟,乔治,你都学会化妆啦?让我瞧瞧,昨天你那边不是划了很大一道口子吗?"

三个人都凑上来研究起乔治的脸。

"好了好了,别都贴上来。"乔治厌恶地把三个人推开,"你们知道些什么啊?要不是维拉报告了警察,我和凯瑟琳不知道还得困在游戏里多久呢!"

"我只是举手之劳,我还得感谢你们先救了我。"

维拉这次笑得比较自然。

"什么?他救了你?我怎么不知道。"

威廉边打着响指边说。

"你小子不知道的事情可多了。"

"乔治,快和我们说说,快一个月了,你都没和我们说过整个过程。"

"我昨天不是都说了吗?"

"你说的时候我们都快醉了。后来你说到你和凯瑟琳到了医院那边,遇见了那两个冒充你俩的假货之后怎么样了?"

"怎么样?你们绝对想不到。凯瑟琳和我迅速商量了下,先不管那两个骗子,我们乘乱冲进手术间,把维拉找到。巧了,她刚好做完手术,还醒着,但是没有心跳,真是见了鬼了。后来的事情你们不是都知道了吗?玩家不管死的活的都被困在了游戏里,全是罗宾这个家伙搞的鬼。你们想想,成千上万的玩家都被困在游戏里,一个个都穿着感受衣昏迷着,岂不是乱了套了?要不是外面的网络上乱成一锅粥,保不齐我们猴年马月能出来呢,是不是,维拉?"

维拉点了点头。

"我和你们讲,如果不是维拉把我和凯瑟琳的遭遇告诉了警察,没人会知道罗宾那个家伙的阴谋,我以前还挺崇拜他的。"

"我还是没太搞懂,乔治,你说得太快了。"

威廉皱着眉头。

"不好意思,各位,我得去那边了。"

维拉指了指前面,一群人正簇拥着新娘,有人在喊着维拉的名字。

"真是一个不错的姑娘。"

乔治顺嘴说道。

"已婚男子也就过过眼瘾。"

路易斯拍拍乔治的肩膀。

"你们在想什么呢？我是说人家心地善良。"

"乔治，你这么急着结婚，不后悔吗？我们才 20 岁都没到。"

"你们亲身经历过就懂了。好了，不和你们多废话了，我也要去凯瑟琳那里帮忙了。"

乔治匆匆说了句，转身就走。

"乔治，汉克今天还来不来？"

乔治回头瞪了一眼说话的杰克，继续朝着凯瑟琳那边走去。

"亲爱的，需要什么帮忙吗？"

凯瑟琳坐在位子上被一群人簇拥着，还有化妆师在帮她补妆。凯瑟琳抬起头看了一眼乔治，微笑着。

"乔治……"

她话没说完，从乔治背后传来了一阵悦耳又响亮的钢琴曲，凯瑟琳的脸色瞬间就变了，变得暗淡无光，像是一幢房子突然塌了。

"你怎么了？"

"乔治，这是谁放的音乐？"

乔治朝着音乐传来的方向看去。

"噢，大概是负责音响那边的团队在试音吧！"

凯瑟琳目光呆滞了几秒钟才缓过来。

"乔治，让他们换一首曲子。"

在乔治听起来音乐很好听，很适合婚礼上播放。

"好的，我去和他们说下。"

乔治带着疑惑和不解走到音响那边。

"伙计们,别放这首曲子了。"

负责音控的几个穿着朋克风的青年停下来手中的活。

"你说什么?"

"我说,别放这首曲子了。"

其中一个朋克青年笑了。

"这可是新娘特地交代我们放的音乐。"

"什么?"

"你是新郎吧,你老婆没和你说过?"

乔治摊开双手摇了摇头。

"唉,新郎官,有人叫你过去。"

乔治听到了背后有人喊他的名字。

"不管怎么样,你们别放这首曲子了,换一首。"

乔治说完转身就走了,其余的人接上了刚才中断的话题。

"判决几点开始?"

"我记得是十点半吧!"

上午 10 点 28 分,婚礼现场鸦雀无声,连海鸥都全部降落到了海边的游艇栏杆上。

所有人,包括新郎和新娘,都在等待着消息。

……

加利福尼亚邦联国最高法院关于公诉人对罗宾·罗伯森的诉讼，案件编号C2026P1408，做出如下判决：

我们认为根据刑法第754条、第845条、第864条所列举罪名，被告罗宾·罗伯森有罪，判处监禁143年，不得假释；根据民法第……

整齐划一的欢呼声惊起了一片片的海鸥，穿着华丽的人群跳着舞，从汉克所在的位置都能看得清清楚楚。

汉克坐在自己的新车里，透过玻璃窗，在高高的小海岬上俯瞰着沙滩边的一大群人。他看到了身着白色西装的伴郎团，认出了威廉、路易斯、杰克，以及神采奕奕的乔治，他暂时还没找到凯瑟琳。

收音机里的声音已经从法院的宣判人员变成了新闻电台的主持人。

各位朋友们，在城市的另一端，在海边，凯瑟琳·普雷特里小姐和乔治·麦克曼先生的婚礼即将举行，美丽的新娘还没出现，但是我们可以听一听婚礼现场传来的音乐。

收音机里飘出来了一阵悦耳的钢琴曲，汉克是头一次听到。

真的非常好听，韩德尔的 *Passacaglia*，据小道消息说，这是新娘最喜欢的一首曲子。好了，新娘出现了，她正挽着她父亲的手臂，缓缓地走向了婚礼舞台的终点，新郎已经等候多时了。

白色的头纱覆盖在了新娘金麦色的发丝上，乔治面露微笑，宾客们都掏出了各自的手机对着新人。一只海鸟从凯瑟琳的眼前划过，她侧抬起头，就像一个高档商店展示柜里穿着婚纱的玩偶娃娃那样凝望着，仿佛把天空当成了一面镜子。

汉克关上收音机，最后看了一眼凯瑟琳，然后戴上太阳眼镜，发动了车子的引擎。

二十九

天空阴沉沉的,从天而降的雨沉闷地被墓园吞噬。

身着黑色正装、手持黑伞的人群整齐地从墓园的大铁门口鱼贯而出。大门口外的十几辆黑头轿车像一口口棺材停放着,每辆车边都站着一个人,每个人都戴着墨镜。车门一个个打开,人群纷纷进入了自己所属的轿车。车门又都关上了,但是没有一辆车起动,那些车依旧停在原位。

墓园的铁门还开着,昏暗的雨珠挂在黑色的铁栅上。

亨德森一袭黑衣站在了自己的墓碑前,一旁的秘书给自己撑着伞。

"你先回车上,把伞留给我。"

秘书悄无声息地走开了,留下他一个人。

亨德森的父亲死去的那天,也是一个雨天,昏暗的雨天。

没有洁白的病房,没有医护的抢救,什么都没有,在肮脏的贫民窟的某个陋室里,瘦得和排骨一样的父亲就这么眼睁睁地在亨德森的怀里死了。从父亲得病的第一天起，父亲就没有踏进过医院一步，更别提什么住在病房了。父亲躺在医院病床上的场景只不过是亨德森小时候的一个梦罢了，除了那场游戏比赛是唯一真实存在的。即便如此，亨德森依然没钱参加那次比赛，家里剩余的钱连参加游戏的报名费都不够。没人知道这个世界上又多死了一个人。从那一刻起，亨德森就没有再相信其他任何人。

亨德森如同一尊雕像拿着伞站着，雨水打在雨伞上，顺着伞缘构成了滚落而下的水滴流，触碰到泥泞的土地后渗入进去，消失在了黑暗的地下。

他把手伸进大衣的内衬，从里面拿出来一个小小的存储硬盘，把它放在了自己的手心。派克的所有意识和记忆都存储在了这个扁扁的安静的盒子里，而且这个世界上也没有其他备份，就连游戏服务器里的存档都删除了，除了亨德森以外没人会知道。

他无声地对着存储硬盘说道。

"派克，也许我应该早一点把我的计划告诉你，早一点告诉你祁龙这个人，还有铃木透夫，以及我为什么要创造这个虚拟的游戏平台。"

存储硬盘沉默不语。

"你知道这是个艰难的抉择。"

在游戏里沉迷于杀戮的派克怎么能想到早在进入游戏的那一刻起，他就已经被自己的父亲置换了意识。亨德森本以为这段和儿子的最后时刻会过得很快，但是他还是忍不住尽量延长时间，还差一点就准备放弃原来的计划接着向儿子摊牌了。

"派克，我应该再多和你说说话的。但是，那个时候没剩多少时间了，我必须得时刻紧盯着罗宾，我必须除掉他。还有祁龙和铃木透夫，我必须完成这个计划。"

潮濡的风煽动着墓园里的植被，吹乱了伞缘滴落的雨水。泛着光泽的银色存储硬盘外壳被打湿。

"你现在可能无法理解我为什么要这么做，但我这么做是为了人类的未来，不仅仅是为我自己，希望你能理解。"

亨德森准备把存储硬盘重新塞回大衣时，存储硬盘回答了他，声音很轻，是从亨德森意识深处发出的。

爸，你别骗你自己了，你只是不想死，你骗了我。

你杀了我！

亨德森把存储硬盘捏在手心，紧紧地攥着，仿佛要把它捏碎，突然之间，他又松手了，存储硬盘依然完好无损。

脑海中的声音总算是没有了，他垂下捏着存储硬盘的手，再次端详起墓碑。

墓碑上刻着自己的名字和生卒年月，意味着那个名叫亨德森的人已经没有任何意义了。现在别人眼里他只是亨德森的儿子，原本的政治资源将会重新洗牌，曾经的人脉关系网需要重新编织，一条全新的路铺在自己面前，这条路上遍布着竞争对手，他将参加无数的内部会议，和来自各个邦联的幕后掌权者交换利益。亨德森知道没有人心里面真正瞧得起派克，但是他会悄悄地行动，一点一滴地构建好自己的网,到时候会让所有人都大吃一惊。

亨德森把存储硬盘放回大衣里,接着掏出了手机,寻找到了其中一个能帮他实现梦想的联系人。

电话那头接通了。

"喂,铃木,开始启动项目。"

三十

铃木透夫拄着拐杖停下脚步。

远远地,在晨曦的映衬下,他看到有个人站在前方土路边的一棵大树旁,似乎在等人。

清晨的空气无比清新,那个人靠在粗大的树干上,嘴里含着什么东西在咀嚼,头顶繁茂的枝叶遮盖了一小片天空。

铃木透夫从小木屋出来的时候就隐隐约约瞥见了那个人影。他沿着小木屋门前的土路朝那个人一瘸一拐地走去。直到铃木透夫走近了那个人才把嘴里的叶子吐掉,接着无奈地摇了摇头。

"铃木,我实在搞不懂,你为什么喜欢这副样子?"那个人摊开双手,"在这里我可以把你变成你想要的任何样子。运动员?平面杂志模特?你想要哪种?"

铃木透夫看了一眼对方后将目光垂下。

"她还在睡觉?"那个人用下巴努了努土路尽头的小木屋。

"昨晚和安妮老师聊得有点晚。"

"你俩的感情真不错。"

铃木透夫拄着的拐杖末端深深地扎进了泥土里。

"派克先生,今天来找我是要安排新的任务吗?"

"我怎么感觉你还是把我当成你的上级?我可不是我老爸,冷冰冰的,一点都不近人情。对了,乔治那边怎么样了?"

"差不多消停了。"

"婚礼之后没有再碰你?"

"没有,一次都没有,婚礼之前也没有过。"

"这帮中产阶级出生的家伙都一样,给了他们点好处就会乖乖听话。"

"我还是有点担心万一乔治说漏了嘴。"

"哼,要是被别人知道连自己的新婚老婆都不能碰,他还不如去死。"派克搓着自己的下巴,"之后我会妥善处理乔治的,你放心,铃木。"

派克拍了拍铃木透夫矮小的肩膀。

"我最近对基底前脑很感兴趣。"

铃木透夫抬起头。

"你肯定知道'意识动机'这个词吧?"

铃木透夫点着头。

"是的,我还记得亨德森先生对这个一直很感兴趣。"

"很好。"派克扶着铃木透夫离开了大树,然后沿着土路中央慢慢朝土路另一头走,"他生前一直惦记着基底前脑,要不是他被别人害死，也许今天就是我们三个一起讨论了。"

铃木停了下来。

"他是被别人害死的？不是脑瘤？"

"不是简简单单的脑瘤。我本来不想和你说的。"

"是谁杀了他？"

"他们。"

"他们是谁？"

"走吧，铃木，进了前面那扇门，今天你有足够的时间了解他们是谁。"

前方土路的尽头是一扇半悬空开着的门。

铃木透夫被扶着继续朝前走，他的疑惑现在又多了一项——亨德森的真实死因。尽管已经过去一个多月了，铃木透夫对很多事情依然觉得很不解。从派克在游戏最后时刻的突然出现一直到罗宾被审判，这背后到底发生了什么，到底是什么阴谋，他一直想问问派克。有些问题铃木已经做了自己的猜测，还有些问题铃木只能藏在心底。

"派克先生，我一直有点好奇。"

"好奇什么？"

"你干嘛要等到最后时刻才出手解决罗宾和祁龙。"

亨德森顿了顿，马上又笑了笑。

"我是，在最后的时候才意识到这俩人有问题。"

"在最后的时候？我一直以为你是从游戏一开始就监控我

们的。"

"你还记得吗，在地下室的时候罗宾让你在游戏里搜索我的名字。"

"我记得，当时我还有点奇怪为什么要寻找这个名字。"

"这得感谢我的父亲，是他预先设置了保护模式，一旦出现意识被窃取的风险就会提醒被搜索者。"

"我懂了，所以当我锁定你在游戏里的定位之后，你立刻就知道了。紧接着你马上就金蝉脱壳，复制了大脑指纹，留下了一个克隆地址，让我们以为你还在游戏里，其实那时候你已经进入游戏服务器后台监控了。"

"你全说对了。所以一切最终得感谢你，铃木，是你先教会了我父亲实现这个技术。"

铃木透夫证实了自己的猜测。

"不，亨德森先生很聪明，是他最先提出来这个想法的。"土路前方的门离他俩越来越近，"话说回来，要是派克先生你反应稍微慢了一点的话……"

"后果不堪设想。真是谢天谢地，让我逃过一劫。不过最后你们之间发生的事也让我看清楚了罗宾和祁龙这俩人到底是些什么货色。所以我才把祁龙手中注射器里的麻醉药换成了水，让他俩尽情地玩耍。"

铃木透夫怅然若失地点着头。

"原来是这样。"

现在亨德森和铃木透夫并排站在了门的面前，半悬空的门框外面没有依附任何墙体，门前有两级阶梯，透过门可以看到里面是一个会议室。

"派克先生，我还有一个问题。"

"什么问题？"

亨德森已经把一只脚踏在了门前台阶上。

"祁龙真的已经不存在了？"

"我不是和你说了吗？怎么？你还在担心他？你知道，因为发生了这次事故，邦联政府要封存所有的硬件设施方便调查，所以我把所有关于祁龙的代码都删除了，只留了些活动记录。别再想什么祁龙不祁龙啦，他早已经就被一键消除，灰飞烟灭了，连死都算不上，不会再来烦你了。来吧，别愣着了，你这一瘸一拐的真是麻烦……"

铃木透夫被亨德森拉着上了台阶，心里竟然对祁龙完全恨不起来了，甚至还有些空落落的。他现在的愿望明明都已经实现了，他每天都能和安妮老师在一起，他本来应该很满足才对的。

> 铃木，我们都是一枚小小的棋子，利用完了就成了一枚废子。

他曾经最恨的祁龙如同幽灵般悄无声息地从意识深处钻了出来，在铃木透夫耳边窃窃私语。

三十一

"重型罪犯罗宾·罗伯森,飞船即将升空,维持目前的姿势,不要左右转动。"

毫无辨识度的女低音突然打破了此前的沉寂,仔细听上去像是用电子设备合成出来的,听不出任何感情。她唯一的听众此刻正被好几根皮带牢牢地固定在座位上,仰躺着根本没法移动,连呼吸都有点儿难受,简直就是一头被五花大绑起来任人宰割的猪,更何况还穿着厚重的宇航服。

其实,这次运送至月球的囚徒航班上,祁龙在所有的罪犯里的待遇算得上是不错的,他被安置在隔离的运送仓,虽然空间狭小,不过至少是独立的。他的头可以在宇航头盔里面自由转动。运送仓里唯一的光源来自斜上方平嵌在仓壁里的椭圆形灯。祁龙原本还以为能够透过宇航玻璃看看外面的风景,尤其是从海上发射平台飞到太空的全过程,毕竟这是他这辈子第一次离开地球。

而按照派克·亨德森的说法,他即将永远地离开地球了。

四周开始晃动,剧烈的程度超乎祁龙的想象,眼前椭圆形的灯在他视网膜上留下了无数个抖动的残影。后背上的压力陡然增大,心脏被提到了嗓子口,喉咙里面有一点恶心,头在发晕,身体失去了支点,让祁龙异常难受的濒死感卷土重来。

上一次他体会到这种绝望是在不久前的法庭被告席上。判决的结果是143年监禁并且不得假释,对年近花甲的祁龙来说和死刑没什么区别。派克在法庭宣判之前已经给祁龙在思想上打过预防针了,连将要获得的刑期时长都准确地和祁龙说了,他的要求就是祁龙乖乖地在法庭上认罪,默默低着头什么话都别说就行。

祁龙全部都照做了。

"重型罪犯罗宾·罗伯森,飞船已经进入太空,可以自由活动。"

物理意义上的窒息感总算消失了,一点重力感都没有,身体如同羽毛轻飘着。

派克没有告诉祁龙,为什么要送他去月球服刑,但是从派克说话的语气和节奏上来看,送去月球似乎顺理成章,就像打雷之后必然下雨,仿佛祁龙的去向早就已经被安排妥当好,恐怕连什么时候应该去死估计都在派克的计划时间表里。

派克告诉祁龙,等到他在月球上安顿好,派克会和祁龙认认真真地聊聊,谈谈未来,谈谈祁龙去月球的目的。派克说,他需要祁龙，他要完成一件伟大的事。他还说，他的父亲其实是被别人害死的。

祁龙连一个字都不相信他。

四下安静得如同太平间里凉爽的夜晚，没有风，没有声音，万籁俱寂。祁龙眼前这盏昏暗的椭圆形灯散发着太空舱里仅有的亮光，仿佛暗示着越发渺茫的希望。

但即便如此，祁龙都没有放弃。

只要他还活着，他就还有机会，重获自由。

终于，祁龙闭上了眼睛，缓缓地沉入了梦乡。

尾声

"祁龙,你别跟和我耍什么花招。想要拖延时间?我每周给你一批病人,不是让你探索科学的奥秘!下周你要是还不把脑癌病人治好,我会把它继续带上,听见没有?!"

亨德森重新站了起来,低头对着祁龙,好像一座即将倾倒的危楼。

"当然咯,我不会打扰你和女朋友周末约会的时间。"

祁龙疼得紧闭着眼睛,黑暗中仿佛看到了那个闪烁的奇怪物体。

过了5分钟,祁龙重新爬起来的时候,亨德森已经不见了。

脑袋里面"嗡嗡嗡"地一直在响,钻入骨髓里的痛像是沙漏里的流沙一样以极其缓慢的速度消散。祁龙恍恍惚惚地扶着墙壁,双脚打着战回到了实验区。他在存放实验动物的笼盒架子处又坚持不下去了,倒在了架子旁。

祁龙的头侧放在冰凉的实验区地板上,口水从嘴角漏了出来,四周非常的安静，出乎意料的安静，好像只能听见排风机的声音，其他都听不见。祁龙觉得很奇怪，但又说不出，平时在这里经常听到的声音都听不见了，祁龙克服着头疼想了好久，似乎想明白了。

他抓着架子，抬眼看了看位于最底层的装着实验小鼠的笼盒，然后又看了看紧挨着的笼盒，然后是第三个，第四个……接着是上一层，再上一层……祁龙终于明白了问题所在，所有笼盒里的小鼠全都处于一种状态，闭着眼睛，口角流涎，浑身无法动弹。而在平时，这些关在笼子里的小鼠会吃东西、打架，发出嘈杂的背景声。

祁龙擦了擦自己嘴角的口水，尽全力从地上爬起来。他扶着架子，慢慢地来到细胞培养箱前，打开培养箱，取出一个培养皿。他看到了培养皿里一个个卷成螺旋形的秀丽隐杆线虫，他把培养皿放回去，又取出了细胞培养皿，颤颤悠悠地拿到光学显微镜下。

在40倍镜下，原本呈现着梭状的细胞一个个变成了圆球形，全都漂浮在了培养液的表面。

祁龙叹了一口气，回想着亨德森手中闪烁的物体。

只用那么轻轻一下，所有的生命体将全都归于"静默"。

如果我也有这种能力就好了。

祁龙脑海中闪过一丝奢望，转瞬即逝。

这个武器实在是太强大了，让祁龙体会到了空前的绝望。

成为囚犯的他想不到在未来的某一天，他也会拥有这种力量。

他更想不到，他错看了一个人。

"玩偶空间"之《最终身份》前情提要

在生命科技领域一枝独秀的祁龙,正积极打通各种关系,研发各种药物,培养各种器官,扩大影响力,希望能够取得进一步的成果,争取捧回诺贝尔奖。但令他没有想到的是,他的妻子美由纪竟然暗中复活了反社会的父亲;他的得力助手铃木透夫居然用移花接木的方式窃走了他的一切,并想将他置于死地。祁龙瞬间一无所有,只能自救。他不但要拯救残缺的身体、一无是处的身份,还要逃脱牢笼。

但,事实呢?无论在哪一个世界,他都只是一个意外。

祁龙也终于发现,他的一切理想和仇恨,甚至婚姻和理想,都无比可笑。